Simone Regina Adams

Die Halbruhigen

aufbau

Simone Regina Adams

Die Halbruhigen

Roman

aufbau

Die Autorin dankt dem Förderkreis deutscher Schriftsteller in Baden-Württemberg für die finanzielle Unterstützung der Arbeit an diesem Roman.

FSC
www.fsc.org
MIX
Papier aus verantwortungsvollen Quellen
FSC® C083411

ISBN 978-3-351-03525-9

Aufbau ist eine Marke der Aufbau Verlag GmbH & Co. KG

1. Auflage 2013

Einbandgestaltung hißmann, heilmann, Hamburg
Satz LVD GmbH, Berlin
Druck und Binden CPI – Clausen & Bosse, Leck
Printed in Germany

www.aufbau-verlag.de

Meinen Töchtern gewidmet

Erst am 1. Mai war die bauliche Fertigstellung soweit gediehen, dass wenigstens zwei Gebäude – die beiden Gebäude für Halbruhige – zum Beziehen fertig waren [. . .]. Die Kranken wurden mit dem dazu gehörigen Wartpersonal nach den verschiedenen Kategorien in die verschiedenen Abtheilungen der bezogenen Gebäude vertheilt; sie setzten sich an die gedeckten Tische zum Mittagsmahle, und damit war die Anstalt in vollem Betriebe. Schon in der ersten Nacht war in der Abtheilung für Neuaufgenommene je ein Schlafsaal für Selbstmordsüchtige mit Nachtwache und Kontrol-Uhr etablirt; und andern Morgens zeigte das fleissige Regen der Hände in den Werkstätten sowie das Schaffen der Arbeiter-Abtheilung, welche den ersten Spatenstich in den Gemüsefeldern that, dass der langjährig geregelte ungeschwächte Pulsschlag der alten Anstalt in die Adern der neuen Anstalt übergegangen war.

Aus der *Chronik der Provinzial-Irrenanstalt Düren* von 1878

All das jetzt zu sehen und so viel zu erinnern, gleichzeitig – Vater, zuerst und vor allem Vater, seine schmale Gestalt im weißen gestärkten Kittel, sein Gesicht mit dem Blick eines klugen, nervösen Vogels. Papa. Der immer da war und doch unerreichbar, immer anwesend und dabei abwesend.

Gleichzeitig auch Mama, auf eine blendende, oberflächliche Weise schön. Und einmal auch *wirklich* schön: Mama, wie sie Rosen anschneidet, rote Rosen, die er ihr geschenkt hat, vielleicht zum Hochzeitstag. Fünfzig Rosen, die sie am Abend, eine nach der anderen, anschneidet; die Badewanne läuft voll mit kaltem Wasser, läuft beinahe über; dann treiben sie in der Wanne, fünfzig tiefrote Rosenköpfe, an langen und schlanken Stielen. Eine Woche lang schwimmen sie jede Nacht bis zum Morgen im Wasser. Tagsüber stehen sie in der Vase im Flur, wo es kühl ist, kühler als sonst wo im Haus.

Mama und Papa.

Und Tom und Luzie, wie auf einem Familienfoto: Die Hand von Papa ruht auf Toms Schulter, damit er *wenigstens einmal* kurz stillhält. Luzie, pummelig, süß, auf Mamas Arm.

All das kann sie sehen. Nur sich selbst sieht sie nicht.

Das Haus kann sie, so wie es früher war, sehen. Auch die Menschen im Haus, um das Haus herum und im ganzen Klinikgelände: Johann und Matthias, die in den Parkanlagen die Büsche zurückschneiden und im Garten den Rasen mähen. Inka, die putzt. Rolf, der die Küche streicht und das Zimmer von Tom und Luzie neu tapeziert; Rolf, dem Mama belegte Brote hinstellt, Kaffee und Mineralwasser nachschenkt; *nimm dir doch, iss ruhig, trink noch was;* Rolf, der kaut und schon wieder zugreift, ein halbes Leberwurstbrot mit der flachen Hand in den Mund schiebt und, immer noch kauend, weiterarbeitet.

Nur dass die Wand in der Küche Risse bekommen hat, sie sieht es durchs trüb gewordene Fensterglas. Die Tapete in Toms Kinderzimmer, verblichen und fleckig; durch die Lamellen der braunen verwitterten Fensterläden kann sie es sehen, und winzige Splitter der abgeblätterten Farbe kleben jetzt an ihren Fingerkuppen.

Der Garten: verwildert, verwahrlost. Die Sandsteinplatten zersprungen, das Gras kniehoch. Der Zaun überwuchert von Brombeerhecken.

Man reißt sich die Haut auf an diesen Hecken, die dünnen roten Striemen verheilen nur langsam. Stunden dauert es, bis man einen Eimer voll Brombeeren gesammelt hat. Der blauschwarze Sirup wird kochend heiß in Gläser gefüllt, die Gläser kommen in den Einkochtopf aus verzinktem Stahl und später auf frisch gewaschene Küchentücher, wo sie allmählich abkühlen. Im Sommer darauf kauft Mama eine Joghurtmaschine, und den Einkochtopf stellt sie in den Keller neben all die anderen kaum benutzten Küchengeräte.

Warum ist es bloß so schwer, hier zu stehen, vor dem verfallenen Haus, nein, nicht nur schwer, sondern nicht mehr auszuhalten; sie zieht das Handy aus der Tasche, weil sie jetzt, sofort, seine Nummer wählen, mit ihm sprechen muss.

»Edith«, sagt er. »Is that you?«

»Yes.«

Nichts wie weg, raus aus diesem Garten, aus dieser Stadt und sogar aus diesem Land; wie gut, dass er nicht mit hierhergekommen ist, gut und dennoch quälend, gleichzeitig.

»How are you?«, sagt er, und es wäre nicht zu ertragen, all das hier, ohne seine Stimme, ohne dieses *how are you*, und doch wird es dadurch noch schlimmer.

»Ich …«

»Warst du bei deiner Mutter?«

»Ja. Ich war mit ihr essen.«

»Wie geht es ihr?«

»Sie jammert und klagt, wie immer. Sie hat es am Herzen, und sie sieht nicht mehr richtig. Ständig soll ich schauen, ob sie einen Fleck auf der Bluse hat. Seit einem Jahr haben wir uns nicht gesehen, und das Einzige, was sie interessiert – ob sie womöglich einen Fleck auf der Bluse hat.«

»Und wo bist du jetzt?«

»Hinterm Haus. Wo wir gewohnt haben.«

»Wie ist es?«

Vielleicht wäre es ja trotz allem besser gewesen, im Pflegeheim anzurufen, noch einmal mit Mama zu reden statt mit ihm. Zu Mama könnte sie einfach sagen: Weißt du, es sieht noch genauso aus wie damals, zumindest, wenn man vor dem Eingang steht. Aber dahinter … Mama könnte es sich vorstellen. Weißt du noch, Mama: Papa hat die Klinik immer eine *alte Dame* genannt.

Diese große, großartige alte Dame. Zum ersten Mal kommt sie ihr wirklich alt vor.

Im Haupttrakt, im Rumpf der Klinik, in dem sich früher die Verwaltungsräume befanden, herrscht noch ein wenig Leben; eine kleine psychiatrische Abteilung ist mittlerweile dort untergebracht. Eben ist sie daran vorbeigelaufen. Sie hat den gleichen Weg genommen wie früher, wenn sie von der Schule kam: von der Bushaltestelle bis zum Portal. Am Pförtner vorbei. Durch die Flure des Hauptgebäudes, zum Hinterausgang. Durchs Klinikgelände. Nach Hause.

Nur dass es längst keinen Pförtner und keine Pforte mehr gibt. Und dass viele Gebäude leer stehen. So wie die Cafeteria mitten im Park: Sie war das Herz der Klinik gewesen.

Heute ein zusammenbrechender Bau.

Stattdessen – im Hauptgebäude – eine Bäckerei mit Kaffeeausschank, die Filiale einer Bäckereikette. Fabrikfrische, tiefgekühlt angelieferte Teiglinge werden dort nur noch aufgewärmt und verkauft. *Wir backen für Sie mit*

Herz steht auf den Brötchentüten, aber es steht auf allen Brötchentüten, in allen Filialen, an jedem beliebigen Ort in diesem Land.

»Edith?«

»Ich bin eben durchs Gelände gelaufen. Man sieht so wenige Menschen. Und man erkennt gar nicht mehr, wer Patient ist und wer hier arbeitet.«

»Na, ist doch gut, wenn man es nicht mehr gleich erkennt. Oder?«

»Ja. Sicher.«

Man darf sich das nicht zurückwünschen.

Auch nicht die Wärme der Backstube, den Geruch von Sauerteig, frischem Weißbrot und Brötchen. Den Butterkuchen am Freitag und die Plätzchen und Stollen zur Weihnachtszeit. Die Backstube, in der Alfons, der stotternde, ständig vor sich hin stammelnde Alfons, werktags wie sonntags die Böden fegte; Alfons, vollkommen zahnlos, weil zu der Zeit, als er in diese Klinik kam, der Zahnarzt bei einem, der so randalierte wie Alfons – der sich wehrte und nach den Händen biss, die ihm helfen wollten –, der alte Zahnarzt also gleich alle Zähne auf einmal zog. Das geht schließlich nicht, jedes Mal dasselbe Theater wegen ein oder zwei fauler Zähne. Die verrotten ohnehin schneller, als er danach schauen kann.

Papa hatte es ihr einmal erzählt. Zu Papas Zeit war dann Schluss mit dieser Art von Behandlung.

»Bist du noch dran?«

»Ja.« Sie lehnt sich an den Fensterladen und sieht zu

den drei Tannen, die den Garten begrenzen. Kaum höher und breiter sind sie geworden.

Dahinter, wo früher nur Wald war: der neu erbaute Hochsicherheitstrakt, die Forensik. Metallgitter, Stacheldraht. Scheinwerfer in dichten, regelmäßigen Abständen. Kein Entkommen mehr.

Kaum hundert Meter vom Gartenzaun, den Papa immer wieder geflickt und den Tom immer wieder aufgebogen hatte, um abzuhauen. Ins Gelände. Zu den Kirschbäumen.

»Sorry, Edith, dass ich jetzt nicht …«

»Nein, ist schon okay. I'm okay.«

Sie geht durch das Gras, um die Tannen herum, sucht die Stelle im lächerlich dünnen, verbeulten Maschendraht.

»Das Loch im Zaun ist noch da.«

»Was für ein Loch im Zaun?«

»Irgendwann zeige ich es dir.«

»Was denn?«

»Alles. Das alles hier.«

I

Er war mit Luzie bei den Kirschbäumen gewesen, und er hatte so viele Kirschen in sich hineingestopft, dass er am Ende selbst vom Baum geplumpst war wie eine überreife Frucht.

Nun stand er vor Papa, vor der weit geöffneten Zimmertür, und Papa sagte: »Komm herein, Thomas.«

Thomas – das war gar nicht gut.

Papa deutete auf den Stuhl neben dem Schreibtisch: ein breiter Stuhl aus dunklem Holz, die Sitzfläche mit glattem braunem Leder bezogen. In die Rückenlehne waren verschiedene Muster geschnitzt. Tom liebte diese Muster, er hätte sie gerne länger betrachtet, aber das ging jetzt nicht, denn Papa sagte: »Setz dich.«

Also schob er sich auf den Stuhl und legte die Hände ordentlich ab. Auf jedes Knie eine Hand. Seine Füße baumelten über dem Boden, er ließ sie ein klein wenig hin- und herschaukeln, nicht zu sehr, damit Papa es nicht bemerkte und womöglich noch ärgerlicher wurde. Papa schloss die Tür, setzte sich ihm gegenüber an den Schreibtisch und sah ihn an.

Schweigend.

Es musste etwas mit Luzie zu tun haben.

Eben, als Tom an Mama vorbei durch den Flur gegangen war, hatte sie Luzie hochgehoben und an sich gedrückt. *Ihn* hatte sie nicht einmal angesehen. Dabei hatte sie sich am Morgen noch gefreut, dass er Luzie nach draußen mitgenommen hatte, und zwar freiwillig.

Zu den Kirschbäumen. Erst am Männertrakt entlang und an dem großen roten Tor der Schreinerei vorbei, wo es nach frisch geschnittenem Holz und Zigaretten roch. Dort standen immer einige Patienten zwischen den Bretterstapeln und rauchten, bis der Schreinermeister sie wieder zur Arbeit trieb.

Einmal hatte Papa ihm die Werkstatt gezeigt. Der Schreiner hatte nicht nur Papa, sondern auch ihm, Tom, die Hand gegeben. Die staubige Luft voller Sägespäne hatte im Hals gekratzt, und die Kreissäge war ihm nicht geheuer gewesen – sie riss die Bretter, die man ihr hinhielt, an sich und fraß sich mit wütendem Kreischen durch das Holz. Sicherheitshalber war er hinter Papa stehengeblieben.

Aber jetzt rollte Papa mit seinem schweren Bürostuhl auf ihn zu und musterte ihn so gründlich, dass Tom aufhörte, mit den Beinen zu schaukeln.

Noch immer wusste er nicht, was er angestellt hatte. Zumindest nicht *genau*. Er war mit Luzie an der Schreinerei vorbeigegangen und dann auf dem Trampelpfad durch die Wiese. Die Kirschbäume standen oberhalb der letzten Gebäude. Hinter den drei hohen Bäumen gab es noch einen kleineren, der einen besonders freundlichen untersten Ast hatte, an dem Tom sich hochziehen und hinaufklettern konnte. Es war *sein* Baum. Diesmal traute er sich sogar ein, zwei Äste höher als sonst und pflückte, was noch zu pflücken war.

Luzie schaute geduldig zu ihm auf. Er zielte in die Schürze ihres Kleidchens, die sie wie ein Sprungtuch aufgespannt hielt. Während sie nach oben blinzelte, trat sie einen Schritt zurück und fiel auf ihren Hintern. Zum Glück war sie keine, die gleich zu heulen anfing. Sie sah eher verblüfft aus.

Er kletterte ein Stück tiefer, sprang ins Gras und drückte ihr eine letzte Kirsche in die Hand, die sie gleich in den Mund steckte und aß. Sie schob den Kern auf die Unterlippe und gab ihm einen leichten Schubs mit der Zungenspitze.

»Du musst richtig spucken. Schau, so!«

Tom legte den Kopf in den Nacken und schoss seinen Kern durch die Äste, weit über die Wiese. Danach zog er Luzie mit sich, in die Richtung, in die der Kern geflogen war, den Hang hinunter und bis zum Ende des Männertraktes, wo der Weg im Bogen zurück nach Hause führte. Diese Kurve war Grenzgebiet. Rechts davon nur noch Wellblechschuppen und das verrostete, immer abgeschlossene Tor. Dahinter, auf der anderen Seite: die Straße zum Neubaugebiet.

Das Tor war nicht hoch, es war sogar niedriger als der unterste Ast seines Kirschbaums. Tom hätte leicht darüberklettern können. Doch das durfte er nicht. Er wollte es auch gar nicht. Jenseits der Grenze lag fremdes und ödes

Land, die wenig befahrene Straße, Felder und Brachland, erst in einiger Entfernung sah man die Häuser der neuen Wohnsiedlung – was hätte er dort schon anfangen sollen?

Er wandte sich um. Im obersten Stock des Männertraktes, hinter einem der vergitterten Fenster, sah er einen Mann. Genau genommen nur eine Hand zwischen den Eisenstäben. Etwas glitzerte auf in der Luft, und mit einem kurzen, hellen Klingen landete eine Münze auf dem Boden. Tom lief hin, hob sie auf.

Es war ein Fünfzigpfennigstück: Auf der Rückseite war eine Frau, die barfuß auf der Erde kniete, um ein Bäumchen einzupflanzen. So hockte Mama auch oft im Garten vor den Beeten. Die silbernen Geldstücke waren alle mehr wert als die braunen, sogar mehr als die goldenen – die natürlich nicht wirklich aus Gold waren, Edith hatte es ihm erklärt. Nach den Ferien würde er in die Schule gehen und jede Woche fünfzig Pfennig bekommen. Bloß, das hatte Papa ihm versprochen, bevor er so wütend geworden war, und vielleicht würde er ihm nun doch kein Taschengeld geben?

»Stell dich mal hin«, sagte Papa.

Tom rutschte vom Stuhl.

Papa klopfte ihm auf die Hosentaschen, so dass die Geldstücke darin klimperten. Dann griff er hinein und zog sie heraus.

Es war doch *sein* Geld. *Er* hatte es am Boden gesucht und gefunden, also stand es ihm zu. Er hatte Luzies Röckchen hochgehoben, wie der Mann das gewollt hatte, so wie Mama, wenn sie prüfte, ob Luzie noch trocken war. Und jedes Mal, wenn das helle Rosa der Unterhose zu sehen gewesen war, hatte es weitere Münzen geregnet.

Bis Luzie zu quengeln begonnen und seine Hand weggeschoben hatte. Da waren sie heimgegangen. Rechtzeitig zum Mittagessen. Das es aber noch gar nicht gegeben hatte, denn Papa war nach Hause gekommen und gleich in die Küche gegangen, ohne ihn oder Luzie zu begrüßen, hatte dort, hinter der verschlossenen Tür, mit Mama geredet und ihn danach zu sich ins Arbeitszimmer gerufen.

Tom war hungrig. Und seine ganzen silbernen Münzen lagen in Papas Hand. Der darauf starrte wie auf krabbelndes Ungeziefer, sie plötzlich, mit einer einzigen heftigen Bewegung hinter sich in den Papierkorb warf und ein Taschentuch aus der Hose zog, ein großes weißes Taschentuch – sich gründlich die Hände damit abwischte, das Tuch einsteckte, auf seine Uhr schaute, danach wieder ihm, Tom, ins Gesicht und schließlich sagte: »So. Und jetzt reden wir miteinander. Von Mann zu Mann.«

II

Christian sah seinem Sohn hinterher, der durch den Flur zurück ins Esszimmer trottete. Dann schloss er die Tür, um noch einen Moment für sich zu haben.

Er wollte sich nicht verrückt machen lassen.

Das Ganze war unangenehm, peinlich, und vor allem ärgerte es ihn, dass ausgerechnet der Stationsarzt die beiden beobachtet hatte – aber verdammt, es waren Kinder. Tom hatte kaum begriffen, was passiert war, und Luzie überhaupt nicht.

Er setzte sich wieder an den Schreibtisch.

Nein, seine Kinder waren nicht in Gefahr. Es bekam immer jemand mit, was sie im Klinikgelände trieben, und hinterbrachte es ihm, so wie Lüdke, der Stationsarzt, an diesem Morgen. Obwohl Christian es anmaßend, geradezu vertraulich fand, wie Lüdke ihn am Ärmel gezupft und zur Seite gezogen hatte – dennoch, er konnte froh sein, dass er es erfahren hatte. Vor allem, bevor Ada davon wusste.

Denn das eigentliche Problem war Ada.

Nun würde es wieder einmal von vorne anfangen: Vorwürfe. Tränen. Abende, an denen sie so tat, als schliefe sie, wenn er sich zu ihr legte.

Dabei kam ein Umzug einfach nicht in Frage.

Er stützte den Kopf in die Hände.

Ada. Ständig hatte sie neue Wünsche und Ideen; wechselte, wenn nicht gerade die Frisur, dann wenigstens die Marke ihrer Zahnpasta; Kleider, Schuhe wurden angeschafft; Küchengeräte, die noch praktischer waren als jene, die sich bereits in den Schränken stapelten. Ständig mussten Dinge aus- und wieder eingeräumt werden, und wenn sie schon dabei war, stellte sie auch gleich die Möbel um. Immer wollte sie Veränderungen, nichts als Veränderungen – nur damit etwas verändert war!

Er glaubte nicht an einen Umzug. Dass dadurch alles anders, also besser würde.

Es gehe ihr ja nicht nur um die Kinder. *Er* solle auch mehr Abstand zur Klinik haben. Öfter zu Hause sein. Bloß – wie sollte er öfter zu Hause sein, wenn er dauernd mit dem Auto unterwegs sein müsste? Dieser schlichten Logik war sie nicht zugänglich.

Die Kleinen, Tom und Luzie, könne sie nicht dauernd überwachen. Und mit Edith sei es auch nicht leicht. Drei Kinder, Haus und Garten – Ada war offensichtlich überfordert. Und das, obwohl Inka ihr einmal in der Woche half. Inka war schizophren, medikamentös jedoch gut eingestellt, und sie war zuverlässig. Er zahlte ihr ein großzügiges Taschengeld.

Ada war trotzdem überfordert.

Sie war verwöhnt – er wollte nicht so denken, doch je weniger er es sich erlaubte, desto mehr schien Adas Lamentieren es zu bestätigen. Sie war verwöhnt, empfindlich und labil.

Stets befand sie sich in einem Zustand kurz vor, mitten in oder unmittelbar nach ihrer Periode. Also in einem beklagenswerten Zustand, den er zu berücksichtigen hatte. Ein neurasthenisches Geschöpf mit Schmerzen und Migräne, das bei allem Klagen und Sich-ans-Kreuz-Fassen plötzlich zuschnappen konnte wie eine bissige Stute.

Nun war sie gerade heute einmal gutgelaunt gewesen. Das Essen auf dem Tisch, die Hemden frisch gebügelt – nach dem Bügeln verteilte Ada sie in der ganzen Wohnung; sie hingen am Türgriff, am Knauf der Kommode, sogar an der Stehlampe, die sich unter dem Gewicht der Holzkleiderbügel leicht zur Seite neigte.

Ada behauptete, die Hemden müssten auskühlen. Er hatte keine Ahnung, ob das stimmte oder ob die Zurschaustellung seiner Wäsche nicht viel eher dazu diente, ihm zu demonstrieren, wie viel Arbeit er ihr bereitete, indem er seine Hemden völlig durchschwitzte, manchmal sogar zwei am Tag. Als ob er das absichtlich täte!

Auch jetzt spürte er die feuchte Wärme unter seinen Armen. Am liebsten hätte er sich noch geduscht, doch dafür reichte die Zeit nicht mehr. Er ging ins Bad, zog das Hemd aus und warf es in den Wäschekorb. Sein Gesicht kühlte er mit einem nassen Waschlappen, den er danach in den Nacken legte und mit einer Hand festhielt, während er ins Schlafzimmer schlich, um ein frisches Hemd aus dem Schrank zu holen.

Ada war sicher noch am Esstisch mit den Kindern.

Ruhig, sachlich und betont knapp hatte er ihr berichtet, was geschehen war. Sie wusste, dass er sich in seiner Mittagspause auf keine Diskussionen einlassen konnte.

Er wusste, dass die Auseinandersetzungen noch kommen würden.

Er ging zurück ins Bad, warf den Waschlappen zur Schmutzwäsche. Band seine Uhr um. Dachte an die Akte auf dem Schreibtisch – er kannte diesen Greiber. So wie jeden der Langzeitpatienten. Viele waren ebenso lange in der Klinik wie er, manche sogar länger.

Normalerweise ging er zu den Stationen oder ins Labor, wenn er Patientendaten brauchte. Diesmal hatte er die Sekretärin geschickt. Um Greiber nach dem Vorfall nicht mehr zu begegnen?

Im Arbeitszimmer setzte er sich wieder an den Schreibtisch. Sah auf das braune Deckblatt. Öffnete die Akte. Er überflog die ersten Seiten. Und lehnte sich mit einem schweren Ausatmen zurück.

Es waren *Kranke.*

Den Assistenzärzten predigte er, worauf es wirklich ankam in der Therapie: zu jedem der Patienten – und sei er dem Psychiater noch so fremd, ja, vielleicht sogar unsympathisch – eine menschliche Verbindung herzustellen. Ohne Sympathie ist keine Heilung möglich, immer wieder zitierte er hierbei Sándor Ferenczi, auch wenn die jungen Ärzte den nicht kannten; er formulierte es sogar mit noch mehr Emphase, selbst wenn sie daraufhin verlegen lächelten oder zu Boden sahen: ohne *Liebe* keine Heilung.

Und? Galt das nicht für alle? Also auch für Johann Greiber?

Früher hatte Christian die Erstgespräche durchgeführt, ohne die Akten vorher einzusehen. Um Menschen unbefangen zu begegnen, ohne Vorurteile. Einmal hatte er mit einem Studenten gesprochen, der Vertrauen fasste und ihm von seiner Leidenschaft fürs Kanufahren erzählte. Für Uferlandschaften schwärmte, die, wie er sagte, ganz anders aussähen, wenn man sie vom Wasser aus betrachten könne. Eine lange, angenehme Unterhaltung.

Erst danach hatte Christian gelesen, dass dieser junge Mann eine dreiundachtzigjährige Frau vergewaltigt und anschließend mit allem, was er greifen konnte, auf sie eingestochen hatte. Auf den Polizeifotos sah man die Tatwaffen: Küchenmesser, verbogene und blutverschmierte Gabeln, sogar ein Korkenzieher – ihm, Christian Neumann, damals schon Oberarzt und die rechte Hand von Professor Leinen, hatte es den Magen umgedreht wie bei der allerersten Obduktion.

Seither ging er nicht mehr unvorbereitet in die Erstgespräche.

Er versuchte, sich diesen Greiber zu vergegenwärtigen: die stumpfen, müden Augen, das Gesicht, aufgeschwemmt nach Jahren hochdosierter Neuroleptika, ein pädophiler, grenzdebiler – aber nein, so emotional, so undifferenziert durfte er an die Sache nicht herangehen! Immerhin, Greiber war kein Sadist, kein Mörder. Kein Jürgen Bartsch. Die Prozesse vor zehn Jahren hatte Christian genau verfolgt, so spektakuläre Fälle erlebte selbst er als Psychiater selten. Bartsch, im Blitzlichtgewitter unzähliger Kameras, mit gesenktem Kopf und scheuem Blick nach oben: Auf manchen Bildern sah er fast aus wie James Dean.

»Kirmesmörder« nannten ihn die Zeitungen. Die Jungen, alle zwischen acht und zwölf, hatte er auf Rummelplätzen angesprochen und in sein Versteck gelockt. Dort hatte er sie tagelang misshandelt und gequält, bevor er sie tötete.

Weit weg von jeder Psychiatrie.

Vielleicht waren die Kinder hier ja sicherer als in der Stadt.

Nun, die Akte Greiber. Sein IQ lag knapp unter 50 – eine leichte bis mittelgradige Oligophrenie. Er war nicht pädophil im eigentlichen Sinne, sondern völlig triebgesteuert und enthemmt. Auch junge Frauen hatte er sexuell belästigt, bloß waren sie von der Geschlossenen aus für ihn nicht mehr erreichbar. Im Gegensatz zu meinen Kindern, dachte Christian. Und klappte die Mappe zu.

Es waren *seine* Kinder, die dort unten auf dem Gehweg gestanden hatten, *seine* Kinder, denen Greiber durch das Fenstergitter Fünfzigpfennigstücke hingeworfen hatte – mit der einen, freien Hand, dabei mit der anderen masturbierend; beim Gedanken daran, dass Tom die Münzen eingesammelt hatte, beim Gedanken daran, dass er, Christian, sie eben aus den Hosentaschen seines Jungen hatte holen müssen, bei all diesen Gedanken wurde ihm so übel, dass er ohnehin nichts mehr zu Mittag hätte essen können, selbst wenn dazu jetzt noch Zeit gewesen wäre. Und an Luzie durfte er dabei nicht einmal denken, sonst …

Genug.

Er stand auf, ging in die Küche.

Ada war dabei, den Esstisch abzuräumen.

Er verabschiedete sich mit einem Kuss auf ihre Wange. Es war ein Kuss, der keinen weiteren Kommentar zum Vorgefallenen zuließ. Bevor er ging, holte er die Akte aus dem Arbeitszimmer.

Es war wichtig, sich Gefühle und Gedanken zu vergegenwärtigen.

Doch genauso wichtig war es, dass sie nicht sein Verhalten beherrschten.

Die Klinik war ihm immer schon wie eine alte Dame vorgekommen, respektabel, beinahe ehrfurchtgebietend, mit ihrer Fassade aus rostrotem Sandstein und dem Rondell davor, stets frisch bepflanzt mit gelben und violetten Stiefmütterchen, einer Brosche vor dem gepflegten Dekolleté.

Am Hauptportal erhoben sich – wie schön geschwungene Augenbrauen – die Fensterbögen, durch die das Licht der Kronleuchter nach außen fiel. Die vorderen Gebäude, in denen nur Verwaltungsräume lagen, waren flankiert von Rotbuchen und riesigen Kastanienbäumen, umgeben von einem Mantel weitläufiger Parkanlagen. Als sollte all das, diese ganze imposante Front zur Straße hin, die Innereien der Klinik überdecken. Die Körperlichkeiten, die ihr peinlich waren.

Die alte Dame litt an Flatulenzen.

Kein Wunder, bei all dem Kohl, den Steckrüben und Bohnen, die in der Großküche vor sich hin köchelten. Sie wurden mit viel Kartoffelbrei und wenig Fleisch in die verbeulten Blechtöpfe gefüllt. Die Henkelmänner standen dann auf grauen Leiterwagen; Patienten brachten sie zu den Stationen, die halb verdeckt im Grünen lagen. Dabei zogen Gerüche hinter ihnen her, die einem schon beim Einatmen den Bauch aufblähten. Christian war froh, dass er zu Hause essen konnte. Ada kochte leicht und gut, meist konnte er die knappe Stunde mit ihr und den Kindern auch genießen.

Gegen die Gerüche der Großküche kämpfte die Wäscherei an, mit Waschmitteln und Bleiche. Ätzende Dämpfe hingen über Bergen von schmutziger und eingeweichter Wäsche – Arztkittel, Schürzen, Bettlaken. Dichte, heiße Nebelschwaden quollen durch das immer offenstehende Tor auf den Gehweg.

Hinter der Wäscherei war das Herz der Klinik: die Cafeteria. Plastikstühle und rote Metalltische auf der Terrasse. Bänke unter den Platanen rund um die Minigolfanlage. Wellensittiche und Kanarienvögel piepsten in der Voliere vor sich hin.

Innen Kaffeegeruch und Radiogedudel. Dort wirkte alles ein wenig unbeschwerter und heiterer als auf den Stationen, auch wenn die Heiterkeit bemüht und selbstgebastelt war.

An den Fenstern Blumenampeln aus geknüpftem Makramee, in denen die unvermeidlichen Graslilien wucherten. Auf den Tischen Trockengestecke. Untersetzer aus zusammengeklebten Holzwäscheklammern. Und überall Getöpfertes: Kerzenständer, Schalen, Aschenbecher – ständig kam Nachschub aus der Beschäftigungstherapie im hellgelben Neubau oberhalb der Stationen.

Darüber, nahe der Kapelle und dem Friedhof, lagen in einer leichten Senke die Streuobstwiesen. Dahinter stieg der Berg steil an, von dem man vor hundert Jahren den

Sandstein abgetragen hatte, um das Hauptgebäude, die Seitenflügel und die Pavillons der damaligen *Provinzial-Irrenanstalt* zu errichten.

Die Kapelle war der letzte Ausläufer der rostroten Gebäude. Wie ein erhobener Zeigefinger wies ihre Spitze Richtung Himmel. Sie diente als Leichenhalle, und Christian wusste, dass dort oben, wo man dem Tod notgedrungen einen Platz zugestanden hatte, noch etwas anderes im Verborgenen blühte: die Sexualität. Am Waldrand, jenseits von Friedhof und Kapelle, hatten viele Patienten ihre Verstecke, wo sie im Schutz der Bäume und Gebüsche Intimitäten austauschen konnten.

Seit Jahren setzte Christian sich für Aufklärung und Verhütungsmittel ein. Für eine Verhütung, die nicht mehr darin bestehen konnte, nicht mehr darin bestehen *durfte*, dass man versuchte, die Treffen der Patienten zu verhindern. Oder Tatsachen schlichtweg zu verleugnen. Wie viele Diskussionen hatte er deswegen schon geführt! Mit Kollegen, dem Pflegepersonal, den Angehörigen – Menschen, die in ihren eigenen Betten treiben konnten, was sie wollten.

Die Extremitäten der Klinik: rechter Hand das Schwesternwohnheim und linker Hand die Reihenhäuser, in denen Angestellte wohnten. Und, als Appendix, Christians Haus. Hell, modern, mit einer breiten Fensterfront zur Straße hin. Im Garten hohe Birken, Tannen, eine große Wiese. All das in Stadtnähe, was Ada ja so wichtig war. Eine halbe Stunde Gehweg, mit dem Auto fünf Minuten. Den

Audi überließ er meistens ihr, er konnte die Verwaltung und die Stationen in wenigen Minuten zu Fuß erreichen.

Aus Gewohnheit hatte er den Weg zu seiner eigenen Station eingeschlagen. Der Spaziergang tat ihm gut, doch er machte kehrt. Er wollte zu Lüdkes Station, wollte noch einmal mit ihm über Johann Greiber reden.

Vor dem Männertrakt stand ein Streifenwagen.

Christian ging die Treppe hoch zum zweiten Stock, schloss auf und hinter sich gleich wieder zu. Und hatte den Rücken eines Pflegers vor sich.

»Was ist denn hier los?«

Der Pfleger wandte sich um. Nun bemerkte Christian die beiden Polizisten, die versuchten, einen Neuzugang zu bändigen. Daneben Lüdke, dessen Blick von einem zum anderen ging – ohne dass er eingriff, ohne dass er *irgendetwas* tat. Wie sehr ihm dieser Lüdke auf die Nerven fiel!

Der Neuzugang war eine Frau.

»Die sollte eigentlich auf die Akute«, sagte der Pfleger mit einem breiten Grinsen im Gesicht. »Erst ließ sie sich kaum hier hochschaffen, und jetzt will sie anscheinend gar nicht wieder weg.«

Als er sah, dass Christian das Grinsen nicht erwiderte, machte der Pfleger einen Schritt zur Seite und ließ ihn in den Ring.

Warum hatte man zwei so unerfahrene Polizisten hergeschickt? Jeder, der länger als ein paar Monate im Dienst war, wusste, wo die Akute war!

Die Patienten standen hinter der Zwischentür und stierten durch das Sicherheitsglas. Die junge Frau warf den Kopf zurück, doch die langen Haare fielen ihr gleich wieder ins Gesicht. Holz- und Perlenketten hingen wirr und verknotet vor der Brust, die rote Bluse stand weit offen, so dass man den BH darunter sah. Er war schwarz. Schweißflecken unter den Armen, ein verrutschter, knapper Rock – und dennoch wirkte sie gepflegt. Tochter aus gutem Haus. Das waren teure Wildlederstiefel, die sie da trug.

Ob er die Eltern kannte?

»Wie heißen Sie?«

»Verrät sie uns nicht«, sagte einer der Polizisten. »Papiere hat sie auch nicht dabei.«

Christian suchte ihren Blick: Die Pupillen waren erweitert, offensichtlich war sie intoxiniert. Wahrscheinlich LSD. Kein Alkohol. Seit seiner Kindheit hatte er einen Instinkt für alkoholisierte Menschen, selbst die geringsten Mengen nahm er von weitem wahr, hatte ein flaues Gefühl im Magen, noch bevor andere etwas rochen oder sahen.

Wieder versuchte sie, die Hände der Polizisten abzuschütteln. Aussichtslos, so zierlich, wie sie war.

»Mein Gott«, sagte er, »lassen Sie die Frau doch los, Sie machen sich ja lächerlich!«

Sie sah ihn an. Zumindest auf ihn reagierte sie – das war schon mal ein Anfang.

»Übernehmen *Sie* die Verantwortung?«, fragte der Polizist.

»Na, wer denn sonst?«, sagte Christian mit einem Seitenblick zu Lüdke.

In Zeitlupe ließen die Polizisten ihre Arme sinken. Gemeinsam traten sie den Rückzug an. Richtung Ausgang oder vielmehr Richtung Pfleger, der noch immer davorstand, breitbeinig, wie um die Tür zu sichern.

»Ich kann mich nicht um die Frau kümmern«, sagte Lüdke, »ich muss wieder Ruhe auf meiner Station schaffen.«

»Ja doch«, sagte Christian scharf.

Der Pfleger zog den Schlüsselbund aus seiner Kitteltasche. Langsam und betont routiniert schloss er auf. Er schien seinen kurzen Auftritt zu genießen, während die Polizisten unruhig wurden und es plötzlich eilig hatten. Offensichtlich waren beide froh, von hier wegzukommen. Lüdke dagegen sah verwirrt zu Christian, weil er die Polizisten gehen ließ, statt sie mit dieser Frau zur Akuten zu schicken. Doch wer wusste, wo sie dann gelandet wären.

Was für ein Theater.

Die Patienten hinter der Scheibe kämpften um die besten Plätze.

»Dr. Lüdke«, sagte Christian. »Wären Sie so freundlich und würden jemanden von der Akuten kommen lassen, um die Patientin abzuholen?«

Er öffnete eine der seitlichen Türen, um die junge Frau endlich aus dem Blickfeld der Patienten zu schaffen. Es war ein Abstellraum.

Sie schloss die Knöpfe ihrer Bluse und strich sich die

Haare aus dem Gesicht. Währenddessen schob er die Nachtschränkchen und einen Tisch zur Seite, stellte zwei der aufgestapelten Stühle hin.

»Lassen Sie uns solange allein«, sagte er.

Und zu ihr: »Bitte.«

Zu einer guten Anamnese, auch das erklärte Christian den Assistenzärzten regelmäßig, gehört das *genaue* Wahrnehmen des ersten Eindrucks, den ein Patient auf den Psychiater macht. Wenn er einen neuen Fall übernahm – wofür er kaum noch Zeit hatte –, notierte er wenigstens kurz seine Gedanken und Empfindungen. Nicht in der Akte, die schließlich jeder einsehen konnte, sondern in seinen eigenen Unterlagen.

Der erste Eindruck wurde von den folgenden oft überlagert, vielleicht sogar verwischt. Jeder Psychiater wusste, dass es umso schwerer fiel, eine Diagnose zu stellen, je länger man den Patienten kannte. Deshalb war es wichtig, nachlesen zu können, was man als Erstes, und zwar unzensiert und ungefiltert, aufgeschrieben hatte.

Zu Diana Kuri hatte er sich allerdings nichts notiert.

Am nächsten Morgen bei der Visite wirkte sie ausgeschlafen; geduscht und in frischen Kleidern stand sie vor ihm. Und er hatte seine Gedanken und Gefühle vom Vortag vergessen.

Erst als sie längst entlassen war und er sie in der Stadt getroffen hatte, ja, eigentlich erst, als er mit ihr in ihre Wohnung ging, fiel ihm sein erster Eindruck wieder ein.

Ihm wurde klar, dass er seine Gedanken und Gefühle nicht vergessen, sondern verdrängt hatte. Weil er sonst wohl schon geahnt hätte, welche Unruhe sie in sein Leben bringen würde.

Wäre er bei ihrer ersten Begegnung nicht in der Rolle des Chefarztes gewesen – im langen weißen Kittel, mit Pager, Pupillenleuchte und dem Generalschlüssel, seinem Durchgänger –, sie hätte ihn verunsichert.

In dem Moment, in dem er sie gesehen hatte, mit ihrem wütenden Blick, den wilden Haaren und dem verrutschten Rock, umringt und begafft von all den Männern, in dem Moment hatte er gedacht: *Eine wie dich hätten sie früher als Hexe verbrannt.*

III

Als Ada fünf Jahre alt war, hatte ihre Mutter eine Fehlgeburt. Ada hätte sich vielleicht nie mehr daran erinnert, doch eines Tages sah sie die Kinderfotos durch und fand das Bild, auf dem sie selbst, Klein-Ada, mit ihrer Lieblingspuppe auf dem Teppichboden saß. Im Hintergrund, am Bildrand, leicht zu übersehen: die sonst so schlanke Mutter. Mit einem ziemlich runden Bauch.

Dieses Foto hielt sie lange in der Hand. Sie begriff, dass sie, ohne es zu wissen, etwas gesucht hatte in ihrem Elternhaus, dass sie *mehr* gesucht hatte als nur die Alben im

Vitrinenschrank. Das Haus, in dem die Mutter nun seit langem allein lebte, war viel zu groß für sie; immer zerbrechlicher wirkte sie darin.

Ada begriff, dass es Zeit wurde, sie zu fragen.

»Ja«, sagte ihre Mutter und rührte dabei in der Teetasse. »Ich war mit dir im Badezimmer, als es losging.«

Da erinnerte sich Ada.

Es war im Sommer gewesen; Mama trug ein helles, leichtes Kleid. Sie klammerte die Hände an den Waschbeckenrand. So sehr, dass die Knöchel weiß hervortraten.

»Ada«, sagte sie mit ruhiger Stimme. »Holst du mir das Telefon?«

Das Telefon stand im Flur auf der Kommode. Ada streckte sich, doch sie kam nicht heran. Sie zog an der Schnur. Das Gerät kam ihr samt Häkeldeckchen entgegen, fiel ihr in die Hände, der Hörer daneben. Es tutete, ein hoher, drängender Dauerton. Sie brachte das Telefon bis zur Badezimmertür. Dort war die Schnur zu Ende.

Mama bückte sich, um an die Wählscheibe zu kommen. Die andere Hand krallte sich weiter an das Waschbecken. Dann sprach sie mit jemandem, leise, schnell. Ada spürte etwas, das mächtig vom Boden her in ihr aufstieg, sie spürte ihre Angst; aber Mama legte auf und sagte lächelnd: »Spielen wir *Mensch ärgere dich nicht*?«

Ada lief ins Wohnzimmer, wo die Spiele waren, ganz unten im Vitrinenschrank. Sie drehte am Schlüssel, bis die Tür aufsprang. Die Weingläser über ihrem Kopf klirrten leicht. Beim Herausziehen musste man den Karton zusammenhalten, damit die Figuren nicht auf den Boden fielen. Auf der Schachtel war ein Mann zu sehen, der sich die Haare raufte, obwohl er sich doch eigentlich *nicht* ärgern sollte. Der lange weiße Buchstabe darunter sah aus wie ein Weg, der steil anstieg und dann viele Kurven nahm.

Sie hielt die Schachtel fest in beiden Händen und lief zurück ins Badezimmer.

Mama beugte sich hinunter. Nahm das Spielbrett heraus. Legte es auf die Fliesen. Unter ihrem Kleid kroch eine dunkle Spur hervor, das Bein entlang. Mama bemerkte Adas Blick. Sie hockte sich hin, so dass die Spur nicht mehr zu sehen war.

Zusammen stellten sie die Figuren auf. Mama nahm rot, Ada blau.

Aber Mama griff immer wieder nach der falschen Figur.

Dann lag sie auf der Trage und verschwand im Krankenwagen.

Die Nachbarin, Frau Laubenthal, legte den Arm um Ada, winkte dem Wagen hinterher und ging mit ihr ins Haus. Sie schloss die Tür der Vitrine und setzte Ada in der Küche auf die Eckbank. Frau Laubenthal sah in alle Schränke, nahm Blockmalz heraus und Butterkekse, öffnete eine Dose Mandarinen und kippte sie in eine Schüssel, holte eine Flasche Limonade aus der Abstellkammer und stellte all das, Mandarinen und Kekse, Blockmalz und Limonade, vor Ada auf den Tisch. Und ging ins Bad.

Ada folgte ihr.

Frau Laubenthal kniete auf dem Boden, um das Blut wegzuwischen.

Als Papa abends aus dem Geschäft nach Hause kam, sahen die Fliesen weiß und sauber aus wie immer. Frau Laubenthal wünschte ihnen eine gute Nacht.

Niemand hatte mit Ada darüber gesprochen, was geschehen war. Weder an diesem Tag noch später.

Manchmal, wenn Christian von Patienten sprach, die er behandelte, empfand Ada etwas, das sie irritierte. Eifersucht. Neid. Natürlich ging es diesen Menschen schlecht, sie litten. Sie waren krank und unfähig, im Alltag zu bestehen. Doch sie hatten Gründe dafür, die jeder sofort einsehen konnte. Sie waren von den Eltern, Großeltern, Lehrern oder sonst jemandem geschlagen, misshandelt, manche sogar vergewaltigt worden.

Selbst Christians Kindheit war wohl schlimm gewesen. Jedes Mal, wenn sein Vater betrunken war, hatte er Christian unterm Tisch hervorgezogen und mit beiden Händen auf ihn eingeprügelt. Um kurz darauf dieselben Hände schluchzend vors Gesicht zu halten. Oder Christian mit diesen Händen festzuhalten, zu umarmen und dabei Entschuldigungen vor sich hin zu stammeln.

Und sein Vater, sagte Christian, als er ihr davon erzählte, war damals oft betrunken.

Vielleicht sei er deshalb Psychiater geworden, sagte er: Sehr früh und sehr gründlich habe er gelernt, Menschen und Situationen richtig einzuschätzen, um besser gewappnet zu sein. Das sei *auch* eine Fähigkeit, die ihm heute zugutekomme.

Sogar Heidi, Adas beste, genau genommen ihre einzige wirkliche Freundin, hatte ihr neulich anvertraut, dass sie zu einem Psychologen gehe. Um mit ihm ihre Vergangenheit zu »bearbeiten«, wie sie das nannte. Die Gespräche schienen ihr gutzutun, sie wirkte seitdem so – ja, wie? Vielleicht lebendiger.

Doch was hätte sie selbst erzählen können? Gar nichts. Ihre Eltern hatten es immer nur *gut gemeint*.

Ada stand am Spülbecken und wusch das Geschirr des Vormittags.

Heidi besaß längst eine Spülmaschine, obwohl sie, weil sie mit ihrem Mann allein lebte, kaum Arbeit im Haushalt hatte. – Eben, hatte Christian dazu gesagt. Wer drei Kinder habe, brauche keine Spülmaschine. Sie sollten lernen, im Haushalt zu helfen.

Er hatte gut reden. Er war es gewohnt, Anweisungen zu geben. Und alle um ihn herum waren es gewohnt, sie zu befolgen.

Auf den Stationen, in der Wäscherei und in der Großküche gab es genügend Arbeitspatienten. In der Klinik musste jeder helfen. Aber hier, zu Hause? Luzie war zu klein. Und Tom hatte zwei linke Hände, er würde jede Tasse fallen lassen. So wie Edith. Bei ihr geschah so etwas allerdings aus Trotz, und sie war raffiniert genug, es wie ein Missgeschick aussehen zu lassen.

Inka kam zweimal in der Woche. Sie erledigte, was man ihr auftrug, blieb dann aber auf der Stelle stehen und wartete, stumpfsinnig und stur, bis sie von Ada eine neue Aufgabe bekam. Das war meist anstrengender, als die Arbeit selbst zu tun.

Ada spülte. Die Kaffeetassen, Toms Kakaobecher, Luzies Fläschchen, ein Teil nach dem anderen; sie spülte sich in Rage. Teelöffel, Messer, Frühstücksbrettchen. Eine Tasse glitt ihr aus der Hand und knallte auf den Boden. Nicht nur Scherben, auch noch eine Pfütze aus Brennnesseltee. Warum kochte Edith jeden Morgen dieses Unkraut, wenn sie doch nichts davon trank? Ada fluchte halblaut – und erschrak, weil Inka, gegen jede Gewohnheit, plötzlich in der Küchentür stand. Sie konnte also schnell sein, wenn sie wollte. Wenn sie neugierig war. Oder schadenfroh.

Inka senkte, als Ada sie nun anschaute, sofort den Kopf. Der Damenbart über der Oberlippe war noch deutlicher sichtbar als sonst. Diese eng beieinanderstehenden Augen, die starken Augenbrauen. Die fettige Haut. Fast alle Patienten hatten diese eigenartige, fettige und dabei seltsam pelzige Haut; es lag wohl an den Psychopharmaka.

»Ich bin fertig mit den Betten, Frau Professor Neumann«, sagte Inka. »Wo soll ich jetzt …«

Gehorsam bis zur Unterwürfigkeit. Etwas Spöttisches lag darin, genauso wie in diesem ständigen »Frau Professor Neumann«. Es gelang Ada nicht, sie davon abzubringen.

»Du kannst in der Küche saubermachen«, sagte Ada und schob die Scherben mit der Fußspitze zusammen, »und danach im Wohnzimmer staubsaugen.«

Sie ging in Ediths Zimmer, um das Bett aufzuschütteln. Edith hatte durchgesetzt, dass Inka hier nicht putzen durfte. Jedoch duldete Ada es nicht, dass Edith ihr Zimmer abschloss – nicht, solange sie die frisch gewaschene und gebügelte Wäsche vor dem Spiegel anprobierte, auf den Boden fallen und dort liegen ließ.

Ada hob eine Jeans auf. Ein hellblaues Päckchen lag darunter: *Femina Tampons, mini.* Sie schaute hinein. Die Packung war angebrochen.

Dass Edith so etwas benutzte ... Ada konnte sich nicht daran gewöhnen. Sie misstraute diesen Dingern, obwohl Christian ihr versichert hatte, dass Tampons nicht schädlich seien. Selbst wenn seine Tochter, wovon er ausgehe, noch Jungfrau sei. Auch darin hatte leiser Spott gelegen.

Kleine weiße Wattepfropfen. Statt der gesäumten Lappen, der gehäkelten und gestrickten Einlagen, die Ada als junges Mädchen in die Unterwäsche hatte knöpfen müssen. Das Blut war dennoch durch alle Lagen gesickert. Warm und feucht klebte es an den Oberschenkeln, unangenehm süßlich und entlarvend roch es. Dazu die ständige Angst, dass Flecken auf dem Rock zu sehen sein könnten. Diese Ängste. Diese Scham und Verwirrung. Diese Ahnungslosigkeit.

Und der einzige Kommentar der Mutter zu all dem Unaussprechlichen: Blut sei unbedingt kalt auszuwaschen, nicht heiß, weil es sonst gerinne, die Flecken gingen dann nicht mehr heraus.

Mit einem Mal fühlte Ada sich so müde, so traurig und im Stich gelassen; sie war kurz davor zu weinen. Edith wuchs ganz selbstverständlich in eine neue Zeit hinein, eine Zeit, in der all das, was Ada früher gequält hatte, vorbei war. Einfach vorbei. Es gab *Femina Tampons*. Und Antworten zu allen Fragen, in den *Bravo*-Heftchen, die sich unter Ediths Bett stapelten.

Sie betrachtete das Poster an der Wand. Eine grüne Limoflasche mit weißem Schriftzug war darauf, riesengroß; dahinter eine Figur mit roten Siebenmeilenstiefeln auf dem Weg in eine weit entfernte, nur angedeutete Landschaft. Eine Flasche *Seven-up* und diese Stiefel: Schon war man, mit wenigen Schritten, in einer völlig neuen Welt.

Edith würde, vielleicht schon in vier, fünf Jahren, das Haus verlassen. In ihre Siebenmeilen-Zukunft stiefeln. Und sie selbst?

Ada legte die Jeans in den Kleiderschrank. Neben den Slips lag ein Lippenstift, *Lipgloss* stand darauf – sie öffnete ihn, strich sich damit über den Handrücken. Ein leuchtendes, helles, feuchtes Rosa. Glitzerpartikel. Ada hielt die Hand vors Gesicht und roch daran. Berührte die Stelle mit den Lippen. Was für ein intensiver, künstlicher Geschmack! Kirsche.

Sie sah auf, sah sich im Spiegel neben dem Schrank. Sie sah sich in Ediths Zimmer herumschnüffeln. Und erschrak. Mit den Fingerspitzen wischte sie den Fleck von der Hand.

Eine Gabel lag auf dem Boden. Ada hob sie auf, drehte sie hin und her. Die Zinken waren verbogen. Was hatte Edith damit angestellt?

Ihre große Tochter war ihr fremd geworden. Ja, sie schnüffelte hier herum. Aber mussten sie und Christian nicht noch ein wenig Kontrolle behalten?

Das monotone Geräusch des Staubsaugers nahm Ada jetzt erst wahr, als es tiefer wurde und allmählich endete. Sie ging ins Wohnzimmer zu Inka, die auf den nächsten Auftrag wartete. Selbständig hätte sie nicht einmal einen Aschenbecher geleert.

Es war höchste Zeit, Tom in den Kindergarten zu bringen.

Ada trat auf die Terrasse, rief nach ihm und Luzie.

Keine Antwort.

Hinter den Tannen entdeckte sie ein Loch im Zaun.

Sie lief aus dem Garten, um das Haus herum. Auf die Straße. Durch das Klinikgelände Richtung Cafeteria. An den Stationen vorbei, zurück. Schließlich fand sie die beiden vor dem Männertrakt.

»Tom, ich hab euch überall gesucht! Jetzt ist es zu spät für den Kindergarten!«

»Wir waren doch da oben«, sagte Tom und deutete auf die Wiese oberhalb der Gebäude.

Er schien nicht zu begreifen, dass sie ihn hatte suchen müssen, während er genau gewusst hatte, wohin er wollte: zu den Kirschbäumen. Natürlich. Wohin sonst.

Ada hob Luzies Kopf an und wischte mit den Fingern

über die roten Flecken rund um ihren Mund: »Was ist das?«

»Kirschen«, sagte Tom.

»Ihr wisst, dass ihr keine Tabletten essen dürft!«

»Ja.« Er nickte.

»Keine! Hast du mich verstanden?«

»Ja«, sagte Tom.

Und, nach einer kleinen Pause: »Warum?«

»Für die Patienten sind die Tabletten gut, aber für euch ganz schlecht. Manche Patienten werfen sie einfach aus dem Fenster, und wenn ihr –«

»Warum?«

»Warum was?«

»Warum werfen sie die aus dem Fenster?«

»Weil sie unvernünftig sind und sie nicht nehmen wollen. Ihr dürft sie nicht aufheben. Keine roten, keine hellblauen, keine gelben. Gar keine. Tom? Hast du mich verstanden? Ihr dürft –«

»Jaha.«

»Also, ab, nach Hause.«

Auch am nächsten Tag wollte Tom nicht in den Kindergarten. Sie ließ ihn gewähren. Nur noch ein paar Tage, danach würde er sich ohnehin bis zum Schulbeginn zu Hause beschäftigen müssen. Er saß am Küchentisch und malte, während Luzie hingebungsvoll am Rest ihrer Brotscheibe kaute. Ein selten schöner friedlicher Moment. Die Zeit mit den Kindern war oft so nervenaufreibend, anstrengend – und dennoch lähmend. Wenn Ada einen ganzen Tag mit ihnen allein gewesen war, fühlte sie sich dumpf und aufgeweicht, als hätte sie Stunden unter Wasser zugebracht. Oft konnte sie sich erst am späten Abend, wenn Tom und Luzie längst schliefen, wenn sie noch einmal ins Kinderzimmer schlich und nach ihnen sah, ihnen die verschwitzten Haare aus dem Nacken strich – oft konnte sie sich dann erst wieder an den beiden freuen.

Ada begann, das Frühstücksgeschirr abzuräumen. Durch das Fenster zum Garten sah sie Hannes, der gerade ums Haus kam. Sie hörte, wie er die Terrassentür öffnete und durch den Flur trottete. Als Tom die schlurfenden Schritte und den Singsang bemerkte, den Hannes ständig von sich gab, verdrehte er die Augen.

»Der schon wieder.«

»Tom, sei nett zu ihm. Du kannst froh sein, dass *du* so gesund bist.«

»Hannestannzenn. Hannestannzenn.«

Wie ein großer alter Zirkusbär stand Hannes in der Tür, trat von einem Fuß auf den anderen, wandte den Oberkörper von links nach rechts und wieder zurück. Er trug Hemd und Strickweste, war frisch rasiert und sah sauber aus wie jeden Tag. Schwester Irene war anscheinend ganz vernarrt in ihn. Aber auch ihr fehlte wohl die Zeit, ihn zu beschäftigen.

»Schwesterrrrene. Hannestannzenn.«

Er hielt den Kopf gesenkt, sein Blick beschrieb einen Halbkreis um seine schweren braunen Schuhe herum.

»Hallo, Hannes«, sagte Ada.

»Schwesterrrene. Hannestannzenn.«

»Schwester Irene tanzt mir dir?«

»Samstagtannzenn. Samstagtannzenn.« Wie eine Schallplatte, die einen Sprung hatte. »Samstagtannzenn. Samstagtannzenn.«

Seit Wochen freute er sich auf den Tanznachmittag im Festsaal. Auf die zwei Stunden, in denen er nicht durchs Gelände irren, sondern mit Schwester Irene tanzen würde. Der ganze Sommer bestand für ihn aus diesem einen Tanznachmittag.

Danach, um sieben Uhr, würde er bereits wieder im Bett liegen. Früher als Ada das je bei Tom und Luzie schaffte.

Hannes hätte ein stattlicher Mann sein können, mit seinen breiten Schultern und dem gleichmäßigen, freundlichen Gesicht, das sie ein wenig an Wim Thoelke erinnerte. Hannes *war* ein stattlicher Mann. Mit dem Verstand eines Dreijährigen. Wenn überhaupt. Eine schreckliche Vorstellung, dass er, wie Christian sagte, nur deshalb so behindert war, weil seine Mutter während der Schwangerschaft getrunken hatte.

Ada hatte oft das Gefühl, als Mutter alles falsch zu machen, aber niemals hätte sie, als die Kinder unterwegs waren, Alkohol getrunken. Oder geraucht. Allen Medikamenten, selbst den angeblich harmlosesten, hatte sie misstraut. Schließlich galt sogar *Contergan* lange Zeit als harmlos. Auch in der Nachttischschublade ihrer Mutter hatte eins der weiß-blauen Tablettenröhrchen gelegen. *Unschädlich wie Zuckerplätzchen* – Ada erinnerte sich noch an die Werbung. Doch dann die Bilder, die sie kurz vor ihrem siebzehnten Geburtstag zum ersten Mal gesehen hatte: Babys mit winzigen, abgeknickten Füßen direkt am Rumpf. Händchen, die wie Flossen am Oberkörper hingen. Diese Bilder hatte sie nie mehr vergessen können.

Sie zog Toms kleinen Mecki-Igel unter dem Kinderstuhl hervor und drückte ihn Hannes in die Hand.

»Ist nicht mehr lange bis Samstag, Hannes.«

Tom, der bis dahin kaum aufgeschaut hatte, ließ seinen Stift fallen.

»Das ist *mein* Mecki!«

»Aber Tom. Du spielst doch gar nicht mehr damit.«

»Ich will den Mecki wiederhaben!«

»Samstagtannzenn. Schwesterrrrene. Schwesterrrrene«, stieß Hannes hervor. Immer schneller drehte er sich hin und her, seine Finger kneteten heftig an dem Plastikigel herum.

»Mein Mecki!«

»Du bist jetzt still! Du weißt gar nicht, wie gut du es hast. Andere Kinder wären froh, wenn sie –«

Tom brüllte.

Hannes schnaufte. Ada schob ihn aus der Küche, durch den Flur, hinaus auf die Terrasse. Sie ging mit ihm bis zum Gartentor.

»Hannestannzenn«, murmelte er. »Hannestannzenn.«

Es klang verwirrt, mutlos, vielleicht sogar schuldbewusst – wer wusste schon, was in ihm vorging?

»Ja, Hannes, am Samstag.« Sie strich über seine Schultern, um ihn zu beruhigen. »Ist nicht mehr lange bis dahin.«

Dann schloss sie hinter ihm ab.

Toms Geheul war bis hierher zu hören. Am besten würde sie ihn und Luzie gleich zum Spielen in den Garten schicken. Doch ihr fiel ein, dass Christian das Loch im Zaun noch nicht geflickt hatte. Also musste Tom in der Küche bleiben.

Aber als sie ihn so in Tränen aufgelöst am Tisch sitzen sah, tat er ihr leid.

»Weißt du, was, Tom«, sagte sie. »Wir fahren in die Stadt.«

»Ich suche etwas, womit die Kinder sich eine Zeitlang im Zimmer beschäftigen können.«

»Verstehe.«

Der Verkäufer lächelte sie überaus freundlich an. Sein Blick glitt an ihr vorbei durchs Schaufenster nach draußen: ein strahlend blauer Himmel. Herrliches Sommerwetter, seit Tagen schon.

Sollte er doch denken, was er wollte.

Tom war bereits bei den Regalen mit dem Spielzeug und griff nach einer bunten Schachtel. Schnell nahm der Mann sie ihm, weiter freundlich lächelnd, ab.

»Was ist das denn?«, fragte Ada.

»Ein *Etch-a-Sketch.*« Der Verkäufer schien sehr zufrieden mit Toms Wahl. »So etwas wie eine Zaubertafel. Hervorragend für die Feinmotorik. Der junge Mann kommt bestimmt bald in die Schule, nicht wahr?«

Er zog ein rotes Plastikgerät heraus, das aussah wie ein kleiner Fernseher mit zwei weißen Drehknöpfen daran.

Tom strahlte. »Wie geht das?«

»Ganz einfach. Mit dem einen Knopf geht es nach oben oder unten, mit dem anderen nach rechts oder links.«

Auf der Stelle setzte Tom sich hin und begann, an den Knöpfen zu drehen. Eine schwarze Linie erschien auf der hellen Bildfläche. Sie wanderte hoch, zur Seite, wieder hinunter.

Tom war begeistert. Und beschäftigt.

Inzwischen hatte der Verkäufer einen Karton herbeigeschafft und packte eine große Puppe aus. Er hielt sie in den Händen, erst aufrecht, dann legte er sie hin. Die Augendeckel schoben sich mit einem leisen Klacken über die blauen Glasaugen. Sie hatte eine ovale Pappscheibe vor dem Bauch. *Füttere mich – Babydoll* stand darauf.

Nun angelte der Verkäufer das Zubehör aus dem Karton: ein Milchfläschchen und einen Plastiklöffel mit etwas Grünem darauf.

»Schau mal«, sagte er zu Luzie, die ihre kleinen Finger in die hellen Nylonhaare grub. Der Löffel näherte sich dem Puppenmund: *Babydoll* schüttelte den Kopf.

»Siehst du, sie mag keinen Spinat! Ist das nicht toll?«

»Und wie geht das?«, fragte Tom vom Fußboden aus.

»Dir kann ich es ja verraten«, sagte der Verkäufer. Es klang verschwörerisch. »Da ist ein Magnet drin.«

Tom nickte, ahnungslos, aber zufrieden, und zauberte mit den Drehknöpfen weiter seine eckigen Autos und Häuser.

Jetzt wurde das Milchfläschchen vorgeführt. Wenn man die Puppe damit fütterte, sah es aus, als leerte sich das Fläschchen. Der Mann stellte es aufs Regal – und es füllte sich erneut. Luzie begriff das Wunder daran nicht, sie wurde unruhig und wand sich auf Adas Arm. Es war längst Zeit für ihren Mittagschlaf.

Auf dem Rückweg gab es wieder Tränen. Tom war erbittert, weil ihm die Räder nicht gelingen wollten. Luzie quengelte, nun völlig übermüdet.

»Die Räder musst du auch eckig malen«, sagte Ada, streckte den rechten Arm nach hinten und deutete auf die Knöpfe. »Immer abwechselnd, so geht es doch.«

»Nein, das geht überhaupt nicht!«

Tom warf den Kopf auf den Sitz und heulte. Ada nahm die Hand wieder ans Steuer.

Luzie war eingeschlafen.

»Jetzt weck sie bloß nicht auf. Los, komm nach vorne.«

Tom kletterte zu Ada, setzte sich neben sie.

»Wenn ich *Polizei* sage, musst du dich ducken!«

Das war ein Spiel, das ihm gefiel.

Sie bog in den Weg ein, der zum Klinikgelände führte. Eine Patientin, die dicke Bertha, überquerte die Straße. Ada bremste ab. Sofort verschwand Tom im Fußraum.

»Es war keine Polizei. Du kannst hochkommen.«

Er sah enttäuscht aus, als er wieder auftauchte.

Ada parkte vorm Haus und holte den Sportkinderwagen aus dem Kofferraum.

»Darf ich mal die Puppe?«, fragte Tom.

Die Zaubertafel blieb auf dem Rücksitz liegen. Das Geld hätte sie sich sparen können.

»Aber nur, solange Luzie schläft.«

Sie öffnete die Haustür. Er stapfte mit dem Karton und der Puppe durch den Flur. Ada legte Luzie in den Kinderwagen, schob ihn bis vor die Tür, dann trug sie die Einkäufe hinein. Inzwischen hatte Tom in der Küche schon das Fläschchen zertrümmert, um hinter den Trick mit den doppelten Außenwänden zu kommen.

»Tom, was machst du da?«

Sie nahm ihm die zersplitterten Plastikteile aus der Hand und legte den Hammer auf den Schrank.

Noch mehr Geheul.

Ada ging zurück, um Luzie zu holen.

Als sie aus der Tür trat, war der Kinderwagen verschwunden.

IV

Bertha wurde 1941 als Haushaltsschülerin zu Madame Bertram nach Illkirch-Grafenstaden geschickt. Die ganze Region rund um Straßburg gehörte seit kurzem zum Gau

Baden-Elsass. Mme Marguerite Bertram war Berthas Vater sehr empfohlen worden: Sie war Trägerin des Ehrendiploms der *Societé des Cuisiniers et Patissiers d'Alsace et de Lorraine.*

Madame Bertram achtete darauf, dass die Eleven ihr genau auf die Hände sahen und wörtlich wiederholten, was sie ihnen erklärte.

»Der Rahm muss süß sein. Und die Geschirre sehr rein, um ein Gerinnen der Crème zu verhüten.«

Bertha wiederholte.

»Die Geschirre müssen stets in gutem Stand erhalten werden«, sagte Madame. »Durch sofortiges Ausbessern von Schäden kann die umsichtige Hausfrau große Unkosten vermeiden.«

Bertha wiederholte. Sie wollte ihren Eltern alle Ehre machen und wiederholte in Gedanken jeden Satz so lange, bis sie Madames Stimme immer im Kopf hatte.

Bertha lernte, dass sie zum Mehlbrennen und Zuckerrösten eine Stahlgusspfanne benutzen sollte. Sie lernte, welches Messer sie zum Abhäuten von Fisch nehmen musste, welches zum Ausbeinen von Geflügel und welches zum Tranchieren von Fleisch.

Sie lernte auch, dass niemand darauf achtete, Monsieur Bertram genau auf die Hände zu sehen. Er überprüfte den Gasanschluss für die Herde und fand es besonders sinnig, dass *ihr* Vorname und *sein* Nachname so ähnlich klangen. Bertha lernte, dass er stärker war als sie.

Als sie ihrer Mutter schrieb und zwei Wochen später ein

Brief zurückkam, in dem die Mutter ihr mitteilte, dass das Heimweh auch wieder vergehen werde, lernte sie, wie sie sich drehen musste, damit es nicht so weh tat. Die Stimme in ihrem Kopf gehörte jetzt nicht mehr zu Madame. Diese Stimme gehörte niemandem mehr, den sie kannte.

Nachdem sie ein paar Tage lang jedes *soufflé* und jede *paté farcis* erbrochen hatte, lernte sie, dass heftiges Heimweh für die Mutter zwar kein Grund war, sie nach Hause zu holen, aber durchaus ein Grund für Madame Bertram, sie dorthin zurückzuschicken.

An dem Abend, als sie ankam, zog der Vater wie üblich seine Uniform aus und hängte sie in den Schrank. Dann erst schlug er auf Bertha ein.

»Davon ist es aber auch nicht abgegangen«, murmelte ihre Mutter am nächsten Tag.

Man brachte Bertha in ein entlegenes Zimmer auf einem entlegenen Bauernhof. Die Bäuerin sprach kaum mit ihr, wenn sie das Tablett mit dem Essen brachte oder es später aus dem Zimmer trug. Bertha hatte nichts anderes zu tun, als im Bett zu liegen und die Stubenfliegen zu beobachten, wie sie über die Zudecke wanderten. Sie spürte, dass dort, wo ihre Hand auf der Decke lag, etwas Wunderbares im Begriff war zu entstehen.

Sie lag ganz still.

Und die Stubenfliegen blieben immer länger auf ihrer Hand.

Bertha war sich sicher, dass das Kind noch gelebt hatte,

als man es in einen Berg weißer Tücher gepackt und aus dem Zimmer getragen hatte. Aber alle sagten, sie hätte ein zu schmales Becken, das Kind wäre leider unter der Geburt gestorben. Auch ihre Mutter sagte das.

Erst danach waren die Fliegen in Berthas Kopf geraten, wo sie von innen gegen die Schädeldecke flogen und dabei einen Höllenlärm veranstalteten. So lange, bis Bertha mit dem Kopf gegen die Wand schlug. Dann hielten sie eine Zeitlang still.

Bertha hatte immer gewusst, dass es ein Mädchen war, obwohl sie es nie hatte sehen können. Bis zu diesem Tag. Es war gar nicht gestorben, hier lag es doch, neben ihr im Kinderwagen. Sie konnte es anschauen: Es war gewachsen, richtig groß war es geworden. Es hatte rote Wangen. Es trug ein rotes Kleidchen mit einer hübschen karierten Schürze. Es schlief.

Sie hob das Kind aus dem Wagen; vorsichtig, um es nicht zu wecken, zog sie es auf ihren Schoß. In ihre Arme. Sie legte ihre Hand auf den rundlichen Bauch und spürte, wie er sich mit jedem Ein- und Ausatmen hob und senkte.

Der rote Sandstein der Kapelle hatte die Mittagshitze aufgesogen, Bertha fühlte die Wärme im Rücken wie einen Schutz. Alles war ruhig und friedlich, nur ein paar Bienen summten zwischen den Ästen der alten Apfelbäume.

Eine Frau kam den Weg zur Kapelle hinauf. Auf Bertha zu. Sie fasste Bertha an. Sie wollte ihr das Kind wegnehmen, redete, schimpfte, erklärte – sie musste verrückt sein! Sie weckte das Kind auf, das jammerte und zu schreien begann, aber nein, Bertha würde es sich nicht mehr wegnehmen lassen, nein, nie mehr, niemals mehr!

Doch jetzt kamen noch andere Hände hinzu, immer mehr Hände, überall, Hände wie Fliegen auf der Haut, die sich nicht abschütteln ließen, die nicht mehr verschwanden, sosehr Bertha auch um sich schlug, es brummte und dröhnte, sie krümmte sich, brüllte, griff nach ihrem Schädel, schlug ihn gegen die Holzbank, und dabei verlor sie ihr Kind, ihr gerade erst wiedergefundenes Kind, zum zweiten Mal.

V

Christian war wütend.

»Ich hab ja versucht, mit ihr zu reden«, sagte Ada. »Aber dann kam der Pfleger vorbei –«

»Welcher Pfleger?«

»Reinhardt heißt er, glaube ich.«

Nein, Christian war nicht wütend. Er war müde und unglaublich frustriert. Reinhardt war Stationsleiter auf der Geschlossenen, ein erfahrener Mann; er hätte wissen müssen, dass man das so nicht machen konnte. Natürlich wusste er das. Aber der Frau des Chefarztes hatte er wohl beweisen wollen, dass er ein ganzer Kerl war.

Christian kannte Bertha seit Jahren. Sie hatte sich nur langsam eingewöhnt, sehr langsam stabilisiert.

»Man hätte ganz ruhig mit ihr umgehen müssen«, sagte er.

»Wie soll ich ruhig mit ihr umgehen, wenn sie mein Kind entführt?«

»*Unser* Kind, Ada«, sagte er. »Bertha ist völlig harmlos.«

»Woher sollte ich das wissen?«

»Sie hat Luzie für ihr eigenes Kind gehalten, sie –«

»Wir könnten ihr doch Luzies Puppe geben«, sagte Ada.

Luzies Puppe.

Bertha lag im Bett, sie sprach nicht, reagierte auf nichts und niemanden. Der Stupor würde wochenlang andauern. Was sollte eine Puppe daran ändern.

»Wenn Tom nicht dieses Fläschchen zertrümmert hätte«, sagte Ada, »wäre ich sofort wieder beim Kinderwagen gewesen!«

Christian schwieg.

Ada war offensichtlich gekränkt. Auch das war nicht zu ändern.

Luzie, selbst kaum größer als *Babydoll*, schleppte die Puppe ständig mit sich herum. Erst als er Ada am Wochenende half, das Planschbecken aufzustellen, ließ Luzie das rosa Ding auf den Rasen fallen. Von da an beachtete sie es nicht mehr.

Wäre es nach Christian gegangen – von ihm aus hätte Tom der Puppe den Schädel spalten können, um auch noch die Geheimnisse des Magnetismus zu ergründen. Als Tom schließlich auf die Idee kam, nahm Ada ihm *Ba-*

bydoll allerdings aus der Hand und brachte sie samt Karton auf den Speicher.

Allmählich graute es Christian vor den Abenden. Beim Mittagessen konnten er und Ada abwechselnd mit den Kindern reden und die Spannung noch überspielen; doch im Schlafzimmer wurde es offensichtlich: Sie ließ ihn auflaufen.

Er kam spät ins Bett, ohnehin konnte er kaum schlafen, wenn sie steif und regungslos neben ihm lag. So ging das nun fast zwei Wochen. Ada hatte in dieser Beziehung schon immer eine besondere Ausdauer gehabt. Das Wetter quälte ihn zusätzlich – seit Tagen war es drückend schwül bis in den Abend hinein. Jetzt lag er wieder da, schlaflos. Wendete die Bettdecke und das Kissen von Zeit zu Zeit, um einen Moment lang auf etwas kühlerem Stoff zu liegen. Bevor es ihm wieder zu heiß wurde.

Ada schlief, oder gab zumindest vor, zu schlafen. Er stand auf und ging in die Küche, um ein Glas Wasser zu trinken.

Was trug sie ihm eigentlich nach? Was erwartete sie, eine Entschuldigung? Wofür?

Was ihn am meisten empörte: dass sie Sex anscheinend als etwas erlebte, das *ihm* zuliebe geschah; als etwas, das sie ihm gewähren oder verweigern konnte. Je nachdem, ob er ihre Erwartungen erfüllte oder nicht. Aber verdammt, wenn dem so war, *was* hatte denn in all den Jahren stattgefunden?

Er stellte das Wasserglas ab.

Noch nie hatten sie eine derart schwierige Zeit miteinander erlebt.

Doch, damals, im Sommer 1972, als Edith eingeschult worden war. Ada hatte ein aufwendiges Fest zum sechsten Geburtstag vorbereitet. Aus lauter Sorge, dass Ediths kleine Freundinnen nicht zu ihnen ins Klinikgelände kommen würden, hatte sie den halben Kindergarten eingeladen, hatte unzählige Kuchen gebacken, Lampions im Garten verteilt und sogar einen Clown engagiert: Ein Fest, sagte sie, das Edith denen, die sich nicht in die *Anstalt* trauten, später in leuchtenden Farben würde ausmalen können. – Aber es kamen alle.

Anschließend hatte Ada tagelang das Haus geputzt. Danach besorgte sie Schulbücher, Stifte und Hefte, einen Schulranzen. Ein Kleid für Edith, Schuhe und passende Strümpfe dazu. Dann war auch der erste Schultag vorüber. Mit den Müttern, die ihre Kinder zum Geburtstagsfest gebracht und später wieder abgeholt hatten, ergab sich anscheinend kein näherer Kontakt. Ada hatte Zeit. Wohl zu viel Zeit. Allen Ernstes träumte sie von einem Handarbeitsgeschäft in der Stadt.

»Wie soll das gehen, Ada?«, fragte er, als sie es ihm nach dem Abendessen eröffnet hatte.

Sie sprach von Wolle, Stoffen, Schnittmustern.

Er hielt dagegen: die Investitionen. Risiken. Geschäftszeiten. Seine eigene Arbeit, seine Position in der Klinik. Und nicht zuletzt – was war mit Edith?

Darauf wusste sie keine Antwort.

Die Krankenpflegeschule fiel ihm ein. Die war im Gelände, man musste nur an der Cafeteria vorbei und den Hang hinauf zu dem großen Neubau hinter der Beschäftigungstherapie. Ada wäre schnell dort und auch schnell wieder zu Hause, um sich um Edith zu kümmern.

Er stellte sich Ada vor, wie sie über die Flure ging: Der weiße Kittel würde ihr bestimmt gut stehen, ein reizvoller Kontrast zu ihren schwarzen Haaren. Früher, als junger Stationsarzt, hatte er sich einmal in eine der Schwesternschülerinnen verliebt – ein kurzer Flirt, der bald vorbei gewesen war, als er erfuhr, dass sie einen Freund hatte. Ihre Schüchternheit und die hektischen roten Flecken, die sich auf ihrem Hals und dem hübschen Gesicht bildeten, wenn er sie ansprach, hatte er wohl falsch interpretiert. Doch die Krankenschwestern beschäftigten ihn noch eine Zeitlang, Bilder erotischer Intermezzi in den Stationszimmern schlichen sich in seine Träume. Es waren peinliche, klischeehafte Träume; kein Wunder, dass er diese später verdrängt hatte. Die meisten Schwestern auf den Stationen, kräftige Frauen mittleren Alters, mit praktischer Kurzhaarfrisur und tiefer Stimme, beflügelten seine Phantasie ohnehin nicht gerade.

»Ich könnte dir beim Lernen helfen.«

Seine Idee gefiel ihm immer besser. Als Krankenschwester würde sie seine Arbeit besser begreifen können. Sie hätten ein gemeinsames Thema.

»Und wie soll *das* gehen?«, fragte sie nun zurück.

»Was denn?«

Sie sah ihn an, ungehalten hob sie ihre Hände; komm schon, sollte das heißen, du weißt genau, was ich meine.

»Ich könnte nie mit den anderen einfach nur Kaffee trinken. Ich wäre immer die Frau des Chefarztes.«

»Ada, das ist noch gar nicht sicher. Lass uns erst davon sprechen, wenn –«

»Christian, selbst wenn du es nicht wirst. Man würde mich anders behandeln als alle anderen!«

»Wenn du nicht darauf bestehst, anders behandelt zu werden …«

Sie stand auf und begann, Teller und Besteck zusammenzuräumen.

Er griff über den Tisch nach ihrer Hand, er wollte dem Gespräch eine andere Wendung geben.

»Ich meine …«, fing er an.

»Schon gut.«

Sie entzog ihm die Hand. Aber sie setzte sich noch einmal.

»Wer in dieser Klinik lebt«, sagte sie, »kommt wohl so schnell nicht mehr heraus.«

Manchmal hatte sie diesen leisen Humor, eine Ironie, die ihm gefiel.

»Überlegst du es dir?«, fragte er.

Sie nickte.

Doch bevor das neue Ausbildungsjahr begann, war sie

schwanger; im Mai darauf war Tom auf die Welt gekommen und drei Jahre später Luzie.

Er legte sich wieder hin, aber als er endlich wegzudämmern begann, kam ihm das Gespräch vom Nachmittag mit der Beschäftigungstherapeutin in den Sinn. Die junge Frau war erst vor ein paar Monaten eingestellt worden; in der kurzen Zeit hatte er sich schon oft über sie geärgert. Wie oft hatte er ihr gesagt, sie solle auf die Patienten der Geschlossenen besser aufpassen. Und dennoch hatte er heute – zum dritten Mal – Jakob am Hinterausgang der Cafeteria herumstehen gesehen: allein. Völlig unbeaufsichtigt.

Jakob war einer ihrer bevorzugten Patienten, hübsch, sympathisch und mit Welpenblick. Aber beileibe nicht so harmlos, wie er wirkte. Der Junge lebte in der Klinik, seitdem man ihn aus der ständig abgedunkelten Wohnung hatte herausholen müssen, in der seine depressive Mutter sich mit ihm verschanzt hatte.

Christian wusste, wie das nun weitergehen würde: Er hatte der Beschäftigungstherapeutin verboten, Jakob frei im Gelände herumlaufen zu lassen. Also würde sie in Zukunft einfach wegsehen, wenn er sich davonschlich. Und hinterher würde sie behaupten, Jakob habe sich ohne ihr Wissen aus der Werkstatt entfernt. Es sei schlicht nicht möglich, so viele Patienten auf einmal im Auge zu behalten. Womit sie sogar recht hatte. Natürlich schickten die Pfleger und Schwestern ihr alle, die in der Lage waren, sich halbwegs gerade zu halten – damit sie selbst etwas entlastet waren.

Dreißig bis vierzig Patienten in einem Schlafsaal, von denen die stabilsten sich glücklich schätzten, wenn sie tagsüber zur Arbeit gehen konnten. Auch diejenigen, die wenigstens ein paar Stunden in der Beschäftigungstherapie verbrachten, waren froh, dass sie von der Station wegkamen. Doch was war mit denen, die sich den Kopf einschlugen, sobald man die Fixiergurte löste? Woher das Personal nehmen, um jeden dieser Patienten einmal am Tag für eine Stunde losbinden zu können?

Er dachte an den Zeitungsartikel, den er neulich gelesen hatte: Der Liedermacher, der demnächst in der Stadt gastieren würde, hatte im Drogenrausch irgendwelche bewusstseinserweiternden Erfahrungen gemacht; danach musste er allerdings ein paar Tage in der Andernacher Nervenklinik verbringen. Nun glaubte er, über die Psychiatrie Bescheid zu wissen. Vor allem über die *Antipsychiatrie*. Was sollte das sein? Freiheit! Selbstbestimmung! Große Worte. Große Ziele.

Aber was, wenn ein Soziopath sich die Freiheit nahm, im Ausgang eine Frau zu vergewaltigen? Dann erschienen in der gleichen Zeitung Leserbriefe, in denen man die Kastration des Täters forderte. Und was, wenn ein Suizidaler seine Selbstbestimmung dazu nutzte, sich im Waschraum am Duschkopf aufzuhängen? Dann standen plötzlich Angehörige vor der Tür, die sich jahrelang nicht hatten blicken lassen.

Davon sang dieser Künstler nicht. Manchmal beneidete Christian solche Menschen um ihre schlichte Weltsicht. Nur wer so wenig über den Alltag in der Klinik und über die Patienten wusste, konnte so überzeugt sein von sich und seinem Urteil.

Auf der Akuten hatte man einen Psychologen eingestellt, der die Patienten toben und schreien ließ, um ihnen eine »Katharsis« zu verschaffen. Das Pflegepersonal musste die Verwirrten und Aufgewühlten hinterher einsammeln und stabilisieren. Immer wieder gab es neue, selbsternannte Spezialisten, die glaubten, ein Wundermittel gefunden zu haben, das gegen alles helfen sollte.

Er stand auf, ging ins Arbeitszimmer, nahm die Packung *Rohypnol* aus der Schreibtischschublade. In der Küche füllte er das Wasserglas auf. Schluckte gleich zwei Tabletten.

Vielleicht war er ja als Student und in den ersten Jahren als Psychiater genauso gewesen. So sicher. Um sich in der Welt der Psyche zurechtzufinden, hatte ihm eine Landkarte genügt: das DSM-II, das Handbuch psychischer Störungen. Zwischen den Grundpfeilern – den Neurosen auf der einen und den Psychosen auf der anderen Seite – waren alle ausgeprägten Krankheitsbilder und die Mischformen verzeichnet. Auch die hirnorganischen Defekte, die zu den seltsamsten Verhaltensweisen führen konnten, hatten darin Platz. Natürlich gab es noch weiße Flecken auf der Landkarte. Aber immerhin, es *gab* eine Karte.

Doch je länger er arbeitete, desto mehr musste er sich eingestehen, dass er so gut wie gar nichts wusste über die menschliche Psyche. Weil es noch immer nicht zu fassen, nicht zu begreifen war: Das Gehirn enthielt und ermöglichte alles, was einen Menschen zum Menschen machte, und dennoch war es nichts weiter als ein kleiner, weichgekochter Blumenkohl, durch den ein Messer ebenso leicht glitt wie durch ein Stück Butter, das zu lange in der Sonne gestanden hat.

Christian sah auf die Uhr. Hoffentlich würde er nun endlich einschlafen können.

VI

»Frau … Frau Lange?«, sagte Jakob.

»Ja?« Sie stützte die Arme auf die Arbeitsplatte, auf der sie gerade Stoffreste sortierte.

»Ich würd gern mal … an die frische Luft.«

»Von wegen frische Luft.« Mit der Nasenspitze deutete sie auf die Zigarettenschachtel, die aus der Brusttasche seines Hemdes hervorschaute. »Na, nun hau schon ab, Kleiner.«

Sofort legte er sein Holzstück und das Schleifpapier beiseite.

»Aber nur zwei Minuten. Der Neumann hat sich gestern ganz schön aufgeregt.«

An Frau Lange hatte er sich erst gewöhnen müssen. Sie war nett. Aber auch ruppig. Ohne die Ruppigkeit hätte er ihre nette Art kaum ertragen können.

»Eigentlich bist du noch viel zu jung, um zu rauchen«, schimpfte sie ihm hinterher.

Doch so richtig streng war sie nie. Nicht so wie Pfleger Reinhardt. Wenn sie bemerkte, dass Jakob wieder einmal einen seiner Nägel mit den Zähnen abbiss, nahm sie einfach seine Hand und hielt sie fest. Manchmal klebte sie sogar ein Pflaster über die Fingerkuppen – das natürlich nicht lange hielt. Wenn der Finger blutete, schnaubte sie und sagte: Jetzt brauch ich auch eine Kippe, griff nach der Packung in Jakobs Hemd und knöpfte ihm eine von seinen ab. Was eine härtere Strafe war als das Gebrüll von Reinhardt, weil die Zigaretten so schwer zu beschaffen waren.

Die *Stuyvesant* waren seine Lieblingszigaretten. Seine Mutter konnte er nicht bitten, ihm welche mitzubringen, sie ahnte ja nicht einmal, dass er rauchte. Deshalb musste er, wenn er Taschengeld von ihr bekommen hatte, den Friedrich von der Akuten abpassen. Friedrich hatte Ausgang. Aber Friedrich war kein Raucher und deshalb auch nicht bereit, in seiner kostbaren freien Zeit die *Stuyvesant* zu suchen, die es nicht an jedem Zigarettenautomaten gab. Er war nur bereit, Kondome mitzubringen, denn die besorgte er sowieso.

Also kaufte Jakob ihm Kondome ab und tauschte sie mit Kurt, der ebenfalls nicht aus dem Gelände herauskam. Seine Schwester, die ihn jeden Sonntag besuchte, hatte kein Problem damit, dass Kurt rauchte. Sie durfte bloß nicht wissen, dass er eine Freundin auf der Frauenstation hatte. Kurts Freundin machte es nur mit Kondom, weshalb er jedes Mal zu jammern begann, wenn er die *Stuyvesant* von seiner Schwester gegen Jakobs Kondome eintauschen musste: Wie soll man sich zwischen dreimal Vögeln und siebzehnmal Rauchen entscheiden! – Beides hintereinander, Jakob, *das* ist doch am schönsten! Oft ließ Jakob sich erweichen und überließ Kurt noch eine Zigarette für »danach«.

Das bleigefasste Mosaik schlug leicht gegen das Glas, als sich die Tür hinter Jakob schloss. Es war aus bunten Scherben zusammengesetzt. Sollte wohl einen Hahn darstellen.

Darüber stand in neuen glänzend schwarzen Klebebuchstaben: BESCHÄFTIGUNGSTHERAPIE. Irgendein Witzbold hatte bereits den Querstrich aus dem »F« abgepfriemelt und tiefer geklebt, so dass es jetzt BESCHÄDIGUNGSTHERAPIE hieß.

Waren sie halt alle Beschädigte hier. Auch mit beschädigten Dingen konnte man noch etwas anfangen, hatte Frau Lange gesagt.

So wie mit den ausgemusterten bunten Kleidern, die sich in der Werkstatt stapelten. Manche Patienten schnitten sie klein. Andere zogen die Stoffstücke abwechselnd mit Holzperlen auf Draht: ein Stück Stoff, eine Perle, ein Stück Stoff, eine Perle … Zuletzt kam eine Styroporkugel als Kopf darüber. Zum Glück musste er selbst keine Clowns basteln. Sie gefielen ihm nicht.

Vor dem Malen fürchtete er sich sogar. Nicht vor den Kreiden, aber vor den Aquarellfarben. Sein Atem stockte, wenn sie auf dem Papier verliefen und sich überall ausbreiteten. Wenn sie seiner Haut zu nahe kamen. Sein Körper krümmte sich möglichst weit weg vom Papier und von der Farbe. Wenn sie ihn berührten, begann er zu schreien. Frau Lange hatte es ein paarmal mit ihm versucht und schließlich aufgegeben.

Später hatte sie aus der Schreinerei Fichtenholz besorgt, Leim und drei Rollen Schleifpapier. Für ihn. Die Handsäge durfte er nur anfassen, wenn Frau Lange direkt neben ihm stand. Sonst bringst du dich noch um mit dem Ding, hatte sie gesagt.

Er beobachtete sie durchs Fenster: Gerade half sie dem Ziegler Siegfried, dessen Korb fast fertig war, sie schob seine dürren Finger mit den Flechtruten abwechselnd vor und hinter die Wandstaken.

Jetzt sah sie auf. Jakob hielt das weiß-rote Päckchen hoch wie einen Passierschein und bog damit um die Ecke. Er ging bis zum Hintereingang der Cafeteria. Die Straße, die hinauf zur Kapelle führte, lag in der grellen Sonne, doch sein Stammplatz auf der Treppe war überdacht von Goldregen. Im dichten Grün hingen die letzten gelben Blüten in Trauben herab. Er saß in warmem, gedämpftem Licht. Zog an seiner Zigarette. Vergaß die Zeit. Rauchte eine zweite.

Bald sollte er wieder hineingehen zu den anderen, das spürte er. Bevor es zu spät war. Schnell stand er auf, warf die Kippe weg.

Zu spät.

Er versuchte, sich an der Mauer abzustützen. Aber die Mauer gab einfach nach, er schwankte, taumelte, sein Blickfeld wurde immer enger, bis er nur noch das blasse Gesicht seiner Mutter sah, starr, ausdruckslos, wie versteinert. Verzweifelt suchte er nach etwas, woran er sich halten konnte, doch er glitt einfach ab, immer dunkler wurde es um ihn herum, bis alles verschwand, ihr totes Gesicht und der leere Blick, nichts war mehr zu sehen, es war Nacht, und nur noch ihr Körper war da, nur noch zu spüren, ganz nah, aber völlig leblos – er zog die Hand zurück, wagte nicht mehr, sie zu berühren. Nichts wagte er mehr zu berühren. Dröhnende Stille, Dunkelheit, seine Hand verkrampfte sich, ballte sich, er schob die Faust in den Mund und stieß sie tiefer, in den Rachen, den Arm bis zum Ellenbogen immer weiter hinein, bis in die Eingeweide, um das Gefühl, das aufsteigen wollte, zurückzudrücken, in den Magen –

»Jakob?«

Er riss die Hand aus dem Körper. Es brannte. Er krümmte sich, hielt seinen Kopf fest.

»Jakob?«

Eine Stimme.

Er kannte diese Stimme.

»Alles in Ordnung?«

Einen Schritt nach vorne. Sein Hals war wund, das Licht blendete ihn, aber er schaffte es. Aus der Nacht heraus. Dem Tag entgegen. Der Stimme entgegen. Er hielt sich die schmerzende Hand. Die Knöchel waren aufgeschürft. Da war also die Mauer. Das da war der Gehweg.

Und vor ihm: der Neumann.

Neumann. Sein weißer Kittel. Sein Gesicht und die Augen, die ihn ernst anschauten.

Jakob bewegte bloß stumm die Lippen. Es sah bestimmt blöde aus.

Neumann runzelte die Stirn.

Endlich brachte Jakob etwas heraus: »Ich … ich mach grad Pause.«

Neumann antwortete.

»Was?«, fragte Jakob.

»Na, willst du mir nicht erzählen«, sagte Neumann, ganz ruhig und langsam sprach er, »woran du gerade arbeitest?«

»Ich … zeige, zeige es Ihnen.« Mit ihm reden, neben ihm gehen; gut, alles gut. Neben dem Neumann war alles gut. Der brachte ihn wieder hinein, zurück zu Frau Lange. Zurück zu seinem Holzmodell, dem Schleifpapier und den Werkzeugen.

»Was ist das denn?«, fragte Neumann.

»Das ist … hier.«

Jakob drehte das Modell so, dass Neumann lesen konnte, was er in die Fichtenleisten eingebrannt hatte: Landesnerven-Klinik.

Neumann lächelte.

»Die Nerven des Landes«, sagte er. »Wie originell.«

Jakob hatte wieder die Finger an den Zähnen. Er hätte es gar nicht bemerkt, doch Frau Lange kam von der anderen Seite, stellte sich neben ihn und nahm seine Hand, ganz unauffällig. Die aufgeschürften Knöchel brannten in der Wärme, die sich jetzt ausbreitete, von ihrer Hand zu seiner Hand, seinen Arm entlang, nach oben – und er wusste nicht, ob dieses fremdartige Gefühl nun beruhigend oder zum Fürchten war.

Neumann betrachtete die kleinen Gebäude, die Jakob ausgesägt, geschliffen und mit dem Brennstab bearbeitet hatte.

»Wie hast du das gemacht?«

Jakob zog die Postkarte hervor, die er unter den Holzplatten aufbewahrte. Eine Luftansicht der Klinik. Seine Mutter hatte ihm die Karte vor langer Zeit gekauft. Inzwischen war sie völlig verblichen und abgegriffen, von den Gebäuden kaum mehr zu erkennen als eine rotbraune Fläche mit viel Grün drum herum. Am unteren Rand zwei Linien: die Straße parallel zu der schwarzen Spur der Bahngleise. Ganz oben ein rostroter Fleck im Dunkelgrün, die Kapelle.

Das alles hatte er nachgebaut.

Neumann staunte.

Frau Lange hielt noch immer seine Hand.

Jakob schluckte, er suchte nach Worten, um diesen Moment festzuhalten – Frau Lange auf der linken und Neumann auf der anderen, rechten Seite –, er *musste* etwas sagen, um Neumann aufzuhalten, zurückzuhalten, Neumann, der sich schon zum Gehen wandte, doch er war zu erschöpft.

»Sehr schön«, sagte Neumann und wollte ihm sogar die Hand auf die Schulter legen, zog sie aber gleich wieder zurück, als er merkte, dass Jakob unwillkürlich zusammengezuckt war.

VII

Christian sah ihr zu, bis sie in dem Gewirr all ihrer Schlüssel den richtigen gefunden und die Tür zweimal abgeschlossen hatte. Sie versäumte es auch nicht, den Querstrich des Klebebuchstabens abzuziehen und ein Stück höher zu setzen, so dass dort wieder BESCHÄFTIGUNGSTHERAPIE stand.

Aber das würde ihr jetzt auch nicht helfen.

»Und was hätten Sie getan, wenn ich Ihnen Jakob nicht zurückgebracht hätte?«

»Er war völlig in Ordnung.«

»Nein, das war er ganz und gar nicht.«

»Er hat große Fortschritte gemacht in der Therapie, das sehen Sie doch!«

Einen Moment lang schaute sie ihn an wie ein Kind, das auf ein Lob des Vaters hoffte. Eigentlich wusste er, dass es keinen Sinn hatte, mit ihr zu diskutieren.

Sie drückte ihren Finger gegen die Glasscheibe und

deutete an dem bunten Hahn vorbei nach innen, auf das Holzgebilde, das sie mit Jakob zusammen gebastelt hatte: »Sie sehen doch, wie kreativ er ist! Er hat ein ganzes Modell der Klinik gebaut. Er beginnt, sich für seine Umwelt zu interessieren!«

Christian seufzte. So, dass es nicht zu überhören war.

Da kamen sie von irgendwelchen Therapieschulen, die plötzlich wie Pilze aus dem Boden schossen, bezeichneten sich als Sozialpädagogen, Musik- oder Kunsttherapeuten, fingen an, mit den Patienten zu malen, zu tanzen und zu singen. Schön und gut, aber warum durfte man das, was in all den Jahren zuvor die Schwestern und Pfleger mit den Patienten neben ihrer sonstigen Arbeit getan hatten, plötzlich »Therapie« nennen? Nur damit diese selbsternannten Ko-Therapeuten, die keinerlei medizinisches Wissen hatten, sich einbilden konnten, sie wären schlauer als jeder Psychiater?

»Das da«, sagte er, »ist ja wohl nicht seine Umwelt. Sondern ein Haufen angesengter und aufgestapelter Holzklötze!«

»Er ist sehr kreativ. Das ist eben *seine* Art, sich auszudrücken.«

»Kann er ja alles machen, aber passen Sie besser auf ihn auf. Er hat keinerlei Orientierung.«

»Woher auch? Wie soll er denn selbständiger werden? Keine drei Schritte lässt man ihn alleine gehen!«

»Nein, lässt man nicht. Er würde es auch gar nicht verkraften.«

Sie starrte auf ihre weißen Birkenstock-Sandalen.

Dann setzte sie wieder an: »Jakob fängt endlich an, sich gefühlsmäßig mehr zu öffnen. Er war ja völlig verängstigt.«

Sich gefühlsmäßig mehr zu öffnen. Solche Sätze drehten Christian – nicht gefühlsmäßig, sondern ganz real – den Magen um.

»Wissen Sie, was er erlebt hat als Kind?«, fuhr sie fort. »Ich habe seine Narben gesehen.«

»Die Verletzungen hat er sich selbst beigebracht. Deshalb ist er damals eingewiesen worden.«

»Und woher wollen Sie wissen, dass *er* das getan hat?«

Christian beschloss, ihr eine Lektion zu erteilen.

»Zu diesen Selbstverletzungen kommt es in der postiktalen Psychose. Falls *Sie* wissen, was *ich* meine.«

Natürlich wusste sie es nicht.

»Es besteht eine psychiatrische Komorbität bei Epilepsien. Die psychotische Episode entsteht aus einem epileptischen Anfall heraus, ist also postiktal.«

Sie schwieg.

»Und bei Jakob handelt es sich um eine Psychose aus dem schizophrenen Formenkreis, das heißt, er entwickelt produktive Symptome wie Wahnvorstellungen und Halluzinationen.«

Sie schwieg.

»Wenn Sie sich gründlicher mit seinem Störungsbild befasst hätten, dann wüssten Sie das, mein Fräulein.«

»*Frau* Lange, bitte schön. Diese ganzen Diagnosen, das

sind doch nichts als Konstruktionen! Gesellschaftliche Zuschreibungen. Statt dass man solchen Eltern –«

»Jakobs Eltern, falls Sie darauf hinauswollen, können ihm nun wirklich nichts angetan haben.«

»Ach, und warum nicht?«

»Der Vater ist kurz nach Jakobs Geburt gestorben. Seine Mutter ist depressiv, immer schon gewesen. Die bringt ihrem Sohn Babybrei in Gläschen mit. Allein kriegt sie nicht einmal den Deckel auf. Und *sie* soll Jakob misshandelt haben?«

Frau Lange verstaute den großen Schlüsselbund in ihrem Weidenkorb. Sie antwortete ihm nicht mehr. Vielleicht hatte er sie ein wenig zu hart angepackt, doch für die Patienten trug schließlich *er* die Verantwortung, nicht die Beschäftigungstherapeutin.

»Die Dinge sind nicht so einfach, wie Sie denken«, sagte er. »Wenn Sie die Patienten so gut verstehen wollen, dürfen Sie nicht nur mit ihnen basteln. Sie müssen auch die Krankenakten lesen.«

Kaum hatte er sich zu Hause an den Schreibtisch gesetzt, kam Ada herein und schloss die Tür hinter sich.

»Ja? Was ist?«

Sie hielt ihm eine Gabel vors Gesicht.

Er schob seine Unterlagen zur Seite und betrachtete das Ding. Die Zinken waren ziemlich verbogen.

»Was macht sie bloß damit?«, fragte sie.

»Wer?«

»Edith. Die lag in Ediths Zimmer.«

»Und?«

»Das ist nicht die erste, die so aussieht.«

Adas Blick war besorgt und drängend.

»Mein Gott, Ada. Was soll sie schon Schlimmes mit einer Gabel anstellen?«

»Ich habe keine Ahnung, das ist es ja. In letzter Zeit ist sie so verschlossen und abweisend. Sie spricht kaum noch mit mir.«

Was für eine absurde, alberne Situation! Aber er wusste, Ada würde keine Ruhe geben. Also öffnete er die Tür und rief: »Edith, kommst du bitte mal?«

Als Edith die Gabel auf dem Schreibtisch liegen sah, verdrehte sie die Augen. Bis jetzt war ihm gar nicht aufgefallen, wie viel schwarzes Kajal sie trug. Sichtlich genervt warf sie sich auf den Stuhl neben dem Schreibtisch – eine Provokation, die ihn jedoch eher belustigte als verärgerte. Eigentlich gefiel ihm seine große Tochter genau so, wie sie war, doch Ada erwartete offenbar eine Demonstration väterlicher Autorität von ihm.

»Deine Mutter macht sich Sorgen um dich«, sagte er.

Edith stand auf, hob ihr Hemd bis zum Bauchnabel – das verwaschene, blaukarierte Hemd, das einmal seines gewesen war –, öffnete die Jeans und zog sie herunter.

Ada zog die Augenbrauen hoch.

»Was soll das werden?«, fragte er.

Edith zog die Hose gleich wieder nach oben. Sie war so eng, dass sich der Knopf kaum schließen ließ.

»Das kann doch nicht gesund sein!«, sagte Ada mehr zu ihm als zu Edith.

»Es gibt wirklich Schlimmeres«, sagte er.

»Sie näht die Jeans jedes Mal enger, sobald der Stoff auch nur ein bisschen nachgegeben hat!«

»Dann kann sie inzwischen ja bestimmt gut nähen.«

Er sah, dass Edith ein Grinsen unterdrückte. Sie setzte sich wieder, rutschte nach vorn auf die Stuhlkante, lag mehr, als dass sie noch saß. Der Reißverschluss stand offen, es sah aus wie ein klaffender Riss. Sie hielt den kleinen Schiebegriff am unteren Ende des Reißverschlusses fest, schob einen Zinken der Gabel durch die Öffnung, zog den Schieber hoch und damit den Reißverschluss zu.

»Kriegst du noch Luft?«, fragte Christian.

»Geht so«, sagte sie.

»Wieso muss die Jeans dermaßen eng sein, wenn du sowieso das Hemd drüberziehst?«, fragte Ada.

»Das verstehst du nicht!«

Er sagte: »Das müssen wir auch nicht verstehen. Ist schon in Ordnung, Edith.«

»Kann ich jetzt gehen, Papa?«

»Ja.«

Kaum war sie aus der Tür, sagte Ada: »Na, das war ja großartig!«

»Verdammt«, sagte er langsam, »was willst du eigentlich?«

Sie schwieg eine Weile. Schließlich setzte sie sich auf den Stuhl, auf dem eben noch Edith gesessen hatte.

»Es geht gar nicht um Edith, oder?«

»Ich weiß es nicht«, sagte sie, nun in einem ganz anderen Tonfall.

»Seit Wochen bist du so …«, er suchte nach einem Wort, bei dem sie nicht gleich gekränkt aus dem Zimmer laufen würde.

Sie verschränkte die Arme, sah zu Boden.

»Ada. Was ist los mit dir?«

Sie reagierte nicht.

Demonstrativ sah er auf seine Uhr.

»Es tut mir leid, ich muss los«, sagte er und stand auf. »Lass uns heute Abend darüber reden.«

Aber Ada blieb einfach sitzen.

»Ich möchte zu einem Therapeuten«, sagte sie so schnell, als wollte sie diesen Satz möglichst rasch hinter sich bringen.

Verblüfft sah er sie an.

»Du kannst doch nicht – »

»Ach. Und warum nicht? Heidi hat gesagt –«

»Aha, daher weht der Wind. Heidi macht also eine Therapie. Sie ist bei diesem neuen Psychologen in der Stadt, nicht wahr? Und jetzt musst du plötzlich auch dorthin!«

»Das hat nichts mit Heidi zu tun! Von mir aus kann es auch woanders sein.«

»Und was soll das bringen?«

»Ich denke, das ist ein psychisches Problem, was ich habe?«

Was sollte er darauf antworten.

»*Du* kannst mir ja auch nicht helfen …«

Er hätte längst gehen müssen. Um die Diskussion schnellstmöglich zu beenden, sagte er: »Also wenn überhaupt, dann solltest du zu einem Fachmann gehen. Zu einem Psychiater.« Er überlegte. »Vielleicht zu Klinger.«

»Warum so weit weg?«

»Ada, hier kennt mich jeder. Und dich auch.«

»Du sagst doch immer, das ist nichts, wofür man sich schämen muss? So wenig wie für einen Beinbruch oder eine Blinddarmentzündung?«

Ada lächelte. Sie war in einer seltsamen Stimmung – so kannte er sie gar nicht. Wollte sie sich über ihn lustig machen?

»Ja, natürlich«, sagte er. »Trotzdem ist eine Therapie noch lange nichts Selbstverständliches. Die Leute würden reden. Willst du das wirklich?«

»Dann eben Dr. Klinger.«

»Und was ist mit den Kindern?«

»Was hat das mit den Kindern zu tun?«

»Klinger ist morgens in der Institutsambulanz. Der vergibt nur nachmittags Termine. Du weißt, dass *ich* nicht –«

»Ich frag Heidi, ob ich Luzie zu ihr bringen kann.«

»Ach. Wenn wir beide ausgehen wollen, heißt es immer, Heidi hat so viel Stress auf der Arbeit, du kannst sie nicht –«

»Heidi hat gekündigt, sie ist jetzt selbständig. Sie hat einen Plattenservice.«

»Sie hat *was*?«

»Einen Plattenservice.«

»Was, bitteschön, ist ein Plattenservice?«

»Na, Käse-Igel, Spieße, Wurstplatten. Für Partys, Familienfeiern und so. Auf Bestellung. Das geht alles von zu Hause aus, da ist es kein Problem, wenn Luzie mal dabei ist.«

»Und was ist mit Tom?«

»Sobald er in die Schule geht, kann er mit Edith zusammen nach Hause kommen. Sie soll auf ihn aufpassen, bis ich wieder da bin.«

»Also gut. Vor mir aus.« Er stand auf. »Ich werde Klinger anrufen und mit ihm reden.«

Sie nickte. Endlich schien sie zufrieden.

Ada, die Beschäftigungstherapeutin, Jakob – sie machten sowieso alle, was sie wollten.

Wieder sah er auf die Uhr. In Gedanken war er bereits bei den restlichen Terminen dieses Tages. Eigentlich hatte er mit Pfleger Reinhardt sprechen wollen. Nun musste er es wieder einmal verschieben.

Dass Reinhardt Bertha so hart angepackt hatte, war bedenklich – eine Patientin, für die er gar nicht zuständig war. Und die Gerüchte waren alarmierend: Der Stationsleiter sei grob, manchmal sogar brutal. Doch so kurz vor dem Patientengottesdienst würde er sich Reinhardt nicht mehr vorknöpfen können. Die zwei Stunden vor der Messe brauchten die Schwestern und Pfleger, um ihre Patienten zu waschen, sie zu rasieren, umzuziehen und auf das wöchentliche Ereignis vorzubereiten.

VIII

»Wir wollen Gott, unsern Vater, anrufen«, sagte der Pastor.

Alle standen auf. Umständlich, langsam und geräuschvoll.

Nur der Ziegler Siegfried neben Jakob krümmte sich. Dann fiel er seitlich aus der Bank auf die Steinplatten und fing an zu wimmern.

»Herr, erbarme dich«, sagte der Pastor. Er hob den Blick und die Hände zum Himmel. Die wenigen weißen Haare auf seinem Kopf bewegen sich sacht wie Flaumfedern, als er sich vor dem Altar verneigte.

Siggi am Boden heulte auf.

Pfleger Reinhardt griff nach Jakobs Arm und flüsterte ihm zu: »Ich muss raus mit dem Siggi, der packt das heute nicht.«

Jakob nickte. Er hatte die Finger schon am Mund, aber der Pfleger hielt seine Hand fest und sagte sanft: »Und wenn *du* dir in der Zeit die Nägel ausreißt oder sonst was, reiß *ich* dir nach der Messe den Arsch auf. Hast du mich verstanden?«

Jakob nickte wieder.

»Hier hast du was zum Anfingern.«

Reinhardt drückte ihm das Gebetbuch in beide Hände. *Gotteslob* stand in goldener Schrift auf dem Kunststoffumschlag. Er richtete Siggi auf, so gut es ging, schleifte ihn Richtung Ausgang und schob ihn hinaus. Hinter ihnen schloss sich die schwere Holztür.

Das Wimmern verklang.

Dafür raschelte das Papier der Gebetbücher, bis die anderen den Text des nächsten Liedes gefunden hatten. Jakob blätterte weiter. Während sie zu singen begannen, las er die *Fragen zur Gewissensprüfung* im hinteren Teil des Buches.

Wie stehe ich in Schuld vor dem heiligen Gott?

Schwierige Frage.

Jetzt standen sie ja gar nicht mehr. Alle hatten sich wieder hingesetzt.

Der Jesus am Kreuz hinter dem Pastor hatte den Kopf im Nacken und sah nach oben, über die Bankreihen hinweg, Richtung Himmel. Vielleicht sah er dort etwas, das Jakob nicht sehen konnte?

Wenn er ganz genau hinschaute, erkannte er, dass Jesus lächelte.

Doch Gott – Gott war anders. Gott war so wie der Neumann: Ständig fühlte Jakob einen strengen Blick auf sich ruhen. Der ihn prüfte. Ob er stand. Ob er in Schuld stand. Ob er noch stehen konnte.

Neumann tat nichts, als zu kontrollieren. Und wenn er wirklich einmal mit Jakob sprach, blieb er nur für ein paar Minuten.

Gott war *nie* zu sehen. Der ließ sich hier nicht blicken. Obwohl der Pastor ihn ständig anrief. Mit ihm und von ihm redete.

Von Gott. Und von Jesus.

Jakobs Augen wanderten weiter. Er blätterte.

Fragen zur *Wahrhaftigkeit und Ehre*:

War ich selbstsüchtig? Habe ich andere übervorteilt?

Hatte er andere übervorteilt? Bei seinen Geschäften war er immer fair. Kurt beklagte sich zwar, weil Jakob nur mit ganzen Packungen handelte, aber es war einfach zu mühsam, einzelne Kondome gegen ein paar *Stuyvesant* zu tauschen. Immerhin schenkte er Kurt meistens eine Zigarette, wenn der ihm die Schachtel gab.

Ob Gott das sah?

Neumann sah es jedenfalls nicht.

Jakob überflog die Zeilen. Im letzten Abschnitt ging es um *Sittsamkeit*.

Habe ich die Selbstbefriedigung gesucht?

Was bedeutete das: *gesucht*? Er hatte die Fingerkuppen an den Zähnen, im letzten Moment hielt er inne und umklammerte weiter das Gebetbuch.

Nein, *er* suchte die Selbstbefriedigung bestimmt nicht. *Sie* suchte ihn, und wenn sie ihn gefunden hatte, wurde es furchtbar peinlich, denn egal, wie leise er zu sein versuchte, immer gab es einen, der quer durch den Schlafsaal brüllte: Jakob! Finger über die Bettdecke!

Wenn die Finger oben lagen, biss er sich die Nägel ab. Und auch das, hatte der Pastor ihm erklärt, sei eine Sünde: Gott sagt, liebe deinen Nächsten *wie dich selbst*. Er will nicht, dass du dich verletzt. Gott will, dass du nicht nur die anderen, sondern auch dich selbst liebst – das verstehst du doch, Jakob? Oder?

Nein, das verstand er nicht.

Was er auch tat, es war Sünde. Die Finger im Mund: eine Sünde. Die Finger unter der Bettdecke: Sünde. Sich selbst zu lieben: Sünde. Sich selbst *nicht* zu lieben: Sünde.

Sünde über Sünde.

Vieles von dem, was der Pastor sagte, war nicht zu verstehen. Der Ziegler Siggi zum Beispiel, wie sollte der sich mit Jesus versöhnen? Der Pastor *versuchte* nicht einmal, das zu erklären.

Siggi war überzeugt davon, der Bruder von Jesus zu sein. *Mich* lässt Gott noch viel mehr leiden als ihn, sagte Siggi, denn Jesus konnte richtige Wunder tun: Kranke heilen und solche Dinge. Gott hatte Jesus diese Fähigkeit gegeben. Und alle liebten Jesus. Sagte Siggi.

Aber warum gelangen Siggi keine Wunder?

Gott prüfe ihn eben noch viel härter, strenger, sagte Siggi. Er sei dazu ausersehen, sich beschimpfen und auslachen zu lassen. Schon sein Stiefvater habe ihn andauernd verspottet, ein Nichtsnutz sei er, zu nichts in der Lage, als überall gut Wetter zu machen.

Der Siggi macht mal wieder bloß gut Wetter.

Und tatsächlich war es das, was Siggi konnte. Jakob hatte er es anvertraut: Er, der Siggi, habe oft das Wetter gemacht. Gutes Wetter. Immer nur gutes Wetter. Auch an dem Tag, an dem er den Kopf seines Stiefvaters gegen die Terrassenwand geschlagen hatte, an dem Tag war es ganz besonders gutes Wetter. Fast eine Woche habe das noch angehalten, sagte Siggi.

Was hatte Siggi denn davon? Von gutem Wetter – hier

in der Klinik, auf der Geschlossenen? Selbst das gelang ihm ja nur manchmal. Und nie dann, wenn es wirklich darauf ankam.

Weißt du, Jakob, sagte Siggi, Jesus an seinem Kreuz – am Ende hat keiner mehr gelacht. Erst all die Wunder, und dann so ein Wahnsinnstod. Jetzt trägt er die Nase ganz schön hoch, der Herr Jesus.

Die anderen hatten aufgehört zu singen.

»Wendet euch Jesus zu«, sagte der Pastor. »Er rettet euch aus eurer Not.«

Jakob legte das *Gotteslob* neben sich.

Wie sollte er sich Jesus zuwenden, wenn der ihn nicht einmal sah? Siggi hatte recht. Der Herr Jesus sah nur nach oben, über sie alle hinweg. Noch nie hatte Jesus ihn aus der Not gerettet. Der Siggi dagegen – der half ihm immer wieder. Gestern Abend erst, da hatte Siggi ihm berichtet, dass Neumann am Nachmittag da gewesen war. Ganz stolz hatte Siggi es erzählt: wie Neumann durch das Fenster schaute, um zu kontrollieren, ob Jakob in der Werkstatt war. Wie Siggi sich schnell vor dem Klo aufgebaut und – als Neumann dann in der Tür stand – mit der Hand vor dem Gesicht herumgewedelt und behauptet hatte: Jakob hockt gerade auf dem Lokus und verbreitet einen furchtbaren Gestank. Kein Wunder, nach all den Kohlrouladen, die der heut verdrückt hat.

Sehr schnell sei Neumann diesmal weggegangen.

Siggi hatte also nicht nur Jakob, sondern auch Frau Lange aus der Not gerettet. Die immer sagte: Pass auf, dass der Neumann dich draußen nicht sieht, sonst kriege *ich* mit ihm Ärger.

Die Augen Gottes und die von Neumann sahen also längst nicht alles. Jakob musste sich wohl an Siggi halten, nicht an Jesus.

Doch beim Abendessen nach der Messe fehlte Siggi.

Er war auch nicht dabei, als Jakob sich in der Reihe zur Medikamentenausgabe anstellte. Jakob schluckte die Tabletten, trank sein *Schnäpschen* – das Zeug, das Pfleger Reinhardt ihnen in den kleinen milchigen Plastikbechern reichte. Danach ging er in den Schlafsaal.

Siggis Handgelenke in den Fixierriemen waren rot und wund gescheuert. Er musste lange getobt haben. Nun lag er ganz still.

Noch bevor Jakob etwas zu ihm sagen konnte, rief Reinhardt von der Tür aus: »Halt dich bloß fern von Siggi, der ist mal wieder voll auf seinem religiösen Trip!«

»O Gott«, sagte Siggi mit schwerer Zunge. Er war kaum zu verstehen.

Reinhardt schob sich zwischen Jakob und Siggi und lockerte die Gurte etwas. Mit einem geübten Fußtritt löste er die Sperre des Eisengestells, rückte das Bett zurecht und arretierte die Räder wieder.

»Tja, wer sein Schnäpschen nicht trinkt«, sagte er, »bekommt halt die doppelte Menge in den Hintern. Nicht wahr, Siggi?«

IX

Ein wenig enttäuscht war Tom schon. Der erste Schultag hatte gar nicht in der Schule begonnen, sondern in der Kirche, mit einem Gottesdienst, der ewig dauerte. Erst danach waren sie gemeinsam mit den Eltern zum Schulgebäude gegangen. Vor dem Eingang stand ein Mann, trotz der Hitze in schwarzem Rollkragenpullover, der sie an den Schultern packte und so lange auf der Treppe hin und her schob, bis er zufrieden war und seine Fotos schoss. Dann stellte er sie nacheinander mit Ranzen und Schultüte auf und fotografierte jedes Kind allein. Tom kam als einer der Letzten an die Reihe.

Schließlich waren sie im Klassenzimmer. Die Lehrerin hieß Frau Krämer und sagte, sie würde alle Eltern jetzt hinausschicken, damit die Kinder sich in Ruhe umschauen könnten. Mama nahm Luzie auf den Arm, kam noch einmal zu ihm und strich ihm über den Kopf – was ihm vor den anderen ein wenig unangenehm war.

Als die Eltern weg waren, durften sie sich doch nicht richtig umschauen, sondern mussten die ganze Zeit in der Bank sitzen bleiben. Bis endlich der Gong ertönte und Frau Krämer sie verabschiedete.

Tom ließ sich Richtung Ausgang treiben. Jetzt wurde es aufregend. Noch nie hatte er sich zwischen so vielen Kindern bewegt, Schultütenkinder wie er selbst, aber auch ältere – zwei, drei Köpfe größer als er. Immer enger wurde es um ihn herum. Und plötzlich, direkt vor seiner Nase:

ein großer gelber Aufkleber mit einer schwarzen Hand darauf, die ihn im letzten Moment stoppte. Beinahe hätte er sich an der Glasscheibe den Kopf eingerannt.

Die Tür daneben stand offen. Nun war er draußen, im Freien. Er hüpfte ein wenig, als er den Weg zur Bushaltestelle hinunterlief. Edith wartete sicher schon auf ihn.

Hier an der Straße verteilte sich die Menge. Manche gingen zu Fuß. Manche der Schultütenkinder wurden von Erwachsenen begrüßt und verschwanden in Autos, die rasch davonfuhren.

Aber wo war Edith?

»Vergiss es!«, hörte er plötzlich. Sie war von der anderen Seite gekommen, nicht vom Schulweg, den er im Blick gehabt hatte.

Edith deutete auf seine Schultüte: »Die kannst du nicht mitnehmen!«

Seine Schultüte. Glänzend rot, mit weißem Krepprand. Ein Rotkäppchen war darauf. Der Wolf gefiel ihm am besten – wie er die Zähne fletschte. Es sah aus, als würde er grinsen.

Tom presste die Tüte an sich.

Edith stellte sich hinter ihn und griff nach seinem Ranzen. Er zog einen Arm nach dem anderen heraus, so dass er die Tüte nicht ablegen musste. Sie öffnete die Klappe des Ranzens und sagte: »Tu deine Sachen da rein!«

»Warum denn?«

Sie stöhnte auf, gereizt und ungeduldig, riss ihm die Schultüte aus der Hand und kippte alles – Schokoklicker,

Äpfel, die Filzstifte und den Anspitzer, der wie ein Globus aussah – in den Ranzen. Und zerdrückte die Tüte. Der rote Karton hielt einen Moment lang stand, dann knickte er ein, mit einem hellen, hässlichen Geräusch. Edith stopfte die Tüte in den Mülleimer unter dem Busfahrplan.

»Fang bloß nicht an zu heulen! Hast du deine Fahrkarte?«

Er holte den Brustbeutel unterm T-Shirt hervor.

»Na, dann los.«

Im Bus sagte sie, den Mund nah an seinem Ohr: »Ganz nach hinten.«

Tom ließ sich neben ihr auf die Sitzbank fallen.

»Rutsch rüber.«

»Warum?«

»Damit der Busfahrer uns nicht sehen kann.«

Also schob er sich weiter bis zum Fenster.

Sie drückte die Knie in die Lehne vor sich. Er versuchte, es ihr nachzumachen. Jetzt sah der Fahrer ihn nicht mehr. Das war nicht schlecht.

»Du musst immer hinten sitzen«, sagte Edith.

»Warum?«

»Ist halt so. Kapiert?«

»Kapiert.« Er überlegte. »Und wenn da schon jemand sitzt?«

»Dann eben so weit wie möglich hinten.«

»Kapiert.«

Der Bus wurde von Station zu Station voller.

»Nach der Post musst du aufstehen«, sagte Edith, »sonst kommst du nachher nicht mehr raus.«

Sie stellten sich an die Tür. Er suchte einen Griff, um sich festzuhalten. Inzwischen war das Gedränge so dicht, dass er Edith nicht mehr sehen konnte.

»Ey, du Zwerg, was sagst du zu mir?«

Er merkte erst, dass *er* gemeint war, als der Junge ihn anrempelte. »Was hast du grad gesagt?«

Tom schaute verwundert hoch. »Nichts«, sagte er zögernd.

»Auch noch frech werden, was?«

Allmählich begriff er, dass der Große tatsächlich mit ihm sprach.

»Guck dir mal diesen Zwerg hier an!«

Der Junge daneben rückte ebenfalls näher.

»So, was sagt er denn, der Zwerg?«

Tom wollte an ihnen vorbei. Sie hielten ihn am Ranzen fest, doch er entdeckte einen Zipfel von Ediths kariertem Hemd und zog daran.

»Hey! Lasst ihn in Ruhe!«, sagte sie sofort und sehr laut.

»Ach, die kenn ich«, sagte einer der Jungen langsam.

Edith drängte sich zwischen Tom und die beiden Jungen, nahm ihre Schultasche nach vorn, vor den Bauch, und drehte ihnen den Rücken zu.

»Die kenn ich«, wiederholte der Junge. »Die steigt immer an der Anstalt aus. Bei den Bekloppten.«

»Na dann, viel Spaß bei den Bekloppten«, sagte der andere. »Die warten bestimmt schon auf euch, die Bekloppten.«

»Bei uns sind sie wenigstens eingesperrt«, sagte Edith über die linke Schulter hinweg. »Bei euch laufen sie ja frei rum, wie man sieht.«

Sie drückte auf den roten Knopf. Mit einer stolzen Kopfbewegung warf sie die Haare nach hinten, den Jungen ins Gesicht. Und stieg aus.

Das war seine große Schwester! Auch Tom hob die Nase ein wenig höher. Aber als er nach ihr aus dem Bus wollte, spürte er wieder dieses Ziehen am Ranzen.

»Edith!«, rief er in Panik. »Edith!«

»Hört auf mit dem Scheiß!«, brüllte sie.

»Ihr seid ja schizo!«, grölte der Junge.

Die Türen bewegten sich schon aufeinander zu.

Tom riss sich los, die Klappe des Ranzens sprang auf, seine Schulsachen fielen heraus. Edith packte ihn am Arm, zerrte ihn aus dem Bus und fegte mit der anderen Hand alles von den Stufen, während der Bus bereits wieder anfuhr und die Jungen drinnen lachten; im letzten Moment zog Edith ihre Finger aus dem schwarzen Gummi der Türen.

Sie standen auf dem Bürgersteig.

»Kannst du dir vorstellen«, sagte Edith, »was passiert wäre, wenn sie die Schultüte gesehen hätten?«

Tom rieb sich den Unterarm. Sie hatte ziemlich fest zugepackt.

»Was heißt *schizo*?«, fragte er und hob das Hausaufgabenheft auf. Es sah schlimm aus. Sie nahm es ihm ab und strich es glatt.

»Es heißt, dass du den Ranzen immer vorne, vor dem Bauch halten musst. Nie auf dem Rücken. Kapiert?«

»Kapiert«, sagte er.

X

Ada hatte das Seitenfenster heruntergekurbelt. Jetzt fuhr sie so schnell, dass der Fahrtwind ihr den Atem nahm und die Haare verwirbelte. Sie schloss das Fenster wieder bis zur halben Höhe.

Beim Frühstück hatte sie Tom eingeschärft, dass er am Nachmittag auf Edith zu hören habe: »Genauso wie auf Papa und mich, verstanden?« – Danach hatte sie die Küche aufgeräumt, das Mittagessen vorbereitet, selbst der Tisch war schon gedeckt. Christian sollte ihr nichts vorwerfen können.

»Hat er ein Problem damit, dass du eine Therapie machen willst?«, hatte Heidi gefragt.

»Ich glaube, es passt ihm einfach nicht, dass ich für ein paar Stunden nicht zu Hause bin.«

Sie dürfe ihn nicht so ernst nehmen.

»Die Männer brauchen uns«, hatte Heidi gesagt und Luzie dabei in die Arme genommen. »In ihrem Job sind sie die Allergrößten. Aber zu Hause brauchen sie uns.«

Was ja auch stimmte. Allein bekam Christian nicht einmal den Hawaiitoast hin. Ada hatte es ihm genau erklären müssen: erst der Kochschinken, dann die Ananas. Darüber der Scheibenkäse. War das so schwer zu begreifen?

Am liebsten wäre sie immer so weitergefahren. Auf der Autobahn, in diesem Tempo. Fast hätte sie die Abfahrt verpasst. Der Verkehr wurde dichter und unübersichtlicher. Hier kannte sie sich nicht gut aus; sie beschloss, den Wagen im erstbesten Parkhaus abzustellen.

Ihr blieb noch genügend Zeit, um zu Fuß durch die Stadt zu laufen. Vor dem Schaufenster einer Boutique hielt sie inne. Eine wunderschöne blaue Bluse hing dort. Königsblau.

»Steht Ihnen ausgezeichnet«, sagte die Verkäuferin.

So jung und schon so versiert, dachte Ada und betrachtete sich im Spiegel. Doch dieses Blau stand ihr wirklich gut, das sah sie selbst. Und der glatte, kühle Stoff fühlte sich großartig an.

Die Verkäuferin faltete die Bluse zusammen. Sie hatte schöne, schmale, perfekt manikürte Hände. Die Fingernägel waren tiefrot lackiert, am Handgelenk trug sie eine Strasskette, an der kleine Herzchen baumelten. Sie legte die Bluse in einen cremefarbenen Karton. Den Karton schob sie in eine edle Tragetasche, die sie Ada mit einem Lächeln reichte.

Ada lächelte zurück. Sie lächelte auch noch, als sie die Boutique verließ. Mit dieser Tasche in der Hand ging sie ganz von allein ein wenig aufrechter, fühlte sich eleganter, schwungvoller.

Sie würde sich die Nägel wieder lackieren. Nach Ediths Geburt hatte sie noch auf so etwas geachtet. Aber seit Tom und Luzie auf der Welt waren … vielleicht hatte sie sich zu sehr gehenlassen.

Andererseits – warum sollte sie ihre Nägel lackieren? Und wann sollte sie überhaupt diese Bluse anziehen?

Eine Frau müsse stets ein elegantes Kleid unter der Schürze tragen, hatte ihre Mutter oft gesagt. Damit sie *parat* ist, wenn der Mann mit ihr ausgehen will.

Adas Eltern waren häufig ausgegangen. Auch wenn es für Mutter letztlich eine von vielen Pflichten gewesen war und Vater bloß seine Kontakte – nützliche, geschäftliche Kontakte – pflegen wollte, immerhin, sie *waren* miteinander ausgegangen.

Wozu sollte Ada parat sein, wenn Christian jeden Abend müde und wortkarg vor dem Fernseher saß? Wenn sie tagsüber niemanden sah und mit niemandem sprach außer mit Inka und den Kindern? Oder mit Hannes.

Mit Patienten und Kleinkindern.

Sie kam an einem Bistro vorbei, das neu eröffnet war. Kurz zögerte sie. Dann trat sie ein. Es gab nur ein paar runde Stehtische und ein schmales dunkles Lederpolster, das sich in halber Höhe an der Wand entlangzog – sollte das eine Zierleiste sein? Darauf konnte man unmöglich sitzen!

Ada stellte ihre Tragetasche ab, doch selbst die glitt herunter und fiel zu Boden. Verlegen schaute sie sich um. Die wenigen Leute im Raum beachteten sie nicht, allerdings schien der Mann neben ihr sie beobachtet zu haben. Schnell hob er die Tasche auf.

»Warum ist das bloß so schmal?«

»Wenn es nur einen Zentimeter breiter wäre«, sagte der Mann, »dann wäre es ein Sitzplatz.«

»Das wäre doch gut«, sagte sie verwirrt.

»Für Sie und für mich schon. Aber nicht für den Besitzer.« Der Mann rieb die Fingerspitzen aneinander. »Ein Café mit Sitzplätzen muss Toiletten haben. Das kostet.«

Sie stellte die Tasche auf den Boden und lehnte sich gegen das Leder. Es war ein wenig merkwürdig, sich mit einem wildfremden Mann über Toiletten zu unterhalten.

Er räusperte sich. »Darf ich Sie auf einen Kaffee einladen?«

Ada zögerte.

»Die Getränke muss man sich an der Theke holen«, sagte er. »Sie laufen nicht weg, oder?«

Jetzt musste sie lächeln.

Während er den Kaffee bestellte, sah sie auf die Uhr. Sie wusste nicht genau, wie weit es bis zur Praxis von Dr. Klinger war. Eigentlich hätte sie längst gehen müssen. Der Mann schaute zu ihr herüber, er wollte sich wohl vergewissern, dass sie noch dort stand. Er blinzelte. Vielleicht war er kurzsichtig und zu eitel, eine Brille zu tragen?

Etwas Weiches, Nachgiebiges strahlte er aus, etwas, das es selten gab bei Männern. Er trug ein leicht glänzendes Hemd. Kunstfaser. Das war zwar bügelfrei, roch aber schnell. Eben hatte sie jedoch nur sein Rasierwasser bemerkt.

Nun nahm er die Kaffeetassen am Tresen entgegen.

»Irgendwann werden wir unsere Tassen hier bekommen und sie am Ende der Bismarckstraße wieder abgeben«, sagte er, als er mit dem Kaffee zurückkam.

»Ist da jetzt auch so ein …«

»Ein Stehcafé. Ja.« Und ohne Übergang: »Verraten Sie mir, mit *wem* ich diesen Kaffee trinke?«

Sie zögerte noch einmal. Plötzlich wurde ihr bewusst, dass sie diesem Mann erzählen konnte, was sie wollte – hier, in dieser Stadt, in der niemand sie kannte. Sie konnte ihm irgendeinen Namen nennen, einen Namen, der ihr besser gefiel als ihr eigener; sie konnte ihm ein Leben schildern, das sie gern geführt, einen Beruf nennen, den sie gern gehabt hätte, doch so schnell fiel ihr nichts ein, und so sagte sie nur, viel zu schüchtern: »Ada.«

Ein wenig förmlich schüttelte er ihre Hand. Und hielt sie dann unerwartet lange fest. Seine Finger waren gepflegt, bloß etwas zu rundlich für ihren Geschmack. Sie sah ihm lieber ins Gesicht.

»Ada. Was für ein schöner Name!«

»Finden Sie?«

»Ja. Ein ganz besonderer Name. Ich heiße Hermann.«

XI

In der Cafeteria hatte Edith eine Flasche Cola gekauft, eine Tüte Campino-Bonbons und Schokoladenkekse. Auf der Wiese unterhalb des Friedhofs setzten sie sich zwischen die Apfelbäume. Tom verfolgte jede ihrer Bewegungen, als sie die Sachen neben sich legte.

»Krieg ich einen Keks?«, fragte er.

»Kauf dir doch selbst was.«

»Das Geld von Mama war für uns beide.«

»Nö, das Geld war dafür, dass ich auf dich aufpasse.«

Er versuchte, über sie hinweg nach der Kekspackung zu greifen.

»Vergiss es!« Mit einer Hand hielt sie seinen Arm fest, mit der anderen angelte sie ein Geldstück aus seiner Hosentasche. »Na bitte. Das reicht mindestens für einen Kaugummi.«

»Gib es mir sofort zurück!«

»Warum willst du es nicht ausgeben? Dazu ist das Taschengeld da. Damit du dir was kaufen kannst.«

Er sah aus, als würde er gleich anfangen zu heulen.

»Ach, mach doch, was du willst.«

Sie stopfte das Geld zurück in seine Tasche – und fand einen Zettel darin. »Was ist das denn?«

Er warf sich auf sie, aber sie war schneller, sprang auf und hielt die Hand mit dem Papier so hoch, dass Tom nicht mehr daran kam. Es war ein ausgerissenes Stück aus einer Zeitschrift.

»Das kannst du noch gar nicht lesen«, sagte sie und faltete es auf. Nun wusste sie, warum er es aufgehoben hatte: Auf der Innenseite war ein Mann abgebildet, der durch eine dicke Brille hindurch eine Frau anschaute. Die Frau, die vor dem Mann stand, war angezogen.

Die Frau, die man in seinen Brillengläsern sah, war nackt.

»Was steht da?«, fragte Tom.

»Röntgenbrille«, las sie und ließ das Papier sinken. »Wo hast du das her?«

»Gefunden.«

»Und was willst du damit?«

»Das kann man bestellen, oder?«, fragte er.

»Man kann jeden Blödsinn bestellen.«

»Wie viel kostet das?«

»Vergiss es, das funktioniert nicht.«

»Aber … wie viel kostet es?«

»Zehn Mark. Und das Porto.«

»Warum funktioniert es nicht?«

»Du bist doch schon geröntgt worden, oder?«

Ratlos sah er sie an.

»Im Krankenhaus. Als du dir das Bein gebrochen hast.«

»Ja.«

»Was hat man da gesehen?«

»Knochen«, sagte er kleinlaut und setzte sich ins Gras.

»Also – willst du zehn Mark bezahlen, um die Knochen von anderen Leuten zu sehen?«

Langsam schüttelte er den Kopf.

»Eben.«

Tom nahm das abgegriffene Papier und betrachtete es nachdenklich.

»Warum darf man etwas schreiben, wenn es falsch ist?«

»Keine Ahnung. Ist halt so.«

Während sie sich neben ihn setzte, fasste sie einen Entschluss.

»Wenn du wirklich etwas sehen willst, dann zeig ich es dir. Kostet auch nur fünfzig Pfennig, keine zehn Mark.«

»Was denn?«, fragte er.

»Den Platz, wo die Debilen es treiben.«

»Was heißt *Debilen*?«

»Das sind die, denen es nicht so viel ausmacht, wenn man ihnen dabei zuschaut.«

»Wobei?«

»Wirst du schon sehen«, sagte sie und hielt die Hand auf. »Erst die fünfzig Pfennig.«

Er hielt ihr das Geldstück entgegen, zog es jedoch im letzten Moment zurück.

»Keine Angst«, sagte sie. »Ich halte immer, was ich verspreche.«

Er zögerte.

»Oder?«

Widerstrebend gab er ihr die Münze.

»Guck mal«, sagte er und deutete in Richtung Friedhof. »Da hinten steht jemand. Ist das einer von den Debilen?«

Edith hatte den Jungen gar nicht bemerkt. Er lehnte an

einem der vorderen Grabsteine und rauchte eine Zigarette. Anscheinend beobachtete er sie schon seit einer Weile.

Sie steckte die Bonbons ein, klemmte die Kekse unter den Arm und nahm die Colaflasche.

»Komm«, sagte sie, ging bis zur Mauer vor der Kapelle und sah dabei möglichst unauffällig zum Friedhof hinüber. Tom lief hinter ihr her.

»Ist das einer von denen?«, flüsterte er.

»Nein.« Sie nahm einen Schluck von der Cola und hielt sie ihm hin. »Der ist nicht debil. Der ist höchstens schizo.«

Gierig trank Tom die Flasche leer. Edith warf sie in den grünen Müllkorb.

Der Junge stieß sich mit einer Bewegung, die sehr lässig aussah, von dem breiten Sockel des Grabmals ab.

Er kam auf sie zu.

»Weißt du was, Tom?«, sagte sie. »Geh schon mal nach Hause. Ich bleib noch ein bisschen.«

»Aber warum …«

»Einfach so, okay?«

Tom verzog das Gesicht. »Und was ist mit dem Platz, den du mir zeigen wolltest?«

»Ist eh grad nicht die richtige Zeit dafür. Die sind alle noch am Arbeiten.«

»Du …«

»Nächstes Mal«, sagte sie.

»Versprochen?«

»Versprochen.« Sie drückte ihm die Kekse in die Hand

und gab ihm einen leichten Schubs in die Richtung, in die er verschwinden sollte.

Missmutig zog er ab.

XII

Es kostete ihn ein wenig Überwindung. Nur einen Augenblick. Dann bot er ihr eine *Stuyvesant* an. Zögernd, fast scheu nahm sie die Zigarette, steckte sie zwischen ihre Lippen und neigte den Kopf zur Seite. Als er ihr Feuer gab, versuchte er die Finger so zu halten, dass sie die abgebissenen Nägel nicht sehen konnte – bloß der Daumennagel ließ sich nicht verstecken. Schnell zog er seine Hand wieder zurück.

»Bist du öfter hier?«

Sie deutete mit dem Kopf Richtung Friedhof, unterdrückte ein Husten dabei.

»Hier?«

Jakob musste beinahe lachen. Nein, er war zum ersten Mal hier. Zum ersten Mal in all den Jahren. Frau Lange sagte oft: Du kannst viel mehr, als du dir zutraust. Nun hatte er sich etwas getraut.

Das Mädchen hatte er vom Fenster des Werkraums aus beobachtet. Hatte gesehen, wie sie mit dem kleinen Jungen sprach. Und als Frau Lange ihn nach draußen hatte gehen lassen, um eine zu rauchen, war er dem Mädchen einfach gefolgt.

Während er hinter ihr hergelaufen war, hatte er daran gedacht: an dieses eine Mal, als seine Mutter ihn auf den Rummel mitgenommen hatte. An die rote Eisenbahn, die nirgendwo anhielt, aber so langsam fuhr, dass man während der Fahrt überall ein- und aussteigen konnte. Er hatte Angst gehabt. Der Lärm, die grellen Farben, die Gerüche von Popcorn, Bratfett und dem Schweiß all dieser Menschen, das flaue Gefühl im Magen und der leichte Schwindel – er hatte sich nicht mehr bewegen können. Bis plötzlich ein Mädchen aus dem Zug, ein Mädchen, das nah am Trittbrett stand, ihm die Hand entgegenstreckte. Er hatte diese Hand ergriffen. Und war tatsächlich mit einem großen Schritt auf das Trittbrett in den Zug gestiegen. Er hatte sich an diese Hand geklammert. An das Gesicht des Mädchens konnte er sich nicht erinnern. Nur an die Hand, die sie ihm reichte.

Und jetzt war da wieder die Hand eines Mädchens. Die Hand, in der sie die *Stuyvesant* hielt. Mit schmalen Lippen zog sie an der Zigarette. Sie hatte wohl noch nicht oft geraucht. Oder noch nie.

Jakob trat von einem Fuß auf den anderen, blinzelte in die Sonne.

»Wir können auch in den Schatten …«, sagte sie.

Also ging er mit ihr auf den Friedhof zu. An dem großen Grabmal vorbei, an das er sich eben noch gelehnt hatte. Die Gräber dahinter waren schlichter, Reihen von weißen Kreuzen, die einfach in der Wiese steckten.

Eine große Engelsfigur stand davor. Efeu rankte den

Riss hinauf, der durch den Sockel ging. Die Flügel schimmerten grün, so vermoost waren sie. Eine Flügelspitze war wohl schon seit langem abgebrochen. Der Engel hielt die Arme segnend ausgebreitet.

Jakob sah in das leblose Gesicht, in die leeren Augen.

War das wirklich eine segnende Geste? Oder wollten diese Arme nach ihm greifen? Einen Moment lang stand er ratlos in aufsteigender Panik.

Doch das Mädchen lief einfach weiter.

Und er folgte ihr.

Es war nur ein steinerner Engel mit ausgestreckten Armen. Der blieb genau dort, wo er war. Noch einmal spürte Jakob dieses Lachen im Brustkorb, wie ein Kribbeln. Auch wenn er es nicht wagte, *wirklich* zu lachen, es wärmte, es belebte ihn.

Nun gingen sie an den Kreuzen vorbei. Sie waren aus Plastik, die meisten davon eher grau als weiß. Die schwarze Farbe der Buchstaben und Ziffern war längst abgeblättert.

Im Vorbeigehen zog er eines der Kreuze mit der Metallschiene heraus.

»Hey!«, rief sie. »Was machst du da?«

Ein paar Schritte schlenderte er noch weiter. Dann zögerte er.

»Was soll das?«

Er wollte das Kreuz in den Boden stecken, dort, wo nur die eingesackte Erde die Form eines Grabes andeutete. Das Mädchen griff nach seinem Arm – und er erschrak so sehr, dass er den Ellenbogen mit einer heftigen Bewegung nach hinten schlug. Fast hätte er ihr Gesicht getroffen.

»Spinnst du?«

Sie wich zurück. »Mann, hast du mich erschreckt.«

Er hätte sich gern entschuldigt, aber er wusste nicht, wie man so etwas macht. So starrte er bloß auf das Kreuz.

Das Mädchen kam wieder etwas näher, sah ihm über die Schulter, um die Inschrift zu entziffern. Vom Vornamen war nur noch ein A, vom Nachnamen gar nichts mehr zu erkennen. Wenn er das Kreuz schräg hielt, konnte man die verschwundenen Buchstaben erahnen – sie hatten dunkle Grautöne auf dem Plastik hinterlassen.

»Das heißt Anna«, sagte er. »Oder?«

»Ich glaub schon. Die ist nur acht Jahre alt geworden.«

Vorsichtig nahm sie ihm das Kreuz ab und brachte es zurück an die ursprüngliche Stelle.

»Und woher willst du wissen, ob es dorthin gehört?«, rief er ihr hinterher.

»Machst du das etwa öfter?«

»Man kann es sowieso nicht mehr lesen. Außerdem sind die eh tot.«

»Eben deshalb.« Das Mädchen sah über die Reihen der kleinen, teils abgebrochenen und teils schräg in der Erde steckenden Kreuze. »Sie können sich nicht wehren.«

Er war froh, als sie weitergingen.

Am Ende des Friedhofs, unter den Tannen, standen weitere Grabsteine. Sie waren noch dunkler und bemooster als die am Eingang. Das schmiedeeiserne Kreuz in der

Mitte hatte einen Sockel aus rotem Sandstein mit einer Marmortafel. Jakob betrachtete die Figur darauf: ein Hirte, der ein Lamm auf den Schultern trug. Er hielt es an Vorder- und Hinterbeinen. Das Lamm neigte den Kopf zum Gesicht des Hirten. Schön sah das aus. So friedlich.

Dr. Karl August Weissenberg, stand darunter, *1929 bis 1940. Anstaltsdirektor.*

Gott ist dein Hirte, sagte der Pastor. Auch die Pfleger waren Hirten. Sie hüteten bloß keine Schafe, sondern die Patienten. Aber wenn sie einen von ihnen, den Kurt oder den Siggi, an Händen und Füßen packten, das sah nicht so friedlich aus. Neumann war der Oberhirte. Doch der tat nichts, als im Gelände auf und ab zu laufen, um zu kontrollieren, ob alle waren, wo sie hingehörten. Dann war er auch schon zufrieden: gut so, schön so, weiter so.

Das Lamm neigte den Kopf zum Hirten.

Der Hirte wandte sein Gesicht zum Lamm.

Dr. Karl August Weissenberg. Anstaltsdirektor.

Ob das ein guter Hirte war?

»Kommst du?«, rief das Mädchen.

Auf dem Waldboden hinter der Buchsbaumhecke lagen verwitterte Grabsteine, wie hingeworfen.

»Die konnten sich wohl auch nicht wehren, was?«, sagte er.

»Genau«, antwortete sie ernst. Sie stieg über die Hecke, drehte einen der Steine um.

»Und was steht da?«, fragte er.

»Im Tode vereint.«

»Wer?«

»Weiß nicht. Nicht zu erkennen.« Sie richtete sich auf. »Ich muss allmählich nach Hause.« Mit einer unbestimmten Handbewegung wies sie in Richtung Kapelle, von wo aus der Weg an den Streuobstwiesen entlang bis zu den Stationsgebäuden führte.

»Gehst du auch?«

Er erschrak. Seine Angst, die immer da war, stärker oder schwächer, aber immer da – gerade hatte er sie fast vergessen. Er hatte keine Ahnung, wie er zurück zu Frau Lange kommen sollte. Doch bevor die Panik ihn überwältigen konnte, fragte das Mädchen: »Wohin musst du?«

»Zur Beschäftigungstherapie.«

»Okay.« Sie wischte sich die Hände an der Jeans ab. »Dann können wir zusammen gehen.«

Er nickte.

Sie war das schönste Mädchen, das er je gesehen hatte.

XIII

Überrascht blieb Christian stehen. Es geschah selten, dass er Ada zufällig im Gelände begegnete.

»Gerade wollte ich in die Verwaltung«, sagte er. »Und du?«

Ada deutete auf den Kinderwagen. »Ich will Luzie noch

ein wenig schlafen lassen. Wenn ich den Buggy abstelle, wird sie gleich wach.«

Er ging ein paar Schritte neben ihr.

»Du begleitest mich?«, fragte sie. Es klang erstaunt.

»Ach, ich kann das auch später erledigen.« Er hob die Mappe ein wenig, die er im Arm hielt. »Wollen wir in die Cafeteria?«

»Wenn du Zeit hast?« Sie lächelte.

»Wo ist Tom?«

»Mit Edith unterwegs.«

»Die zwei verstehen sich ja gerade richtig gut.«

»Mhm. Ich bin gespannt, wie lange das so bleibt.«

Sie sollten wirklich öfter ausgehen. Irgendwie war es einfacher, woanders miteinander zu reden. Selbst hier schien es ihm leichter als zu Hause. Die Bahnen der Minigolfanlage waren neu gestrichen, der Rasen frisch gemäht. Der Weg zur Terrasse der Cafeteria strahlte im Sonnenlicht wie eine silberne Ader.

Sie setzten sich an einen Tisch neben der Voliere.

»Willst du einen Kaffee?«

»Ja, gerne.« Ada schob den Kinderwagen ein wenig vor und zurück.

Als er mit dem Kaffee zurückkehrte, bemerkte er Bertha. Sie kam den Weg entlang. Bertha, dicker denn je, mit schaukelnden, schlingernden Bewegungen. Ein Schiff in stürmischer See. Jetzt zögerte sie, blieb stehen. Fixierte ihn.

Gerade wandte Ada sich zum Buggy, um ihn so zu drehen, dass Luzies Gesicht im Schatten lag. Er stellte die Tassen ab. Aus den Augenwinkeln sah er, dass Bertha langsam weiterging. An ihnen vorbei.

Er setzte sich.

Noch einmal schaute sie zurück. Nicht zu Ada – die Bertha gar nicht bemerkt hatte –, sondern zu ihm. Mit einem Mal wurde ihm bewusst, dass Bertha ihn nur als Arzt kannte, nicht als Ehemann und nicht als Vater. Seltsam, so wie er ihren Blick deutete, so fühlte er es auch in diesem Moment: als hätte er sie um etwas betrogen.

Ihr Körper straffte sich. Einen Augenblick lang strahlte ihre längst vergangene Schönheit auf – er sah eine Bertha, die er nie erlebt, von der er nur gehört hatte. Ein Mädchen mit dem Stolz des deutschen Vaters und der Eleganz ihrer französischen Mutter, einer Frau, die ihre Wurzeln in all den Kriegs- und Nachkriegsjahren hatte verleugnen müssen. Ein Mädchen, das hin- und hergerissen war zwischen einem Vater, der es mehr und mehr bereute, eine Französin geheiratet zu haben, und einer Mutter, die mit der Zeit verbitterte. Was wäre gewesen, wenn man dieses junge Mädchen damals nicht ins Elsass geschickt hätte?

Bertha ging zur Theke der Cafeteria, stützte die Arme auf, bestellte. Wie alle Frauen, die in der Küche arbeiteten, trug sie einen kurzärmeligen weißen Kittel. Trotz ihrer Körperfülle war die Haut an den Oberarmen schlaff. Sie war alt geworden.

»Luzie schläft ganz schön lange heute«, sagte Ada.

»Hm.«

Es gab keinen Grund für ihn, ein schlechtes Gewissen zu haben. Dennoch ging ihm Berthas Blick nach, der nicht vorwurfsvoll, sondern eher enttäuscht gewesen war. Als erinnerte sie sich an die Hoffnung, die sie in ihn gesetzt hatte. An das Vertrauen am Anfang der Behandlung. Er dachte an seine ersten Sitzungen mit ihr, als er selbst gerade in der Klinik angefangen hatte, voller Elan und überzeugt davon, sie wieder in die Realität zurückholen zu können. Die psychotischen Phasen waren tatsächlich seltener geworden. Man hatte ihr erlauben können, übers Wochenende nach Hause zu fahren, wo sie am liebsten kochte; stolz hatte sie danach von ihren *pommes dauphinoises* und der *tarte à la choucroute* berichtet.

Er rührte in seiner Kaffeetasse.

Was war dann geschehen? Er hatte kaum noch Zeit gehabt für die Termine. Berthas Besuche bei den Eltern wurden immer problematischer, wenn sie zurückkam, war sie völlig verwirrt, geriet in den nächsten Schub. Schließlich wurden die Besuche eingestellt. Bertha hatte sich hier eingelebt, hatte sich stabilisiert im Klinikalltag.

Bis zu dem Tag, an dem sie Luzie für ihr eigenes Kind gehalten und mitgenommen hatte.

Vielleicht war es ganz gut, dass Ada sie eben nicht bemerkt hatte. Er hoffte, dass Bertha jetzt nicht zurück auf die Terrasse kommen würde.

Zum Glück ging sie zu einem der Tische am Fenster. Sie setzte sich, schwerfällig, umständlich. Ihr Kopf verschwand hinter den Buntnesseln, die auf der Fensterbank standen.

»Ich dachte«, sagte Ada, »wir könnten einfach mal zu zweit einen Kaffee trinken.«

Er brauchte einen Moment, um zu begreifen.

»Das tun wir doch«, sagte er dann. »Entschuldige. Ich war wohl in Gedanken.«

»Allerdings.« Sie stand auf. Anscheinend wollte sie gehen. Ihm fiel ein, dass er sie noch nicht nach ihrer Stunde bei Klinger gefragt hatte.

»Wie war dein Termin gestern?«

Sie zögerte.

»Gut«, sagte sie, schob den Buggy aber bereits auf den Terrassenweg.

»Und? Wann sollst du wiederkommen?«

»Nächste Woche.«

»Schade, dass du schon gehst, Ada.«

»Ja, schade«, sagte sie – als stünde es nicht in ihrer Macht, zu bleiben.

Ihre Tasse war noch halb voll. Das Papier des Würfelzuckers hatte sie mehrfach geknickt und fächerartig gefaltet zu einem kleinen Schmetterling. Sie hatte ihn vorne auf dem Kaffeelöffel platziert. Es sah aus, als wollte er von dort aus abheben und davonfliegen.

Er nahm seinen Kaffee mit hinein, ging auf sie zu und fragte: »Darf ich?« Sie schien verwundert über diese Förmlichkeit. Doch sie waren nicht auf der Station, sondern in der Cafeteria, wo Bertha sich einen freien Platz gesucht hatte, um Kaffee zu trinken.

Kaum merklich zuckte sie mit den Schultern.

Er stellte die Tasse ab.

»Wie geht es dir?«

Ein spöttischer Blick. Für sie war das wohl eine unsinnige Frage, und auf unsinnige Fragen antwortete sie einfach nicht.

»Sie haben mir das Kind weggenommen.«

Wen meinte sie damit? Ihre Eltern, damals, als Bertha selbst fast noch ein Kind gewesen war? Aber Christian begriff, dass sie *ihn* meinte. Obwohl er bei dem Vorfall vor ein paar Wochen gar nicht dabei gewesen war. Was immer in der Klinik geschah, man machte ihn dafür verantwortlich.

»Denken Sie, ich hätte mich nicht gut um das Kind gekümmert?« Bertha deutete mit einer Kopfbewegung nach draußen, so, als ob Ada noch dort sitzen würde. »Warum ist sie nicht zufrieden? Sie hat doch alles.«

Ja, da hast du recht, hätte er beinahe gesagt. Im letzten Moment verkniff er es sich. Manchmal kam es ihm so vor, als ob Bertha völlig klar wäre im Kopf, als ob sie das nur spielte, dieses ganze psychotische Theater. Weil es ihr eine Freiheit ermöglichte im Tun, im Denken und im Reden, eine Freiheit, die er selbst nicht hatte. Wohl ein absurder Gedanke.

»Warum haben Sie das getan?«

Er konnte ihrem Blick, dem dumpfen Schmerz darin,

nicht standhalten; unwillkürlich senkte er die Augen und besah seine Hände. Mit dem Kaffeelöffel zog er Linien auf dem hellen Tischtuch.

»Es waren einmal zwei Frauen, die um ein Kind kämpften«, sagte er plötzlich, einem Einfall folgend. Die Spuren auf dem Tuch hatten ihn darauf gebracht. »Jede betrachtete es als ihr eigenes Kind. Sie konnten sich nicht einigen. Deshalb gingen sie zu einem Richter.«

Kurz schaute er hoch, um zu sehen, wie sie darauf reagierte. Bertha beobachtete seine Bewegungen.

Er zog eine Linie, die sich schloss, und sagte: »Der Richter ließ einen Kreis auf den Boden zeichnen. Er stellte das Kind hinein und erklärte, dass diejenige, die das Kind aus dem Kreis zu sich ziehen könne, die wahre Mutter sei und es behalten dürfe.«

Bertha nickte ungeduldig.

»Und so zerrten beide an dem Kind. Sie taten ihm weh. Was würdest du tun?«

»Loslassen«, sagte sie und lehnte sich mit einem schweren Ausatmen zurück.

»Natürlich.« Er hatte gehofft, dass sie das sagen würde.

»So wie die Frau in der Geschichte«, fügte er hinzu. »Diejenige, die das Kind liebte, ließ es los. Eine *wirkliche* Mutter lässt ihr Kind los, statt es zu zerreißen.«

Jetzt erst legte er den Löffel, mit dem er die ganze Zeit den Kreis gezogen hatte, wieder hin.

»Der Richter wollte die Frauen bloß prüfen«, sagte Bertha und stand auf. »Die Frau, die losgelassen hatte, war die bessere Mutter. Deshalb hat er ihr das Kind gegeben.«

Sie stützte beide Arme auf den Tisch. »Und es war *nicht* die leibliche Mutter.«

Dann ging sie zur Theke, um sich einen weiteren Kaffee zu holen.

Christian saß da, fuhr sich mit den Fingern durchs Gesicht. Er hatte sie unterschätzt. Sie hatte eine gute Allgemeinbildung, daran hätte er denken müssen.

Sie kam zurück und setzte sich. Schüttete Milch in den Kaffee und Zucker dazu. Rührte und rührte.

»Es tut mir leid«, sagte er schließlich und meinte es auch so. Es tat ihm leid. Alles. Ihr furchtbares, verkümmertes Leben. Seine Hilflosigkeit.

Sie nickte, als wären damit alle Fragen beantwortet, und trank ihren Kaffee.

Er wollte gerade gehen, da sagte sie: »Ich bin gut in der Küche.«

»Daran zweifelt doch niemand, oder?«

»Ich soll in die Schneckenfabrik.«

»Wer sagt das?«

»Schwester Barbara.«

»Warum sollst du in die Schneckenfabrik?«

»Weil sie Kopfgeld kriegt.«

»Kopfgeld?« Er setzte sich wieder.

»Für jeden, den sie dorthin schickt, bekommt sie eine Prämie von der Fabrik.«

Ungläubig schüttelte er den Kopf.

»Niemand will dort arbeiten«, fuhr sie fort.

»Es wird doch keiner gezwungen.«

Bertha verzog das Gesicht, als hätte er einen schlechten Scherz gemacht.

»Ist das nicht eine französische Delikatesse, Weinbergschnecken in Kräuterbutter?«, fragte er bemüht, obwohl er sie selbst nicht mochte, ebenso wenig wie Froschschenkel oder sonstiges Kleingetier. Man knabberte ewig an etwas herum, ohne satt zu werden.

»Man muss sie kochen, aus dem Gehäuse ziehen, das Gedärm entfernen und den Rest wieder hineinstopfen. Die Frauen bekommen Ausschlag von dem ganzen Schleim.«

Es war sicher keine angenehme Arbeit; seit langem hatte er sich selbst einen Eindruck davon verschaffen wollen, doch er war einfach nicht dazu gekommen. Es war unmöglich, an allen Fronten gleichzeitig zu kämpfen.

»Aber das ist nicht das Schlimmste«, sagte Bertha.

»Sondern?«

»Sie sagen, man kann die Schnecken schreien hören.«

»Die Schnecken?«

»Ja. Sie schreien, wenn man sie ins kochende Wasser wirft.«

War das nun der Beginn eines psychotischen Schubes? Bei Bertha war man nie sicher, in welcher Phase sie sich gerade befand.

»Wenn du lieber hier in der Küche arbeitest«, sagte er, »dann wirst du das auch weiter tun können.«

Und, nachdem sie nicht reagierte: »Ich verspreche es dir.«

Bertha schwieg. Sie sah in ihre Kaffeetasse, die sie jetzt mit beiden Händen festhielt; sie schaute nicht mehr auf, auch nicht, als er sich endlich einen Ruck gab, aufstand und ging.

Er hatte damit gerechnet, dass Ada nach dem missglückten Gespräch in der Cafeteria verstimmt sein würde. Doch sie schien gutgelaunt, als er nach Hause kam, hielt ihm zur Begrüßung die Wange hin, wenn auch mit Blick zum Fernseher. Sie hatte, wie so oft, das Bügelbrett im Wohnzimmer aufgestellt, um während des Abendprogramms zu bügeln. Er setzte sich zu ihr. Und blieb auch sitzen, als sie ins Bett ging; er fühlte sich zu müde, um aufzustehen.

Als die Nationalhymne ertönte, schreckte er auf. Das Ende des Fernsehprogramms, er musste eingenickt sein. Nachdem er sich dazu aufgerafft hatte, die Zähne zu putzen und sich endlich hinzulegen, war er – natürlich – hellwach.

Es würde wohl einmal mehr auf eine *Rohypnol* hinauslaufen.

Er *musste* schlafen. Also besser gleich zwei.

Mit dem Wasserglas in der Hand und der Tablettenschachtel vor sich saß er nun am Küchentisch, er wollte erst ins Bett gehen, wenn die Wirkung einsetzte. Er hasste es, sich schlaflos hin und her zu wälzen, außerdem fürchtete er, in einen Zustand zu kommen, in dem selbst die Tabletten nicht halfen. Manchmal verstörte ihn das lange

Wachliegen derart, dass er erst recht nicht mehr einschlafen konnte.

Der Schlaf war ein Rätsel. Warum verbrachte der Mensch einen so großen Teil seines Lebens in einem derart schutzlosen Zustand? Was passierte dabei? Letztlich noch immer ungeklärte Fragen.

Um schlafen zu können, musste man sein Bewusstsein abgeben wie Mantel und Schal an der Garderobe; ein Gedanke, der ihm ganz und gar nicht behagte. Einmal war er mit Ada im Stadttheater gewesen – eine mittelmäßige Aufführung –, und nach der Vorstellung hatte er an der Garderobe zwar seinen Wollmantel, nicht aber den Kaschmirschal zurückbekommen, den Ada ihm geschenkt hatte. Mehrmals hatte er dem Schal hinterhertelefoniert und am Ende sogar mit der Theaterverwaltung gestritten. Wofür bezahlte er, wenn niemand auf seine Sachen aufpasste und er keinen Ersatz bekam?

Daran musste er in letzter Zeit oft denken, wenn er versuchte, einzuschlafen. Was passierte mit seinem Bewusstsein, wem übergab er es eigentlich, wenn er schlief? Wer passte darauf auf, wer übernahm die Verantwortung, wenn nicht er selbst?

Er brachte die Tabletten zurück ins Arbeitszimmer und vergaß auch nicht, sie in der Schreibtischschublade einzuschließen. Er mochte sich gar nicht vorstellen, wie Ada reagieren würde, wenn sie offen herumlagen, bei ihrer ständigen Angst, dass die Kinder irgendwelche Pillen schlucken könnten.

XIV

Mitten in der Nacht wurde er wach. Er träumte selten, doch diesmal – diesmal hatte er geträumt. Von einer Eisenbahn, die durch das Klinikgelände fuhr. Auf Frau Lange zu, die ihre Arme ausgebreitet hielt. An ihr vorbei. Und immer schneller. Auf das Mädchen zu, das ein Plastikkreuz in der Hand hatte und es hochhob wie ein Stoppschild oder eine Kelle, um den Zug anzuhalten. Der jedoch weiterraste, weiter, auf das Mädchen zu. Das plötzlich die gleichen Augen hatte wie der Neumann, Augen, die größer und größer wurden, näher und näher kamen –

Er brauchte einen Moment, um zu begreifen, dass es ein Traum gewesen war.

Dann merkte er, dass jemand bei ihm saß. Direkt neben ihm. Auf der Bettkante.

Er blinzelte.

Es war ein Mädchen.

Nicht so alt wie das Mädchen auf dem Friedhof, es war ein Kind. Ein vielleicht sieben- oder achtjähriges Kind. Es saß neben ihm, im schwachen gelblichen Licht der Nachtbeleuchtung.

Jakob setzte sich auf.

Das Bettgestell quietschte.

Das Kind lächelte. Die roten runden Wangen schoben sich nach oben, die schrägstehenden Augen verschwanden unter dicken Lidern.

Ein Mongölchen, hätte Reinhardt gesagt. Auch wenn die Schwestern, die mit ihnen im Klinikgelände spazieren gingen, das gar nicht gerne hörten – Reinhardt flüsterte es ihnen jedes Mal so laut hinterher, dass sie es mitbekamen.

Doch Reinhardt saß vorn in seinem Glaskasten, hatte die Beine auf den Tisch gelegt, sein Mund stand offen. Das Heftchen, eins von denen, die er nur nachts las, war ihm aus der Hand geglitten.

»Was machst du hier?«, fragte Jakob leise.

Das Kind schaukelte mit dem Oberkörper. Vor und zurück.

»Kannst du nicht sprechen?«

Kurz und unwillig schüttelte das Kind den Kopf. Es stieß sich mit den Händen von der Matratze ab und rutschte hinunter. Dann stand es, gekrümmt und irgendwie zur Seite geknickt, vor ihm. Es trug ein langes Hemd mit weiten Ärmeln, das nur im Nacken von einem Band zusammengehalten wurde. Ein Engelshemd.

So sahen sie auf der Kinderstation nicht aus.

Das Kind fuhr sich mit den Fingern über die Brust, über den fleckigen Stoff, der wohl einmal weiß gewesen war, auf und ab. Ein Querstrich. Und wieder von vorne.

»Ein A?«, fragte er aufs Geratewohl.

Das Kind strahlte. Und zeichnete weitere Buchstaben.

»Anna?«

Es warf den Kopf weit nach hinten und brach in ein tonloses Lachen aus.

»Du bist Anna?«

Das Kind nickte.

»Das war *dein* Kreuz, gestern, auf dem Friedhof?«

Es nickte. Machte zwei, drei plumpe Schritte bis zum Fußende des Bettes. Dort bückte es sich, griff mit der Hand zum Boden und hob sie wieder; es war die gleiche Bewegung, mit der er auf dem Friedhof das Plastikkreuz herausgezogen hatte.

Warum hatte er das überhaupt getan? Aus Übermut. Weil er nie zuvor neben einem Mädchen gegangen war. Weil er nicht gewusst hatte, was er sagen sollte, nicht gewusst hatte, wohin mit seinen Händen –

Das Gesicht des Kindes verdüsterte sich. Die Augenbrauen zogen sich zusammen. Ungeduldig wiederholte es die Bewegung, immer vom Boden zum Brustkorb hin.

»Wir … wir haben es doch zurückgesteckt«, wagte er zu sagen.

Natürlich, nicht *er* war es gewesen. Auch nicht *er und das Mädchen*, sondern nur dieses Mädchen. Dieses »wir« war falsch, doch es beruhigte ihn ein wenig.

Das Kind machte eine wegwerfende Handbewegung.

Er verstand nicht.

Es legte die Hände in den Nacken, zog sie nach vorn zur Brust, wieder und wieder. Sah ihn dabei an.

Er verstand nicht.

Jetzt machte es noch ein paar Schritte rückwärts, als wollte es gleich verschwinden. Nervös schob Jakob die Finger zwischen seine Zähne.

Erst weckte ihn dieses Kind, und nun war es vielleicht kurz davor, ihn hier zurückzulassen, hier, zwischen all den anderen. Bett an Bett lagen sie, in ihren Nadelstreifen, wie Reinhardt abends sagte: Los, ab, in eure Nadelstreifen! – Auch er, Jakob, lag da im längsgestreiften Schlafanzug und hörte, wie die anderen schnarchten, stöhnten und sich im Schlaf kratzten. Er lag zwischen ihnen, nie konnte er für sich sein, und dennoch war er allein, in den Nächten, die er normalerweise – dank der Schnäpschen und Tabletten – verschlief. Normalerweise. Aber jetzt stand da dieses Kind. Dieses missgebildete Kind. Es nahm die graue verfilzte Decke vom Fußende des Bettes und wickelte sie auf. Griff nach den Enden, legte die Rolle in den Nacken und hielt sie rechts und links in Schulterhöhe fest.

Es machte ein paar Schritte. Immer mit dem Wollpaket auf den Schultern. Wie mit einem Schaf.

Ein Schaf. Das Lamm! Der Hirte, der das Lamm auf seinen Schultern trug.

»Du meinst das Grab des alten Direktors?«

Vor Freude rüttelte das Kind am Bett. Das Eisengestänge gab heftige Töne von sich.

»Jakob!«, kam es aus dem Halbdunkel. »Finger über die Bettdecke!«

»Was ist damit?«, flüsterte er.

Das Kind hielt die Hände vor der Brust, wiegte sich hin und her. Dann steckte es sein unsichtbares Kreuz in den Boden.

Endlich begriff er. »Du willst dein Kreuz neben dem Direktor haben?«

Jetzt lächelte es wieder. Die Wangen begannen zu glühen, es sah aus, als ginge in diesem runden, flächigen Gesicht die Sonne auf.

»Du meinst, ich soll … wir sollen …«

Es warf den Kopf zurück, lachte sein lautloses Lachen, rüttelte mit beiden Händen am Bettgestell.

»Jakob, gib Ruhe!«, brüllte einer vom anderen Ende des Schlafsaals.

»Halt's Maul«, brüllte er zurück.

Eine weiße Gestalt kam die Reihe der Betten entlang. Jakob hörte das vertraute Quietschen der Gummisohlen auf dem Linoleum.

»Hey«, ranzte Reinhardt ihn an, als er sah, dass Jakob aufrecht und hellwach im Bett saß – und die Finger *nicht* unter der Bettdecke hatte. »Fang du nicht auch noch an zu spinnen! Heute Nacht nicht mehr, ja?«

Jakob zog den Kopf ein, rutschte tiefer, um sich hinzulegen.

»Der Siggi hat den ganzen Tag randaliert und sich zweimal vollgepisst! Und der Kurt hat sich seinen Ausgang heut einfach selbst genehmigt. Den haben mir die von der Akuten wieder einfangen müssen.«

»Alles in Ordnung«, sagte Jakob und hob die Wolldecke vom Boden, die das Kind fallen gelassen hatte.

Reinhardt hielt ihm einen seiner kleinen Plastikbecher hin.

»So, komm, noch 'n Schnäpschen.«

Der Becher war randvoll. Nach so einer Dosis würde er sich morgen kaum bewegen können.

»Nein, wirklich, alles okay.«

»Jakob«, sagte Reinhardt in dem liebenswürdigen Tonfall, der bei ihm am gefährlichsten war. »Ich bin seit zwanzig Stunden im Dienst. Und du weißt, was das heißt, oder?«

Jakob nickte.

»Genau. Wenn hier nicht bald Ruhe ist, werd ich verdammt ungemütlich.«

Reinhardt sah wirklich müde aus, mit seinen dunklen Augenringen und den Schatten auf den Wangen. Er hatte heute – wie immer, bevor sie zur Messe gingen – eine lange Stuhlreihe aufgebaut und sie dort, einen neben den anderen, platziert. Er hatte nacheinander alle Gesichter eingeschäumt, sie in einer zweiten Runde rasiert und bei der dritten Runde noch etwas Wasser darübergeklatscht. Es gab kaum jemanden auf der Station, dem er ein Messer oder eine Klinge überließ. Doch er war wohl nicht mehr dazu gekommen, sich selbst zu rasieren.

Jakob nahm den Becher. Ließ die Flüssigkeit unter die Zunge gleiten und zeigte Reinhardt den geöffneten Mund zur Kontrolle. Der sah kurz hinein und klopfte ihm dann auf die Schulter. »Brav.«

Als er fort war, schob Jakob den Kopf unter die Bettdecke, zog die Nadelstreifen herunter und spuckte das Zeug auf die Unterhose. Genau zwischen die Beine. Selbst wenn Reinhardt den Fleck morgen früh entdeckte, er würde seine Nase bestimmt nicht hineinstecken, um zu prüfen, ob Jakob ihn hereingelegt hatte.

Als er wieder auftauchte, sah er, dass Siggi im Bett nebenan wach war.

»Hey, Siggi«, flüsterte er.

»Was?«

»Ich brauch dich morgen.«

»Warum?«

»Du musst mir helfen.« Das zog bei Siggi immer.

»Und wie?«, murmelte Siggi.

»Ich muss noch mal auf den Friedhof. Du musst bloß den Neumann ablenken, wenn er vorbeikommt!«

Siggi, mit seinem zur Seite geneigten Kopf und den noch immer fixierten ausgebreiteten Armen, lächelte schwach. Und sah dabei fast so zufrieden aus wie der Jesus, der in der Kirche hinter der Kanzel des Pastors hing.

XV

Beide Hände in den Kitteltaschen, ging Christian durch die Halle des Verwaltungsgebäudes und stieg die Treppe hinauf. Es waren breite Eichenstufen, in der Mitte eine Spur heller als an den Seiten – abgelaufen von all den Menschen, die täglich hinauf- und hinuntereilten. Hier, im vorderen Kliniktrakt, herrschte eine ständige Betriebsamkeit.

Die Schwestern und Pfleger auf den Stationen bewegten sich zwar auch schnell und vor allem geschickt zwischen all ihren Patienten, die durch die Gänge schlurften, trotteten oder einfach in den Ecken herumstanden, aber dort stellte niemand die Wichtigkeit seiner Arbeit derart zur Schau wie das Personal in der Verwaltung. Allen voran der emsige Verwaltungsdirektor Frank Siegel.

Der Geruch von Bohnerwachs stieg Christian in die Nase, reflexartig griff er nach dem dunklen Holz des Handlaufs. Die Putzfrauen wachsten und polierten die Treppe so gründlich, dass er schon oft ins Schlittern gekommen war. Jetzt sah er eine gebückte Gestalt im dunkelblauen Kittel vor sich, genau genommen nur ihren schmalen Rücken. Sie hatte ihn nicht kommen gehört.

Er räusperte sich. Ihm war nicht danach, sie anzusprechen, um sich bemerkbar zu machen. Das Gespräch mit Bertha hatte ihm zugesetzt, vor allem ihre Bemerkung über Ada: Sie hat doch alles. Warum ist sie nicht zufrieden? Beinahe hätte er Bertha zugestimmt. Schlimm genug, dass sie, mit dem sicheren Instinkt der psychisch Kranken, die Probleme zwischen Ada und ihm erfasst hatte. Aber dass er mit ihr darüber redete, so weit durfte es nicht kommen.

Die Putzfrau wandte sich um, grüßte ihn leise und sehr höflich, dann trat sie zur Seite und stützte die Hände auf den Stiel ihres Bohnerbesens. Wie ein Gardeoffizier stand sie da, mit Haltung und Würde.

Christian straffte sich im Vorbeigehen wieder ein wenig. Er wollte sich nicht hängenlassen, nicht vor dieser Frau, deren Name ihm nicht einfiel. Die Namen vergaß er oft, aber er erinnerte sich an jede Biographie. Er war umgeben von Lebensgeschichten. Auch die Geschichte dieser Frau hatte er nicht vergessen, natürlich nicht: Ihr Mann hatte sich vor ihren Augen erschossen. Danach war sie eingewiesen worden, in einer Art Schockzustand, was Christian nach so einem Ereignis nicht verwunderte. Bemerkenswert fand er nur, wie rasch sie sich stabilisiert hatte.

Am oberen Treppenabsatz wandte er sich noch einmal um, erwog nun doch, sie nach ihrem Namen zu fragen, ein paar Worte mit ihr zu wechseln. Aber sie war schon wieder in ihre Arbeit vertieft.

Er klopfte an der Tür des Verwaltungsdirektors. Siegel saß, wie so oft, nicht an seinem Schreibtisch. Was tat der eigentlich den ganzen Tag? Auch die Sekretärin im Vorzimmer war nicht zu sehen. Nur ihre elektrische Schreibmaschine summte leise. Christian blieb stehen, unschlüssig, ob er warten oder gehen sollte.

Ein penetranter bitterer Geruch stieg ihm in die Nase. In der Glaskanne der Kaffeemaschine dampfte ein Rest schwarzer Brühe vor sich hin. Er ging zu dem Gerät, das auf dem Kühlschrank stand, und schaltete es aus.

Über der Kaffeemaschine hingen die üblichen Sprüche und Witzblätter. Die Scherze wanderten von der Verwaltung zu den Stationen, sie wurden vor, während und nach den Besprechungen weitergereicht und an die Wände gepinnt, wo sie mit der Zeit vergilbten.

Die Sekretärin war noch nicht lange im Haus, besaß aber bereits eine stattliche Sammlung. Eine der Karikaturen zeigte einen dumm dreinblickenden Chef neben einer langbeinigen Blondine mit Brille auf der Nase, Bleistift und Stenoblock in den Händen. »Beim Diktieren können Sie alle medizinischen Fachbegriffe verwenden, Herr Direktor«, stand darunter, »auch die, von denen Sie keine Ahnung haben, wie man sie schreibt.« Ja, das passt auf Siegel, dachte Christian amüsiert.

Dann bemerkte er ein Blatt mit dem Briefkopf der Klinik. Offensichtlich war der Text hineinmontiert, man konnte die Schnittkanten erkennen.

»Sehr geehrte(r) Herr/Frau …« Christian las, was darunter stand. Er las auch noch, als die Tür sich öffnete, die Sekretärin hereinkam und einen Stapel Ordner auf dem Schreibtisch ablegte. Er wandte nur kurz den Kopf in ihre Richtung.

»Oh, guten Tag, Herr Professor Neumann«, sagte sie erschrocken.

Es hätte ihn nicht gewundert, wenn sie einen Knicks vor ihm gemacht hätte.

»Lesen Sie mir das mal vor«, sagte er und tippte auf das Blatt.

Unsicher trat sie näher. Er atmete den blumigen Duft ein, den ihre hochgesteckten Haare verströmten; sie rückte ihre Brille zurecht und begann zögernd: »Sehr geehrter –«

»Das da unten«, unterbrach er sie.

»Bei der Überprüfung Ihrer persönlichen Daten wurde von der zuständigen Behörde festgestellt, dass …«

Sie stockte.

»Lesen Sie!«

»… Ihre weitere Existenz gesellschaftlich gesehen einen nur geringen Nutzwert hat und zu hohe Kosten verursacht. Leider müssen wir Ihnen mitteilen, dass Ihr Weiterleben aus wirtschaftlichen Gründen nicht mehr vertretbar …«

Die Stimme verebbte.

»Lesen Sie! Laut!«

»… nicht mehr vertretbar ist. Ihr Termin beim städtischen Krematorium wird daher auf den …«

Die Sekretärin ließ den Kopf sinken.

Er wartete.

Um den Text ablesen zu können, hatte sie sich dicht neben ihn stellen müssen. Keinen Millimeter war er zur Seite gewichen.

»Herr Professor, das ist nicht von mir, ich habe es bloß von –«

»Ich will gar nicht wissen, von wem Sie so etwas bekommen. Den Schluss auch.«

Inzwischen war sie den Tränen nahe, und es wunderte ihn, wie wenig ihn das berührte.

Sie schluckte, flüsterte.

»Lauter, ich verstehe Sie nicht!«

»Es ist doch … nur ein Scherz.«

»Lesen Sie!«

»Die Kosten der Einäscherung sind bei Ankunft zu entrichten.«

Endlich trat er ein paar Schritte zurück, damit sie sich ein wenig fassen konnte.

»Eine so leise Stimme. Und so grobe Scherze.«

Er schüttelte den Kopf.

»Sehen Sie, liebes Fräulein«, sagte er jetzt im sanftesten Tonfall, zu dem er fähig war, »gestern habe ich mit einer Patientin gesprochen, die als junges Mädchen schwanger wurde. In den vierziger Jahren, also mitten im Krieg. Und zwar nicht etwa, weil sie sich leichtsinnig auf einen Mann eingelassen hätte. Nein, sie wurde vergewaltigt.«

Die Sekretärin nahm die Brille ab und tupfte mit einem Papiertaschentuch in den Augenwinkeln herum.

»Was glauben Sie, hat man den Täter gefasst? Natürlich nicht. Man hat es nicht einmal versucht. Dann kam ein Kind zur Welt. Tot. Oder angeblich tot, wir werden es nie erfahren. Niemand hat dem Mädchen erklärt, was geschehen war. Niemand hat ihr beigestanden.«

Christian ging zwischen Schreibtisch und Gummibaum hin und her.

»Stattdessen wurde sie verurteilt. Wegen *Fortpflanzungsgefahr bei moralischem Schwachsinn und triebhafter Veranlagung*. So hieß das damals. Verurteilt zur Unfruchtbarmachung. Auf Beschluss des Erbgesundheitsgerichts.«

Jetzt sah er die Sekretärin an. Die Wimperntusche hinterließ schwarze Flecken auf ihrem Taschentuch, sie faltete es neu zusammen und tupfte mit einer sauberen Stelle weiter.

»Wenn Sie zum Bahnhof wollen, mein Fräulein, wie fahren Sie da?«

Sie starrte ihn an, sichtlich verwirrt und verunsichert.

»Wenn Sie von der Klinik kommen, müssen Sie durch die Rodenstockstraße, nicht wahr? Wegen der Einbahnstraßen.«

Sie nickte, langsam und ergeben.

»Professor Rodenstock war einer meiner Vorgänger hier, das wissen Sie doch, oder?«

Sie nickte.

»Professor Rodenstock hat mit Röntgen- und Radiumstrahlen sterilisiert. Männer, Frauen, halbe Kinder ebenso wie Greise. Das jüngste Mädchen war gerade mal acht Jahre alt. Hat es nicht überlebt.«

Wieder wanderte er im Zimmer auf und ab.

»Über tausend Sterilisationen. Viele sind daran gestorben. Kennen Sie eine Weissenbergstraße? Nein, kennen Sie nicht. Die gibt es auch nicht. Weissenberg war ein großartiger Arzt und Psychiater, er hat versucht, seine Patienten zu schützen, so lange es ihm möglich war.« Christian blieb stehen. »Aber jemand, der sich eine Kugel in den Kopf schießt, weil er keinen Ausweg mehr sieht, weil er nicht schuld sein will am Tod seiner Patienten, nach so jemandem benennen wir natürlich keine Straßen!«

Jetzt ging er bis zum Fenster.

Die Sekretärin hielt das zusammengedrückte Taschentuch in der Hand und blickte zu Boden.

»Das wussten Sie alles nicht«, sagte er, wieder etwas ruhiger. »Niemand macht Ihnen deswegen einen Vorwurf. Aber wir können es uns nicht erlauben, schon wieder solche Scherze zu machen. Nie wieder können wir uns das erlauben.«

Er rückte vom Fenster weg.

»Stellen Sie sich mal hierher.«

Sie zögerte.

»Na los, kommen Sie, kommen Sie! Was sehen sie da unten?«

»Die Einfahrt«, sagte sie vorsichtig.

»Und was noch? Dahinter?«

»Wiese.«

»Und?«

»Die Gleise.«

»Genau. Da hielt der Zug. Morgens um fünf Uhr, auf offener Strecke. Man hat die Patienten aus ihren Betten geholt und zu den Gleisen gebracht. Die Lebensunwerten. Die Ballastexistenzen. Diejenigen, die nicht sterilisiert, sondern gleich abtransportiert wurden.«

Er ging zur gegenüberliegenden Wand, riss das Blatt herunter und hielt es der Sekretärin entgegen. »Also, tun Sie mir den Gefallen und werfen Sie das Ding einfach weg.«

»Ja, natürlich, Herr Professor«, sagte sie.

XVI

Diesmal wagte er es sogar, sie nach ihrem Namen zu fragen.

»Edith. Und das ist mein Bruder, Tom.«

Edith. Sie hieß also Edith.

Jakob zog seine Zigaretten heraus. Hielt ihr eine davon hin.

»Tom, wehe du verpetzt uns!«, sagte sie.

»Ich bin ja nicht blöd«, maulte der Kleine.

Als Jakob ihr Feuer geben wollte, streifte sein Handrücken ihren Unterarm. Er erschrak bei dieser unerwarteten Berührung, aber ihre Haut war fest, sie gab nicht nach. Ganz anders als die bleiche, aufgeweichte Haut seiner Mutter, die sich immer angefühlt hatte, als wären keine Knochen darin.

An seine Mutter wollte er nicht denken. Und das Mädchen, Edith, durfte er nicht ansehen, bei dem, was er vorhatte.

Während er rauchte, betrachtete er die beiden weißgrauen Plastikkreuze, die rechts und links des *Dr. Karl August Weissenberg* im Boden steckten. Welches sollte er nehmen? Egal.

Jakob warf die Kippe auf den Boden, drückte sie aus. Er griff nach dem linken Kreuz.

»Was soll das jetzt wieder?«, sagte Edith. Es klang eher verwirrt als verärgert. Sie schaute auf ihren kleinen Bruder, der neben ihr stand und große Augen machte.

Ob er ihr erklären sollte, dass er es Anna versprochen hatte?

»Ist 'ne totale Ausnahme«, sagte er. Und zu dem Kleinen: »Nicht nachmachen, okay?«

Er wollte das Kreuz über die Buchsbaumhecke werfen, auf den Waldboden, zu den alten Grabsteinen. Doch das hätte Edith bestimmt nicht gefallen. Also ging er ein paar Schritte zurück, zog Annas Kreuz heraus und steckte das andere Kreuz an diese Stelle.

Annas Kreuz drückte er neben Doktor Weissenbergs Grab in die Erde und rückte es zurecht. Dann richtete er sich wieder auf und atmete tief ein. Jetzt war Anna dort, wo sie sein wollte.

»So ist es richtig, glaub's mir«, sagte er.

Jakob fühlte sich, wie er sich nie zuvor gefühlt hatte: ohne Angst. Einen Moment lang stand er fassungslos in der Erkenntnis, was das für ein Leben wäre, immer so wie in diesem Augenblick. Ohne Angst.

Von der Kapelle her kam jemand auf sie zugelaufen. Hektisch, mit rudernden Armbewegungen. Siggi.

»Jakob!«, rief er schon von weitem. »Es hat geklappt! Der Alte hat gar nichts gemerkt!«

Jakob sah, wie Edith die Stirn runzelte. Vielleicht, weil sie nicht verstand, wovon Siggi redete. Oder lag es daran, wie Siggi aussah: Sein fleckiges Flanellhemd hing aus der beigefarbenen, viel zu großen Cordhose heraus. Ein Hosenträger war heruntergerutscht. Siggi schien es nicht einmal zu bemerken. Jakob war es unangenehm. Sehr.

»Das ist Siegfried«, sagte er heiser.

Worauf Siggi eifrig nickte. Der hatte sich ja schnell erholt von seinem letzten Schub.

»Wie geht's?«, sagte Edith und zog an ihrer Zigarette.

»Gut, gut.« Siggis Grinsen wurde breiter. »Gut«, wiederholte er blöde, bestaunte dabei Edith und den Kleinen.

»Das ist Edith«, sagte Jakob.

»Aha«, sagte Siggi. »Aha.«

Was immer das heißen sollte.

»Also, danke«, sagte Jakob.

Doch anscheinend wollte Siggi gar nicht wieder gehen. Wollte wohl wieder einmal *gut Wetter* machen. Dass der Kleine mitgekommen war, hatte Jakob nicht so sehr gestört. Der redete auch kaum. Aber Siggi – warum war er ihnen nachgelaufen? Er verdarb alles.

»Kein gutes Wetter heute. Nicht wahr, Siggi?«

Siggi starrte Edith noch immer an.

»Er kann nämlich das Wetter machen«, sagte Jakob.

»Was?«, sagte Edith.

»Der Siggi macht das Wetter.«

»Aber, Jakob«, sagte Siggi, »das sollst du doch niemandem – »

»Ja, wenn du uns *so ein* Wetter mitbringst! Es wird Regen geben! Kann nicht mehr lange dauern.«

Siggi wandte sich nur halb in die Richtung, aus der er gekommen war: Dort, hinter der Kapelle, stieg der Wald steil an. Und dicht über den Baumkronen hingen dunkle Wolken.

»Ich … ich hab doch gar nicht …«, sagte Siggi. Und verstummte.

Wahnsinn. Damit hatte Jakob nicht gerechnet. Er stutzte. Dann setzte er ein strenges Gesicht auf und deutete in Richtung des aufziehenden Gewitters. »Siegfried, Siegfried. Das hätte ich nicht von dir erwartet.«

Siggi traute sich schon nicht mehr, sich umzudrehen und hinzusehen.

»Jakob, ich …«

Es war eine ganz unbekannte, ungute Lust, Siggi so vor sich stehen zu sehen: Sein Gesicht war flammend rot, hilflos blickte er zu Boden. Jakob fühlte sich nicht wohl dabei, doch er konnte es nicht lassen. »Also wirklich«, sagte er.

»Ich …«, stammelte Siggi. »Ich war das, hab das, aber das war ich – ich *war* das nicht!«

»So, so.« Jakob schüttelte den Kopf.

Siggi stand wie angenagelt.

Selbst schuld, der selbsternannte Gottessohn. Hätte er halt in der Beschäftigungstherapie bleiben sollen.

»Du hast versprochen, dass du es niemandem sagst«, flüsterte Siggi. »Ich dachte, du bist …« Er warf einen scheuen Blick zu Edith.

Auch Jakob schaute nun zu ihr, plötzlich musste er sich vergewissern, dass sie noch da war und dass sie dableiben würde: Edith, die am Grabstein des Dr. Karl August Weissenberg lehnte und an ihrer Zigarette zog, viel routinierter als vor ein paar Tagen.

»Wir verraten es schon nicht, Edith und ich«, sagte er.

Edith und ich. Das gefiel ihm. Das war etwas Neues: Edith und er. Er grinste. Was Siggi jedoch nicht sehen konnte, so hoch wagte sich dessen Blick nicht mehr.

»Hör auf«, sagte Edith.

Er ahnte, nein, er wusste, dass er es zu weit trieb, aber dieses Neue, dieses Niegesagte, Niegespürte, dieses *Edith und ich* berauschte ihn, es erfüllte, überschwemmte ihn und spülte alles andere hinweg, auch Siggi, gegen den er im Grunde nichts hatte, der bloß einfach im Weg stand, so dass Jakobs Hand in einer überschießenden Bewegung Siggis Brust und das furchtbare Flanellhemd traf, während er ausrief: »Ja – wenn der Siggi so ein mieses Wetter macht!«

Wie zur Bestätigung kam ein Grummeln aus dem schweren Himmel. Drohend hingen die Wolken über dem Berg und der Kapelle, der Sandstein sah tiefrot aus im elektrisierten Silbergrau des nahenden Gewitters – als ob Gott selbst dort oben grollte, erzürnt über seinen zweiten, seinen missratenen Sohn: Siggi.

In Siggis Gesicht zuckte es.

Auf seiner Hose, zwischen den Beinen, bildete sich ein Fleck und breitete sich zu den Seiten aus.

»Sag ich's doch! Schon regnet es!«

Das Lachen brach aus Jakob heraus. Er lachte und lachte, krümmte sich, musste nach Atem ringen, sog die Luft ein, was mehr und mehr wie ein Schluchzen klang; er lachte, bis er spürte, dass er noch nie so gelacht hatte, bis ihm klar wurde, dass die anderen *nicht* lachten, sondern einfach nur dastanden. Bis er sie wieder sah. Bis er sah, wie sie ihn ansahen: der Kleine. Siggi. Edith. Bis sein Lachen leiser wurde und schließlich verebbte.

Er wischte sich die Tränen aus den Augen.

Und Siggi, gegen den er doch gar nichts hatte, Siggi, der ihn schon so oft aus der Not gerettet hatte, Siggi stand noch einen Moment lang da, mit gesenktem Kopf.

Dann trottete er davon, in seiner Cordhose, die an den Innenseiten der Schenkel klebte und außen schlotterte, breitbeinig trottete er in Richtung Kapelle. Querfeldein. Über die Wiese. Zwischen den Apfelbäumen hindurch, den Hang hinunter.

»Du bist echt gemein«, sagte Edith.

Sie löste sich vom Grabstein. »Los, Tom, wir gehen.«

»Denkst du noch daran, was du mir versprochen hast?«, fragte der Kleine, schüchtern und furchtbar brav.

»Natürlich.« Sie strich ihm über den Kopf. Und, mit einem scharfen Blick zu Jakob: »*Ich* halte, was ich versprochen habe.«

Sie war fort. Verschwunden. Das Letzte, was er hatte sehen können: ihr unbewegtes Gesicht, ein letzter heller Fleck im Dunkelgrau, dann wurde es schwarz um ihn herum. Panik stieg in ihm auf. Er wusste, was jetzt kam: Nacht. Er tastete sich vor. Da war die Buchsbaumhecke, doch die gab einfach nach, er taumelte, fast wäre er gestürzt. Nur noch ein paar Sekunden hatte er, dann …

Edith war nicht mehr da. Frau Lange war nicht da. Der Neumann war nicht da. Und Siggi würde ihn auch nicht retten, nie mehr, denn er, Jakob, war gemein zu ihm gewesen. *Selbstsüchtig* hieß das im *Gotteslob*. Er stand in Schuld. Er stand ganz alleine. Und würde nicht mehr lange stehen können.

Er stolperte über eins der Plastikkreuze, fiel hin und schlug sich die Stirn an einem Grabstein auf.

Der scharfe Schmerz half ihm ein wenig, sich zu beruhigen. Das einzige Grab, das einen solchen Sockel hatte, war das von Dr. Weissenberg. Also war das, was er jetzt mit beiden Händen festhielt, Annas Kreuz.

Zu Siggi war er gemein gewesen. Edith hatte er enttäuscht. Er war in Schuld gefallen, ganz und gar. Doch Anna – Anna hatte er geholfen.

Anna war da.

Nun konnte er das Schluchzen nicht mehr unterdrücken, es schüttelte ihn durch, wieder und wieder. Schließlich lag er nur noch da, Grasbüschel in den verkrampften Händen und vor dem Gesicht.

Er hatte sie hierhergebracht. Er hatte Anna diesen Platz gesichert, hier neben Doktor Weissenberg. Der bestimmt ein guter Hirte war. Ein besserer als der Neumann.

Er lauschte, wartete. Doch der Himmel schwieg. Gott schwieg. Gott grollte gar nicht, weder ihm noch Siggi. Aber Gott half auch nicht. Gott anzurufen würde gar nichts nützen, denn Gott kam nie, half nie, obwohl der Pastor ihn ständig anrief, obwohl der Pastor doch immer sagte: *Gott ist dein Hirte. Gott erbarmt sich. Gott will, dass du deinen Nächsten liebst wie dich selbst.*

Anna war da.

Jakob hob den Kopf, lehnte sein Gesicht an das Plastikkreuz. Sanft neigte es sich samt der Metallschiene nach hinten. Es fing ihn auf.

Kurz hielt er inne, dann tastete er sich weiter vorwärts. Auf allen vieren, nein, auf allen dreien, denn mit einer Hand hielt er seine Stirn. Das Blut lief über sein Gesicht. Unter der anderen Hand nun nicht mehr Gras, sondern Erde. Waldboden. Vor ihm Grabsteine. Diese hier lagen flach, waren voller Moos. Nun war er also jenseits des Friedhofs, hinter der Buchsbaumhecke. Das waren die alten hingeworfenen Grabsteine, die Edith und er entdeckt hatten.

Edith und er. Er betastete den Stein, der vor ihm lag. Kniete davor. Strich mit den Fingern über die Inschrift. Das musste die Inschrift sein, die sie ihm vorgelesen hatte: *Im Tode vereint.*

Im Tode vereint. Anna hatte *im Tode vereint* sein wollen.

Er, Jakob, hatte ihr geholfen.

Anna war nun vereint. Vereint mit Dr. Weissenberg.

Und zum Dank hatte sie ihn hierhergeführt.

Anna war da.

Anna würde ihn zu Edith führen. Sie würde dafür sorgen, dass er und Edith … Edith und er.

Er stützte sich mit der freien Hand auf den Grabstein. Kam auf die Füße. Kam zum Stehen.

Vorsichtig löste er die andere Hand von der Stirn. Das Blut war über seinen Mund gelaufen, es schmeckte nach Metall. Die Schienen der Kreuze waren aus Metall. Er drehte die Hand hin und her. Seine Wimpern waren verklebt, doch er konnte die Augen öffnen, konnte sehen: Das da war seine Hand. Blut, verklebt mit Erde. Dunkelrot, fast braun sah das aus.

Anna würde ihn zu Edith führen. So wie Anna an seinem Bett gesessen hatte, so würde *er* an Ediths Bett sitzen, mit ihr sprechen, ihr alles erklären können. Ihre Augen sehen können. Ihre Augen, die wie die von Neumann waren.

Nie wieder würde er in diese Nächte stürzen. Denn Edith würde ihn nie wieder so streng ansehen, wie sie ihn eben angesehen hatte. Sie würde lächeln, so wie Anna an seinem Bett gelächelt hatte: als ginge in ihrem Gesicht die Sonne auf.

XVII

Diesmal erwischte Christian den Verwaltungsdirektor im Büro. »Professor Neumann, grüße Sie«, murmelte Siegel. Er kaute an einem Puddingteilchen. Schnell verstaute er die Tüte im Fach unter seiner Schreibtischplatte, wie ein Schüler, den man während des Unterrichts beim Essen erwischt hat.

»Lassen Sie sich nicht stören«, sagte Christian höflich, aber distanziert, während Siegel den letzten Bissen hinunterschluckte und sofort wieder den vertrauten, altväterlichen Ton anschlug, den Christian so gut an ihm kannte: »Sie stören doch nicht!«

»Ich will auch gleich zur Sache kommen«, sagte Christian und setzte sich in den Sessel, auf den der Verwaltungsdirektor mit einer Handbewegung wies. Siegel stand etwas schwerfällig von seinem Schreibtischstuhl auf und setzte sich ihm gegenüber.

»Was ist mit der Kochgruppe?«, fragte Christian und legte die Mappe, die er seit Tagen mit sich herumtrug, auf den Tisch. Die Papiere darin waren mit Siegels Stempel versehen. Und mit dem handschriftlichen Vermerk: Nicht durchführbar. Zwei Tage, nachdem Christian diese Mappe in die Verwaltung geschickt hatte, war sie wieder in seinem eigenen Fach gelandet. Wahrscheinlich hatte Siegel keine fünf Minuten darin geblättert.

»Da haben wir einmal ein gutes therapeutisches Konzept«, sagte er, »und sofort wird es abgelehnt! Warum denken Sie nicht noch einmal darüber nach?«

»Ich habe es mir angeschaut. Die Patienten sind nun einmal nicht hier, um zu kochen.«

»Wissen Sie, wie sehr mich die Pflegekräfte in der Tagesklinik bedrängen? Sie haben sich eingeteilt, Pläne erstellt, sie wollen mit den Patienten zusammen einkaufen und das Essen selbst zubereiten.«

»Das ist ja eine schöne Idee«, sagte Siegel mit einem Seufzer. »Bloß leider nicht praktikabel. Dafür haben wir schließlich die Großküche.«

»Wie sollen die Patienten lernen, Verantwortung zu übernehmen, selbständig zu werden, wenn man ihnen alles vorsetzt?«

»Das sehe ich genauso wie Sie, Professor Neumann! Aber acht Mark *mehr* pro Tagespatient, und das nur fürs Kochen – wo soll das Geld denn herkommen? Der ambulante Bereich bereitet uns ohnehin schon Probleme! Haben Sie eine Ahnung davon, was wir« – Siegel machte eine ausholende Handbewegung, die den ganzen Verwaltungstrakt, sein Imperium, umfasste – »für einen Aufwand betreiben müssen, damit die Kosten übernommen werden? Dabei wäre der Bettensatz für diese Patienten wesentlich höher!«

»Eben. Niemand sollte stationär in der Klinik sein, wenn er auch anders behandelt werden kann. Es ist wichtig, dass die Patienten sich nicht an die Rundumversorgung gewöhnen. Dass sie nicht völlig entmündigt werden!«

»Sicher ist es wichtig«, sagte Siegel und griff nach seinen Zigaretten. »Aber vor allem ist es teuer. Wollen Sie auch eine?«

»Nein, danke.«

»Von den Schizophrenen soll fast ein Drittel verlegt werden.« Siegel klopfte kurz und gekonnt auf die Packung, so dass genau eine Zigarette herausragte, die er Christian entgegenhielt. »Auf *Ihr* Betreiben hin.«

Nun nahm er sie doch, was Siegel mit einem Lächeln quittierte.

»Es sind geistig Behinderte«, sagte Christian. »Sie wurden

bloß offiziell jahrelang als Schizophrene geführt, damit sie nicht verlegt werden müssen, das wissen Sie genau.«

»Das ist leider die gängige Praxis. Das System zwingt uns doch dazu. Wir können einfach nicht so viele Patienten auf einmal verlegen.«

»Wir werden sie verlegen *müssen*. Sie gehören ins Pflegeheim, nicht in die Psychiatrie.«

»Diese Menschen haben hier ihr Zuhause. Ein vertrautes Umfeld und eine sinnvolle Beschäftigung.«

»Sie meinen, es sind billige Arbeitskräfte, die uns fehlen werden.«

»Wenn Sie es unbedingt so ausdrücken wollen – ja, natürlich würden die uns fehlen. Allein in der Küche müssten zwölf Leute eingestellt werden. Wer soll das bezahlen? Soll ich etwa Ihre ambitionierte Kochgruppe in die Großküche verlegen?«

»Die Frage ist eher, wer bisher daran verdient hat, dass die chronischen Patienten die Arbeit machen.«

»Niemand hat daran verdient. Wir haben höchstens Personalkosten eingespart. Hören Sie«, jetzt hatte Siegel wieder seinen altväterlichen, verbindlichen Ton in der Stimme, »wir wollen doch beide dasselbe. Wir wollen die Leute bestmöglich versorgen. Aber die Kassen sind leer. Außerdem kennen die Patienten den Unterschied zwischen dem, was sie da basteln, und einer richtigen Arbeit genau.«

»Na, sagen Sie das mal unserer Beschäftigungstherapeutin«, erwiderte Christian.

»Also ehrlich«, sagte Siegel mit gedämpfter Stimme und beugte sich vor, als wollte er Christian ein Geheimnis anvertrauen, »wer braucht denn dieses ganze getöpferte Zeug? Wir ersticken in Tonkrügen, Schalen und Aschenbechern. Selbst die Büros sind voll davon.«

Christian schaute sich um, entdeckte jedoch nichts Getöpfertes. Der Aschenbecher vor ihm war jedenfalls aus Bleikristall.

»Diese Therapien orientieren sich wenigstens an den Bedürfnissen der Kranken«, antwortete er. »Und nicht an wirtschaftlichen Interessen. Es kann nicht sein, dass der Technische Leiter sich beschwert, wenn ein Patient entlassen wird.«

»Er hat sich beschwert?«

»Ja. Wir würden ihm seinen fähigsten Mitarbeiter wegnehmen. Der Mann hat im Kesselhaus gearbeitet. Ein Patient, für dessen Behandlung die Krankenkasse jahrelang bezahlt hat!«

»Eben«, erwiderte Siegel. »Diese Menschen sind auf Kosten der Allgemeinheit hier. Sie sollen etwas zur Gemeinschaft beitragen, und das tun sie gerne. Auch die Patienten wissen, dass in diesem Land nur der etwas zählt, der etwas leistet.«

Christian sah in Siegels rundes Gesicht. Der meinte offenbar völlig ernst, was er da von sich gab. Viel weiter war man in den vergangenen drei Jahrzehnten also nicht gekommen. Aber auf dieser Ebene wollte er nicht diskutieren. Nicht heute. Nicht mit Siegel.

»Wissen *Sie* denn«, sagte er stattdessen, »was die Frauen in der Schneckenfabrik leisten? Wie krank oder vielmehr wie gesund muss man sein, um so eine Arbeit auszuhalten?«

»Haben Sie nicht selbst eine Patientin, die bei Ihnen im Haushalt hilft, statt in der Beschäftigungstherapie zu basteln?« Siegel streckte die Beine aus und lehnte sich zurück.

Christian schwieg einen Moment.

»Die Stationsärztin hat sie mir geradezu aufgedrängt«, sagte er dann. »Inka wäre sehr enttäuscht gewesen, wenn ich sie nicht genommen hätte.«

»Na, da machen Sie es sich aber sehr bequem.«

Jemand wie Siegel hätte nie offen triumphiert, aber das Gönnerhafte in seinem Ton war nicht zu überhören.

»Ja, vielleicht haben Sie recht«, sagte Christian.

Überrascht hob Siegel die Augenbrauen. Es entstand ein peinliches Schweigen.

Wohl um seinen guten Willen zu zeigen, blätterte Siegel die Mappe mit dem Konzept der Kochgruppe noch einmal durch.

Christian zog an seiner Zigarette. Er dachte an Inka, die seit Jahren hier lebte. Und an die Putzfrau, deren Ehemann sich vor ihren Augen erschossen hatte: Der Mann hatte im Schlafzimmer auf sie gewartet, mit dem Lauf der Pistole unterm Kinn. Bis sie ins Zimmer kam und ihr Blick ihn traf. Bis er sicher sein konnte, mit seinem Schuss etwas auszulösen, das sie nie mehr vergessen würde.

Aber warum war dieser Frau etwas gelungen, was Inka und so vielen anderen nicht gelang: nach einer solchen Katastrophe wieder ein selbständiges Leben zu führen? Sie war nur kurz als Patientin in der Klinik gewesen, gleich danach hatte sie sich als Reinigungskraft beworben. Jetzt verdiente sie ihr eigenes Geld und lebte mit ihrem Sohn in einer neuen, wenn auch winzigen Wohnung. Was für eine tapfere Frau, diese zierliche Person mit dem Bohnerbesen.

Siegel hielt Christian die Mappe entgegen; er nahm sie jedoch nicht an, so dass Siegel sie schließlich auf den Tisch legen musste.

Christian stand auf. Er hatte keine Lust, noch länger mit Siegel zu kämpfen. Gerade wusste er nicht einmal mehr, worüber sie hier überhaupt stritten. Sie hatten beide dasselbe Ziel, ja, das glaubte er sogar. Jeder in dieser Klinik wollte letztlich das Beste für die Patienten – und doch taten sie alle miteinander nichts anderes, als diese große alte Dame am Leben zu erhalten. Und je länger und je besser man sie versorgte, desto träger und gefräßiger wurde sie. Irgendetwas lief hier völlig falsch.

Er wollte nur noch raus aus diesem Büro, nach Hause oder, noch besser, mit Ada in die Stadt fahren. Nach ihrem missglückten Gespräch in der Cafeteria hatte er sich vorgenommen, sie zum Essen einzuladen.

Vielleicht konnte sie Luzie nachher zu Heidi bringen. Aber heute, fiel ihm dann ein, war ja Mittwoch.

Ada hatte ihre Therapiestunde.

XVIII

Ada betrachtete die silbergerahmten Drucke an der Wand und die Skulptur auf dem weißen Podest. Eine Plastik, die aussah wie ein riesiges Organ, als hätte man einem großen Tier, einer Kuh vielleicht, etwas herausoperiert und es anschließend mit Bronze übergossen. Sie hatte keine Ahnung von Anatomie, aber so stellte sie sich eine Leber vor.

Die Leber sah teuer aus.

»Sie sind eine potente Frau«, hatte Dr. Klinger beim ersten Termin gesagt. Sie hatte es erst falsch verstanden: eine *patente* Frau.

Patent waren, laut Christian, manche der Stationsschwestern. Also kumpelhaft, unkompliziert, mit kurzen, unkomplizierten Haarschnitten. Zupackend. Was Christian schätzte. Sie selbst war nicht *patent* wie diese Frauen. Nicht einmal *parat*, so wie ihre Mutter früher. Aber das, sagte Dr. Klinger, habe er auch nicht gemeint.

»Nein, Ada – darf ich Sie Ada nennen? –, Potenz im analytischen Sinne ist nicht oder zumindest nicht nur libidinös gemeint. Durchaus nicht.«

»Sondern?«, hatte sie gefragt.

»Sie haben Macht.«

Dieser Satz hatte sie so verblüfft, dass sie den darauf folgenden kaum gehört hatte. Sie, Ada, habe Macht, die sie jedoch – verleugne? – verdränge? – projiziere? Wo war da der Unterschied? Sie wusste es nicht.

»Ich fühle mich ganz und gar nicht mächtig«, hatte sie gesagt.

Worauf er genickt hatte, als hätte sie seine These somit vollkommen bestätigt. Sie stelle sich nicht ihren Ohnmachtsgefühlen, weshalb sie auch keinen Zugang zu ihrer Potenz habe.

Diese Bronze-Leber, die Stühle aus Leder und Chrom auf dem hellen Hochflorteppich, der Mahagonitisch und die edlen Strelitzien in der riesigen Vase – all das strahlte Dr. Klingers Potenz im Übermaß aus.

Er konnte offenbar gut leben von seinen Honoraren. Von Menschen, die, wie sie selbst, ihren Alltag zwar noch halbwegs im Griff hatten, aber verrückt genug waren, einem wildfremden Mann ihr Innerstes zu offenbaren.

Und sogar so verrückt, ihn dafür zu bezahlen.

Christian hatte darauf bestanden, die Kosten selbst zu übernehmen. Er kannte die Sachbearbeiterin der Krankenkasse, bei der man einen Antrag hätte stellen müssen. Sie sei geschwätzig, sagte er, ihr traue er nicht. Er wollte wohl nicht, dass jemand in der Stadt von den Problemen seiner Frau erfuhr.

Ada griff nach einem der schweren Modemagazine, die auf dem Tisch lagen; sie betrachtete das glänzende Deckblatt mit der blassen blonden Schönheit auf dem Titelbild.

Auf den ersten Seiten ein Interview mit Harrison Ford. Was für ein arroganter Typ. Wieso bezahlten manche Leute dafür, dass sie jemandem ihre Lebensgeschichte erzählten, während andere, so wie dieser Schauspieler, jede Menge Geld für das Gleiche bekamen. Interessanter war es auch nicht.

Sie sah auf die Uhr.

Es würde wohl noch eine Zeitlang dauern, bis Dr. Klinger sie zu sich rief. Beim letzten Mal war sie vom Stehcafé bis hierher gehetzt und dennoch fünf Minuten zu spät gekommen. Und obwohl sie dann weitere fünfzehn Minuten gewartet hatte, bis er sie empfing, hatte er sie ausgiebig nach den Gründen – den wahren, den tiefer liegenden Gründen – *ihrer* Verspätung befragt. Um das nicht noch einmal erleben zu müssen, war sie diesmal überaus pünktlich gewesen.

Sie blätterte in dem Magazin, wollte sich aber nicht zu sehr hineinvertiefen, weil sie fürchtete, es nicht schnell genug zu bemerken, wenn sich die Tür des Behandlungszimmers öffnete. Obwohl sie sich die neuen Trends der Kollektionen – asymmetrische Schnitte, gewagte Farbkombinationen, stilvolle Accessoires, Handtaschen, Schuhe – gerne in Ruhe angesehen hätte, wollte sie von Dr. Klinger nicht bei so einer primitiven Lektüre erwischt werden. Genau genommen war es ja, abgesehen von den Interviews und kurzen Kommentaren, nicht einmal eine Lektüre. Für Leute wie ihn waren das nichts als Bilderbücher. Bilderbücher für erwachsene Frauen.

Da legte er so etwas in seinem Wartezimmer aus und setzte sich selbst im Zimmer nebenan in seinen tiefen Ledersessel, wo er eingerahmt war von beeindruckend dicken Fachbüchern mit langen und komplizierten Titeln in Deutsch, Französisch und Englisch.

Gehorsam hatte sie in der ersten Stunde seine Fragen beantwortet. Seine Reaktionen waren nicht sehr abwechslungsreich gewesen: Kopfnicken. Schweigen. Kopfnicken. Auf sein Nicken hin hatte sie mehr gesagt, als sie eigentlich sagen wollte. Auf sein Schweigen hin hatte sie jedes Mal überlegt, ob ihr etwas Dummes herausgerutscht war.

Sie hatte das Gefühl gehabt, nicht nur ihm, sondern all den Koryphäen, die er im Rücken hatte, ihr Leben zu erzählen. Als ob seine Kollegen – allesamt Experten für die verschiedensten menschlichen Regungen – ihm über die Schulter schauten, um sie, Ada Neumann, zu begutachten. Als ob jeden Moment einer von ihnen aus einem Regal springen könnte, um nach Ada zu schnappen und sie in einem der Bücher verschwinden zu lassen, aufgespießt wie ein seltenes, seltsames Insekt; eines von vielen Exemplaren, die hier in die Falle gingen.

Sie legte das Modemagazin zurück auf den Stapel. Dabei stieß sie gegen die Vase, die zum Glück so schwer und wuchtig war, dass sie sich kaum bewegte. Nur die Köpfe der Strelitzien nickten. Wie Papageien. Als wollten sie sich über Ada lustig machen.

Die Tür zum Behandlungszimmer war lederbezogen, am Rand mit Messingnieten beschlagen; eine massive Tür, trotzdem drang ein heftiges Husten hindurch. Dann begriff sie, dass es kein Husten war, sondern das tiefe, nicht mehr zu unterdrückende Schluchzen eines Mannes.

Auch sie hatte beim ersten Termin nach all der Verwirrung über ihr potentes oder nichtpotentes Wesen schließlich geweint.

Dr. Klinger hatte ein Päckchen Papiertaschentücher geöffnet und alle herausgenommen, hatte eine Box aus Plexiglas damit aufgefüllt und ihr die schön arrangierten Tücher entgegengehalten.

Vielleicht war sie ungerecht. Was hätte er sonst tun sollen? Ihre Hand halten?

»Was wollen Sie?«, hatte er gefragt. »Sie sind eine attraktive und kluge Frau in der Mitte Ihres Lebens.«

Ja, was wollte sie? Und was wollte sie *hier*?

Die Stimmen wurden lauter und deutlicher, anscheinend standen Dr. Klinger und sein Patient jetzt nah bei der Tür. Sicher schaute er wieder über den Brillenrand hinweg auf seinen Patienten, musterte ihn abschließend, während er ihm die Hand schüttelte. – Wir sehen uns nächste Woche um dieselbe Zeit, hatte er letztes Mal zu Ada gesagt. Wenn er die Termine immer so legte, konnte er ständig den gleichen Satz sagen, ohne nachdenken zu müssen. Wie praktisch.

Der Mann kam mit gesenktem Kopf aus dem Behandlungszimmer geschlichen. Er hatte braune halblange Haare, wie ein etwas struppiger Bär sah er aus. Mit der Linken hielt er eins von Dr. Klingers Papiertaschentüchern vor das Gesicht, als wollte er sich dahinter verstecken. Wofür das Tuch zu klein oder vielmehr sein Gesicht zu groß war.

Grußlos ging er am Wartebereich vorbei.

Dr. Klinger würde gleich das Fenster öffnen, vielleicht noch ein oder zwei Sätze an seinem Schreibtisch notieren und sie danach aufrufen.

Es war die letzte Gelegenheit, zu verschwinden.

Ihr Herz klopfte heftig.

Eine Windjacke hing an der Garderobe, dünn, taubengrau und sehr groß. Bestimmt gehörte sie dem Mann, der gerade gegangen war.

Ada griff nach der Jacke. Die Metallkleiderbügel schlugen gegeneinander mit erschreckend lautem, volltönendem Klang; ein Glockenspiel, das sie samt Jacke aus der Praxis trieb.

Sie holte ihn auf dem Kiesweg ein. Er sah nur kurz hoch und nahm ihr die Jacke ab, so selbstverständlich, als wäre sie dazu da, ihm seine Sachen hinterherzutragen.

Vielleicht hält er mich gar nicht für eine Patientin, dachte sie belustigt, vielleicht denkt er ja, ich bin Frau Dr. Klinger.

Nun stand sie am Gartentor, den Blick auf Dr. Klingers roten Sportwagen gerichtet, der in der Garageneinfahrt stand.

Noch ein Zeichen seiner Potenz. Und was für eines.

Sollte sie wieder hineingehen? Die Praxistür würde sich ein weiteres Mal öffnen. Nach jedem Klingeln öffnete sich die Tür automatisch.

Sie könnte sagen, sie habe dem Patienten vor ihr nur schnell seine Jacke gebracht. Oder würde er sie dann zu den wahren, den tiefer liegenden Gründen ihrer Hilfsbereitschaft befragen?

Er stand an der gleichen Stelle wie beim letzten Mal. Als sie hereinkam, lächelte er über das ganze Gesicht. »Ada, wie schön, Sie zu sehen! Ich hatte gehofft, dass Sie kommen würden.«

Er streckte ihr seine Hand entgegen.

Vor ihm eine halbvolle Kaffeetasse, Zeitung und Zigaretten lagen daneben. Es sah aus, als hätte er sich schon vor einer Weile hier eingerichtet.

Hermann trug ein helles, gemustertes Hemd, das ihr nicht besonders gefiel. Überhaupt gefiel ihr längst nicht alles an ihm. Aber das war gut so, sie bemerkte es fast mit Erleichterung. Dadurch wurde alles so einfach.

Sie bemerkte auch, wie anerkennend er ihre neue königsblaue Bluse betrachtete. Christian hatte nur gefragt, wie viel sie dafür bezahlt habe, um ihr dann demonstrativ einen weiteren Geldschein zum Haushaltsgeld zu legen. Wenn sie vor jeder Therapiestunde solche Einkäufe tätige, müsse sie sich doch noch nach einer Arbeit umsehen. Wie sehr sie diese beschämenden Situationen hasste! Dr. Klingers Bemerkung war ein Witz gewesen – sie hatte keinerlei Macht.

»Sie sehen großartig aus«, rief Hermann.

Er faltete die Zeitung zusammen und griff nach der Zigarettenschachtel.

»Wollen wir nicht in ein Café gehen, wo wir sitzen können? Ich meine«, sagte er mit einem kurzen Blick zu der Leiste an der Wand, »*richtig* sitzen.«

Als sie das Bistro verließen, fasste er sie am Ellenbogen. »Kommen Sie, ich kenne ein schönes Eiscafé in der Nähe.«

Als sie von der Praxis hierhergelaufen war, hatte es bereits nach Regen ausgesehen. Jetzt fielen die ersten Tropfen. Es war wunderbar, unter den Arkaden gehen zu können, ohne nass zu werden. Am Arm dieses Mannes.

»Wie heißen Sie eigentlich mit Nachnamen, Ada?«, fragte er.

Sie zögerte. Seltsam, wie intim ihr diese Frage vorkam. Sie entschied sich für ihren Mädchennamen:

»Schubert.«

War das eine gute Idee gewesen? Ja. Sie war als Ada Schubert hier, nicht als Frau Professor Neumann so wie eben bei Dr. Klinger.

Ein Gedanke kam ihr, so plötzlich, dass sie stehen blieb: Vielleicht hatte Christian sie deshalb nicht zu einem Therapeuten gehen lassen wollen? Vielleicht hatte er befürchtet, dass sie sich in Dr. Klinger verlieben würde? Dass sie nicht längst auf diesen Gedanken gekommen war! Das taten Patientinnen ja anscheinend, seit es die Analyse gab. Es war also etwas, womit Christian rechnete.

Aber mit einem wie Hermann?

Mit einem Mann, der zu stark nach Aftershave roch, und der sich offenbar vor ein paar Stunden so gründlich rasiert hatte, dass seine Haut vom Kinn bis zum Hals gerötet war?

Der ein blassblaues Hemd trug, mit zartem blautürkis- und rosafarbenem Muster, einem floralen Muster von einer betonten, geradezu schreienden Unauffälligkeit?

Was würde Christian sagen, wenn er sie so sähe?

Das ist nicht dein Ernst, Ada. Das kannst du nicht machen.

Oh, doch. Sie konnte.

»Ein verkanntes Genie.«

Sie wusste nicht gleich, wovon er sprach.

»Franz Schubert«, sagte Hermann. »Mögen Sie ihn?«

»Wenn man mit diesem Namen aufwächst, denkt man nicht immer an den Komponisten.«

»Natürlich. Wie dumm von mir, verzeihen Sie.«

Sie musste lachen, weil er so unglücklich dreinblickte. »Das macht doch nichts.«

Er fasste wieder nach ihr, fester diesmal – jetzt war sie nicht mehr *am* Arm, sondern *im* Arm dieses Mannes. Er versuchte, sie zu küssen, schnell wich sie seinen Lippen aus.

»Kennen Sie sich aus in der klassischen Musik?«, sagte sie und legte dabei den Kopf in den Nacken, um etwas mehr Abstand zu gewinnen.

»Ach, nur ein wenig«, murmelte er, sein Gesicht an ihrem Hals.

»Erzählen Sie mir von Schubert«, sagte sie, griff nach seinem Arm und zog ihn mit sich, weiter, die Arkaden entlang.

»Schubert? Nun ja …«

Sie musste Zeit gewinnen. Zeit, um ihr Gewissen zu prüfen. So wie der Zahnarzt neulich den Eckzahn geprüft hatte, bevor er ihn behandelte, um zu sehen, ob der Nerv noch reagierte. An Christian denken, um zu spüren, ob –

»Sie hören mir ja gar nicht zu, Ada!«, sagte Hermann mit gespielter Empörung. Oder war er tatsächlich gekränkt?

»Hier ist es.« Er hielt die Tür weit auf. »Gefällt es Ihnen?«

Wie zuvorkommend er war, wie bemüht. Beinahe zu bemüht.

»Aber ja doch«, sagte sie.

Ein junges Paar saß am Nachbartisch, mit einem kleinen Kind zwischen sich. Die Frau biss das untere Stück ihrer Waffeltüte ab, gab einen winzigen Klecks Eis darauf und hielt dem Kind die Miniaturausgabe ihrer eigenen Portion hin.

»Erzählen Sie mir etwas von sich?«, fragte Hermann.

Ada drehte an ihrem Ehering, eine alte Angewohnheit. Oft bemerkte sie kaum, dass sie das tat, jetzt aber, als Hermanns Blick auf ihre Hände fiel, dachte sie: Er sieht doch, dass ich verheiratet bin.

»Alles, was ich Ihnen erzählen würde …«

Sie wusste nicht weiter. Alles, was sie ihm erzählen würde, hätte mit Christian oder den Kindern zu tun.

»… würde Sie nicht interessieren.«

»*Sie* interessieren mich.« Er legte seine Hand auf ihren Handrücken.

»Sie müssen mich für verrückt halten«, sagte sie und betrachtete die Hände vor sich auf der runden Marmorplatte.

Eine üppige dunkelhaarige Bedienung kam an ihren Tisch. Ada sah auf. Direkt über ihr: rote gekräuselte Lippen mit senkrechten Fältchen, ein etwas spöttischer Blick. Die Frau hatte das Spiel, das hier lief, wohl sofort durchschaut.

»Einen Cappuccino, bitte«, sagte Ada und zog ihre Hände zurück.

»Für mich auch.«

Als die Bedienung wieder hinter der Eistheke stand und an der Espressomaschine hantierte, sagte Hermann: »Wissen Sie, dass die Italiener so etwas nie am Nachmittag trinken würden? Schon gar nicht mit Kakao obendrauf.«

»Ach.«

»Cappuccino nur am Vormittag. Aber das soll uns nicht abhalten.«

»Was Sie alles wissen!«

»Sie machen sich lustig über mich«, klagte er.

»Nein, ganz und gar nicht. Wissen Sie, Hermann …« Zum ersten Mal sprach sie seinen Namen aus. Was sie selbst so irritierte, dass sie nicht mehr wusste, was sie hatte sagen wollen.

»Sie … müssen mich doch für verrückt halten«, begann sie noch einmal. »Ich sitze hier mit Ihnen, obwohl … Sie wissen doch, dass –«

»Wissen Sie, wie die Italiener zu jemandem sagen, der verrückt ist?«

»Nein.«

»Dem fehlt der Mittwoch im Kalender.«

Ada lachte auf. »Das glaube ich nicht!«

Sie hielt sich die Hand vor den Mund. Wie peinlich, so laut zu lachen. Wie peinlich, überhaupt mit diesem Mann hier zu sitzen, aufgeregt wie ein junges Mädchen, dennoch konnte sie gar nicht mehr aufhören zu kichern. Kurz sah sie zu dem Paar mit dem Kind, dann zur Theke: Die Signora griff gerade nach ihrer Lesebrille, die an einer goldenen Kette vor ihrer Brust hing, und setzte sie auf den äußersten Rand der Nasenspitze. Zum Glück schaute sie nicht herüber, sondern beugte sich über die Tageszeitung.

»Ihnen fehlt also der Mittwoch im Kalender«, sagte Hermann. »Und heute ist Mittwoch, oder?«

Ada nickte, noch immer mit der Hand vorm Mund.

»Heißt das nicht«, sagte er leise, »dass alles, was heute geschieht, eigentlich gar nicht zählt?«

Er nahm ihre Finger, legte den lachenden Mund einfach frei; er beugte sich über den Tisch, nahm ihren Kopf in beide Hände und küsste sie. Er küsste sie, als wollte er sich mit der Zunge bis zu seinen Handflächen durcharbeiten. Schon lange war sie nicht mehr so geküsst worden. Vielleicht war sie auch noch nie so geküsst worden. Sie spürte diesen Kuss zwischen den Beinen, noch bevor er eine Hand von ihrem Gesicht genommen und unter den Rock geschoben hatte.

»Hermann!«, flüsterte sie. »Doch nicht hier!«

Jetzt sah die Frau hinter der Eistheke von ihrer Zeitung auf.

»Verzeihen Sie, Ada.«

Er sank auf den Stuhl zurück, fasste ihre Hand, drückte sie fest und sagte: »Sie sind so schön. Sie sind so unglaublich schön.«

Sie hielt ihm nur die Wange hin.

»Na, heute keine Wäsche?«, sagte Christian.

»Nein«, sagte sie, ohne den Blick vom Bildschirm zu nehmen. Es war die letzte Sendung mit Rudi Carrell, die wollte sie sich in Ruhe anschauen, im Sessel, ohne dabei zu bügeln.

Christian warf sich aufs Sofa.

»Inka hat schon die Hälfte gebügelt«, sagte sie.

»Und? Wie kommst du mit ihr zurecht?«

»Mit Inka? Warum?«

»Ach, ich hatte gestern eine Diskussion mit Siegel. Wieder einmal. Dabei ist es völlig sinnlos. Seitdem er …«

Diese Selbstverständlichkeit, mit der Christian zu erzählen begann. Langsam und ausführlich. Raumgreifend. Die Gewissheit, die darin lag. Als stünde es außer Frage, dass man ihm, sobald er redete, aufmerksam zuhören würde. Etwas anderes kannte er gar nicht. Und *man*, das war in diesem Fall: sie. Ada.

Wenn *sie* sich dagegen mit ihm unterhalten wollte, über Dinge, die *sie* interessierten, war er müde, wortkarg, antwortete schleppend; das Gespräch verlief oft in einer Langsamkeit, die kaum auszuhalten war. Einmal hatte sie sogar damit begonnen, die Fransen des Teppichs abzuzählen, während sie auf seine Antworten wartete. Er antwortete immer. Aber manchmal erst nach der fünfzigsten Franse.

Und nun sagte er: »Ich frage mich, ob ich bei manchen Patienten nicht viel mehr darum hätte kämpfen müssen, sie in ihrer Entwicklung zu fördern.«

Warum fing er jetzt damit an? Dies waren die letzten zwanzig Minuten der letzten Folge vom *Laufenden Band*. Die wollte sie sehen.

Und warum sollte sie sich überhaupt mit der Entwicklung seiner Patienten befassen?

Die Kamera schwenkte hinüber zur Big Band. Ein gutmütiger Bass, beschwingte Trompetenstöße.

Sie in ihrer Entwicklung zu fördern … Hatte er jemals *ihre* Entwicklung gefördert? Es hatte eine Zeit gegeben, in der sie sich das so sehr gewünscht hatte. Sie hätte das Geschäft ihres Vaters übernehmen, den Laden weiterführen können.

Sie hätte die Räume renoviert. Hätte Luft hereingelassen, hätte die schweren Ledertaschen, die Koffer und Börsen hinausgeworfen, sie hätte alles mit Licht geflutet und mit hellen, leichten Stoffen versehen.

Aber Christian war nicht bereit gewesen, ihr zu helfen, und Vater wie immer zu stur. Leder. Etwas anderes war für ihn nie in Frage gekommen. Und nur in bester Qualität. So beständig, dass die alten Kunden auf Jahre keine neuen Taschen benötigten. Und so teuer, dass junge Leute sie sich nicht leisten konnten.

Vater hatte seine Prinzipien. Andere Läden hatten dafür billige Taschen aus billigem Leder, schlecht gefärbt, doch das merkte man erst *nach* dem Kauf. Oder Kunstleder. Unschlagbar günstig. Abwaschbar. Für Vater indiskutabel.

Und so war der Laden samt Vaters Prinzipien untergegangen.

Auf Christian hätte er vielleicht gehört. Wenn Christian es versucht hätte, statt die Idee sofort vom Tisch zu wischen. Und jetzt sollte ausgerechnet sie sich mit der Entwicklung seiner Patienten befassen?

Rudi Carrell trug zur Feier des Tages einen schwarzen Anzug mit Fliege.

Ada spürte, wie unruhig Christian neben ihr auf dem Sofa saß. Wie er auf eine Reaktion von ihr wartete, um weiterreden zu können, über seine Arbeit, seine Patienten. Sein Leben.

Sie starrte auf den Fernseher und stellte fest, dass darin eine seltsame, ganz neue Befriedigung lag. Auch darin, jetzt an Hermann zu denken. Hermann, der Betriebswirtschaft studiert hatte. Er prüfe die Rentabilität von Altenheimen, hatte er ihr erzählt. Vielleicht hätte er auch die Rentabilität eines Stoffgeschäftes prüfen können?

Sie hatte ihn nicht danach gefragt. Dafür war es ohnehin zu spät.

Christian zündete sich eine Zigarette an.

»Willst du auch eine?«, fragte er.

»Danke. Jetzt nicht.«

»So, und jetzt ist unsere Kandidatin da. Dagmar«, sagte Rudi Carrell. »Bitte, Band ab!«

Dagmar war blond und dünn und trug ein hellblaues Kleid. Sie saß vor dem *Laufenden Band*, krallte die Hände in die Stuhllehnen und bewegte dabei die Lippen, tonlos, atemlos; sie wirkte fest entschlossen, sich alles zu merken, was nun an ihr vorbeirollte: Kaffeemaschine, Staubsauger, Strickmaschine. All das würde ihr gehören, alles, was sie anschließend – innerhalb einer Minute – nennen konnte. Ein Gewürzregal, ein Kosmetikkoffer. Toaster, Rollschuhe, eine Polaroidkamera. Und der Würfel mit dem Fragezeichen, natürlich. Hinter dem Fragezeichen verbarg sich immer ein besonderer Preis.

Rudi Carrell hielt Dagmar väterlich und beruhigend die Hand, während der Sekundenzeiger, rechts unten im Bild eingeblendet, lief. »Ein Schachspiel, ein Schirmständer, ein …, eine Kaffeemühle«, stieß sie hervor. Rudi Carrell zählte an den Fingern mit, bis der Gong ertönte.

»Un-glaub-lich viel haben Sie gewusst!«, sagte er. Dagmar lächelte stolz und glücklich. Applaus.

Christian stand auf, ging in die Küche und kam mit einem Bier in der Hand zurück.

»Was hältst du davon, wenn wir morgen mal wieder ausgehen?«

»Ja, gerne.«

»Dieser Liedermacher spielt in –«

»Ach so.«

»Naja, ich dachte, wir könnten doch –«

»Nein, dann lieber nicht.«

»Du willst da nicht hin?«

»Nein. Aber geh du ruhig.«

»Nächstes Mal gehen wir wieder zusammen aus. Oder?«

Das klang kläglich. Überrascht sah sie ihn an.

»Sicher«, sagte sie. »Lass mich das noch zu Ende sehen, ja?«

»Es ist unsere letzte Sendung«, sagte Rudi Carrell zu Dagmar. »Und für das Fragezeichen kriegen Sie« – er machte eine effektvolle Pause –, »dieses laufende Band!«

Gelächter im Publikum.

»Das gehört jetzt Ihnen. Was wollen Sie damit machen?«

»Puh«, sagte Dagmar und zögerte einen Moment. »Das könnte ich meistbietend verkaufen.«

»Ehrlich gesagt, habe ich das schon getan für Sie«, sagte Rudi Carrell. »Es gibt eine Firma, die dieses Band kaufen möchte für viertausend Mark. Möchten Sie lieber das Band oder die viertausend Mark?«

»Die viertausend Mark«, sagte Dagmar und lachte sichtlich erleichtert auf. Sie bekam einen großen Blumenstrauß. Rosafarbene Lilien, cremeweiße Germinis und Chrysanthemen, die Dagmars glücklich strahlendes Gesicht perfekt umrahmten.

Wunderschöne Blumen. Nicht diese Dinger, die Christian manchmal mitbrachte, von der Tankstelle oder vom Supermarkt, wo sie kurz vor der Kasse in Plastikeimern standen: blassgelbe Rosen, gleich zehn oder zwanzig Stück im Bund, mit einem Gummi zusammengehalten, in einer bedruckten Folie. Manchmal klebte das Preisschild noch daran.

Wie oft hatte sie versucht, Christian dezent darauf hinzuweisen, dass sie Blumen *liebte*. Richtige Blumen. Nicht dieses Bild des Jammers und der Trostlosigkeit, nicht diese Zumutung: Wenn man sie auspackte, hingen Büschel welker Blätter herab; Ada zupfte sie ab, so dass nur noch hellgrüne Stiele übrigblieben, dünn wie Schnittlauchstängel. Darauf saßen traurige Köpfchen. Die meisten hingen so weit herab, dass Ada die Rosen letztlich doch wegwerfen musste. Und die restlichen, die sie anschnitt und in die Vase stellte, waren am nächsten Tag verwelkt.

Jetzt wäre eine gute Gelegenheit gewesen: Schau mal, hätte sie sagen können, was für ein schöner Strauß.

Christian griff wieder nach den Zigaretten.

Sie selbst hatte heute auch zu viel geraucht. Ihr war noch ein wenig übel davon.

»Immer an dieser Stelle hieß es dann bis zum nächsten Mal«, sagte Rudi Carrell. »Und jetzt gibt es kein nächstes Mal mehr. Es gibt nur noch das Fragezeichen.«

XIX

Keine Antwort. Siggi reagierte weder auf ihn noch auf sonst jemandem.

So ging das schon seit Tagen.

»Komm schon«, sagte Jakob. Aber Siggi stand einfach nicht auf.

»Los, Jakob. *Du* auch, Siggi!« – Selbst der Tritt gegen das Eisengestell, mit dem Reinhardt sie aus den Betten trieb, war bei Siggi sanfter als bei den anderen.

»Aufstehen!«

Reinhardt ging weiter, die Reihe entlang.

»Hey«, sagte Jakob. Er wusste, Siggi würde ihm auch jetzt nicht antworten, trotzdem fragte er: »Kann ich es wiedergutmachen?«

Siggi wandte ihm sein Gesicht zu. Seine Augen sahen trüb aus. Das Weiße darin war nicht weiß, sondern gelblich. Er flüsterte etwas. Jakob musste sein Ohr ganz nah an Siggis Mund halten.

»Es ist genug«, murmelte Siggi.

»Was?«

»Ich schaff es nicht alleine. Nicht einmal das.«

»Was schaffst du nicht?«

»Ich will zu *ihm.*«

»Zu wem?«

»Das weißt du doch.«

Nein, weiß ich nicht, wollte Jakob sagen. Aber er schwieg.

»Er soll es mir erklären. Warum er mich so prüft. Warum er mich so straft.«

Reinhardt kam zurück. Seine Freundlichkeit war auch diesmal nur eine Vorwarnung gewesen: Er kippte das Eisengestell zur Seite, so dass Siggi aus dem Bett fiel, und ging weiter.

Sehr langsam rappelte Siggi sich wieder auf.

»Es ist genug«, sagte er noch einmal. »Jakob? Hilfst du mir?«

»Frau Lange«, sagte Jakob. »Kann ich …« Er deutete nach draußen: nur eine einzige Zigarette. »Bitte«, fügte er hinzu.

»Vergiss es.«

»Und hier drinnen?«

»Bei dem ganzen Holz? Bist du verrückt?«

Sie strich ihm die Haare aus der Stirn, besah das Pflaster. Wenigstens musste er keinen Verband mehr tragen.

»Du weißt gar nicht, was du für ein Glück hast, dass wir dich gefunden haben. Und dass der Neumann nichts mitbekommen hat.« Sie schob das Haarbüschel zurück und sagte: »So sieht man es fast gar nicht.«

Dann griff sie nach seinen Fingern und begutachtete auch die. Der Daumen war blutig, der Nagel bis auf einen winzigen Rest abgebissen.

»Ich muss mal nach dem Siggi sehen.« Sie ließ Jakobs Hand los.

Die anderen hatten Siggi regelrecht hergeschleppt.

Doch auch hier saß er nur herum. Frau Lange nahm die Handsäge, die neben Siggi auf dem Tisch lag, und schloss sie im Wandschrank ein. Die Schere zog sie unter den Stoffresten hervor und steckte sie in ihre Kitteltasche. Ebenso das Stück Draht.

Jakob legte ein Stück grünen Filz neben den Kapellenklotz auf seinem Modell. Dann steckte er halbierte Zahnstocher hinein, auf die er weiße Kreuze aus Papier geklebt hatte.

Wann würde er Edith treffen, wann würde er mit ihr sprechen können? Wann, wenn Frau Lange ihn nicht mehr nach draußen ließ?

Siggi war nun tatsächlich aufgestanden, kam zu Jakob herübergeschlurft und schaute ihm bei der Arbeit zu. Frau Lange lächelte, als sie es sah. Doch Jakob wusste, warum Siggi neben ihm stand.

Siggi betrachtete das Modell, um die Möglichkeiten in den Blick zu nehmen. Die Klötze: der Haupttrakt. Die Stationen. Die eingebrannten Linien: die Wege innerhalb der Anstalt und die Straße weiter unten. Der Fluss und die Gleise. Die Filzstücke: der Wald. Und der Friedhof, an dem Jakob jetzt arbeitete.

Siggi nahm einen der Zahnstocher und piekste sich damit in die Handfläche.

Er wusste von allen, die *es* geschafft hatten. Oft genug hatte er Jakob davon erzählt. Auf der Akuten hatte einer sich die Pulsadern aufgeschnitten. Auf der Geschlossenen hatte sich eine Frau in der Dusche erhängt. Vor Jahren war einer vom Turm des Kesselhauses gesprungen. Er war – so hieß es – dem Vorgänger Neumanns, Professor Leinen, direkt vor die Füße gefallen.

Viele waren in den Fluss gegangen. Manche von denen tauchten erst im Frühjahr wieder auf, wenn das Wasser über die Ufer trat.

Einige hatten sich vor den Zug geworfen.

Sie alle hatten es *geschafft*. Sie alle. Nur er, der Siggi, nicht.

»Was ist jetzt?«, fragte Siggi ihn leise.

»Nein«, sagte Jakob. Denn eines wusste er: Sich die Fingernägel abzubeißen, das war Sünde. Nachts die Hand unter die Bettdecke zu schieben und an sich zu legen: eine noch größere Sünde. Doch die Hand so an sich zu legen, wie diejenigen, von denen der Pastor hinterher ganz erschüttert sagte: *er hat Hand an sich gelegt* – das war die größte Sünde.

Also sagte er: »Es ist Sünde.«

»Ich bin kein Nichtsnutz«, sagte Siggi. »Ich kann mehr als ein bisschen gutes Wetter machen. Ich –«

»Schon klar.«

»Ich glaube, dass es diesmal klappen könnte. Und dann *muss* es doch auch klappen, oder? Und wenn es klappt, dann ist es keine Sünde.«

»Ist es wohl.«

»Er hat mich gerufen«, sagte Siggi.

»Dich?«

»Ja.«

»Glaub ich nicht.«

»Doch. Wirklich.«

Jakob wusste nicht, ob er Siggi glauben konnte. Ob er ihm glauben sollte. Was Siggi und Gott betraf – und was das betraf, was man glauben konnte, und das, was man besser nicht glauben sollte –, darüber musste er erst mit jemandem reden. Mit jemandem, der sich mit dem Glauben auskannte.

Nach der Messe blieb er neben der Bank stehen.

Das Gewand des Pastors reichte bis zum Boden. Als er auf Jakob zuschritt, war keine Bewegung des schweren Stoffes wahrzunehmen, es sah aus, als würde der Pastor schweben.

»Na, Jakob?«

»Ich …« Jakob trat von einem Fuß auf den anderen. »… muss Sie was fragen.«

Der Pastor wartete, bis die letzten Patienten an ihnen vorbeigegangen waren. Dann neigte er das Kinn zur Brust, sah auf seine gefalteten Hände und sagte: »Ich höre …«

»Wenn ich mit Gott spreche …«

»Ja?«

»Dann ist das doch gut?«

»Ja, natürlich«, sagte der Pastor.

»Und wenn Gott mit mir spricht?«

»Wenn Gott mit dir spricht …?«

»Pfleger Reinhardt sagt, wenn Gott mit einem spricht,

ist man verrückt. Woher weiß man denn, ob man verrückt ist, oder ob es *wirklich* Gott ist, der mit einem spricht?«

»Hörst du denn Stimmen?«

»Stimmen?«

»Ja, Stimmen.«

»Schon.«

Nun hob der Pastor den Kopf. »Was für Stimmen?«

»Naja, so wie jetzt. Wenn ich mit Ihnen spreche, dann höre ich Sie doch.«

»Das meine ich nicht.«

Der Pastor hob eine Hand Richtung Himmel, seine Finger bewegten sich wie die Flügel eines aufsteigenden Vogels.

»Ich meine … Stimmen von oben, Jakob.«

»Nein.«

»Nein?«

Die andere Hand des Pastors fing den Vogel wieder ein.

»Nein. Nur von vorne. Nicht von oben«, sagte Jakob.

Der Pastor schien zufrieden.

»Aber der Siggi, der hört Stimmen von oben. Ist das Gott, der mit ihm spricht?«

»Ich glaube nicht …«, sagte der Pastor zögernd. »Ich glaube nicht, dass Gott so direkt mit uns …«

»Aber … er spricht doch mit Ihnen?«

»Weißt du …« Der Pastor stotterte herum. Als wollte er es bloß nicht zugeben: dass Gott nicht mit ihm sprach. Nicht einmal mit ihm.

Jakob wagte nicht, zu sagen, was er eigentlich sagen

wollte: Wenn Gott nicht einmal mit dem Pastor sprach – warum rief der Pastor ihn dauernd an?

»Spricht Gott mit *niemandem*?«, flüsterte er.

»Jakob«, begann der Pastor. »Gott kann schließlich nicht zu jedem Menschen –«

»Mit uns nicht? Aber mit dem Papst? Spricht er mit dem?«

»Ich fürchte, du nimmst das alles viel zu wörtlich, Jakob. Ich muss zurück in die –«

»Also spricht er *nicht* mit dem Siggi?«

Der Pastor schüttelte den Kopf. Er sah betrübt aus. »Nein. Ich glaube nicht.« Er wandte sich zum Gehen.

»Sagen *Sie* es ihm?«, rief Jakob ihm hinterher. »Sagen Sie ihm, dass das gar nicht Gott ist, der mit ihm spricht?«

Ohne sich noch einmal umzudrehen, sagte der Pastor: »Nächstes Mal, ja?« Er ging, oder vielmehr schwebte er aus der Tür.

Nächstes Mal. Das hieß, frühestens in einer Woche.

Jakob selbst musste es Siggi sagen: Gott prüfte ihn gar nicht. Gott grollte nicht. Gott strafte nicht, und er verzieh auch nicht.

Gott rief Siggi nicht.

Gott.

Der Pastor.

Neumann.

Sie ließen ihn und Siggi hier einfach bloß verrotten.

XX

Christian schloss die Unterlagen, die noch auf dem Schreibtisch gelegen hatten, im Aktenschrank ein. Er schaltete die Schreibmaschine aus, seine neue *Triumph-Adler*. Seit er die hatte, setzte er abends sogar den Deckel darauf.

Dieses Konzert hätte er lieber zusammen mit Ada gehört. Nun würde er eben alleine hingehen. Ada war so verändert in letzter Zeit, so … kühl. Bisher war ihre Ehe durch diese Therapie nicht gerade besser geworden. Eher schlechter. Er kannte Klinger schon seit der psychoanalytischen Ausbildung. Eigentlich schade, dass sie sich in letzter Zeit kaum getroffen hatten. Aber wenn er Klinger anrufen würde, sähe es so aus, als ob er etwas über Adas Therapie erfahren wollte.

Ob es gut gewesen war, sie ausgerechnet zu Klinger zu schicken?

Christian griff nach der Zeitung, die auf dem Beistelltisch lag. *Nichts als Freiheit*, las er auf der Seite mit den Veranstaltungen. Daneben ein Foto: Der Liedermacher trug eine Baskenmütze und ein locker sitzendes Jackett. Die langen Haare und der Bart waren angegraut, er hatte tiefe Falten im Gesicht. Ziemlich verlebt sah er aus. Ein typischer Aussteiger, einer, der jahrelang durch alle möglichen Länder getingelt war. So einer konnte gut über Freiheit singen.

Als Christian die Zeitung einstecken und gehen wollte, klopfte es.

Schon die Art, wie Lüdke den Kopf zur Tür hereinstreckte, bevor er den Raum betrat, ging Christian auf die Nerven. Er war bemüht, es sich nicht allzu sehr anmerken zu lassen.

»Ja?«

»Ich würde gerne mit Ihnen reden, Herr Professor. Nur kurz.«

Lüdke schloss die Tür. Er wirkte ratlos. Da Christian nicht wie sonst hinter seinem Schreibtisch saß, sondern direkt vor ihm stand, wusste er offenbar nicht, wohin mit sich.

»Bitte.« Christian wies auf die beiden Sessel neben dem Beistelltisch und zog seinen Mantel wieder aus.

Es war ihm noch nie aufgefallen, dass der Gummibaum viel zu nah an dem Sessel stand, auf dem jetzt Lüdke saß. Die Blätter waren ziemlich verstaubt. Eines davon hing Lüdke halb im Gesicht, er hob das Gesäß an, rückte den Sessel ein wenig zur Seite und sagte: »Ich will ganz offen sein.«

Nach solchen Sätzen erwartete Christian das Schlimmste. Und meistens zu Recht.

»Ich gehe davon aus … ich meine, Sie wissen sicher längst, dass ich –«, sagte Lüdke.

»Sie können in Ihrer Freizeit machen, was Sie wollen«, unterbrach Christian ihn. »Ihr Privatleben geht mich nichts an.«

Was störte ihn an diesem Lüdke? Dieser stets etwas vorwurfsvolle Blick. Ansonsten hielt Christian es mit Sigmund Freud, der der besorgten Mutter eines schwulen jungen Mannes einmal geschrieben hatte: Die Homosexualität sei sicher kein Vorteil. Aber auch nichts, wofür man sich schämen müsse. – Christian wusste seit langem, dass Lüdke schwul war, doch er hätte es lieber nicht gewusst. Dann hätte er sich seine Antipathie eher zugestehen können.

»Es geht nicht um mein Privatleben«, sagte Lüdke. »Ich halte es für dringend notwendig, dass wir auf den Stationen endlich Kondomautomaten aufstellen. Vor allem auf den geschlossenen. In anderen Kliniken ist das längst –«

»Ja. Setzen Sie sich dafür ein.«

Doch er wusste, was jetzt kam, bevor Lüdke es aussprach: »Ich wollte *Sie* fragen, Herr Professor, ob …«

»Ich sehe das genauso wie Sie«, sagte Christian, »aber ich weiß nicht, wann ich mich auch darum noch kümmern soll.« Er wies auf die Papier- und Aktenstapel auf seinem Schreibtisch.

»Herr Professor, wenn *ich* …«

»Was spricht denn dagegen?«

»*Das* zum Beispiel«, sagte Lüdke. Er griff in seine Kitteltasche, zog das *International Journal of Psychopathology* heraus, blätterte und hielt es ihm entgegen. »Solange solche Artikel veröffentlicht werden …«

Christian las die Überschrift. *The problem of homosexuality. A stage between infantile sexuality and -*

»Allein der Titel!«, sagte Lüdke. »Wieso das *Problem* der Homosexualität?«

»Na, ist es nicht so, dass Sie dadurch Probleme bekommen?«, fragte Christian. Eine Ausflucht, gewiss. Aber er konnte und wollte keine Grundsatzdiskussion eröffnen. Er wollte gehen.

Dafür erntete er diesen Blick, mit dem Ada ihn so häufig bedachte. *Du hast ja keine Ahnung,* sagte dieser Blick. Oder: *Du verstehst mich nicht.* Oder: *Du willst mich einfach nicht verstehen.* Oder was auch immer.

»Sie wissen, ich bin viel mehr Praktiker als Theoretiker«, setzte Christian noch einmal an. »Ob man es nun als Stillstand in der sexuellen Entwicklung bezeichnet oder als Normvariante, was ändert das? Ich meine, was ändert das in Ihrem Leben?«

»Es ändert *alles*«, erwiderte Lüdke. »Es ist ein Skandal, dass die Homosexualität in der *Classification of diseases* noch immer als psychische Störung gelistet ist!«

»In den meisten Lehrbüchern ist es gestrichen.«

»Sie sehen doch selbst«, sagte Lüdke, beugte sich vor und tippte mit dem Finger auf den Artikel, »was manche Kollegen –«

»Ich befürworte Ihre Idee mit den Kondomautomaten durchaus. Mir fehlt bloß die Zeit dafür. Also, wenn Sie –«

»Ich habe Doktor Schwarz neulich darauf angesprochen«, sagte Lüdke schnell.

»Und? Was meint er?«

Lüdke schob den Topf des Gummibaums noch ein Stück weiter weg. Christian würde die Sekretärin bitten müssen, die Blätter abzustauben.

»Er meinte …« – Lüdke machte eine kleine Pause –, »ich solle nicht von mir auf andere schließen.«

Christian verschränkte die Arme hinter dem Kopf. Das war allerdings schlimmer, als er erwartet hatte.

»Als ob meine sexuelle Orientierung irgendetwas mit der sexuellen Aktivität der Patienten –«

»Dr. Lüdke –«

»Sie wissen, dass Patienten wie Greiber –«

»Ja«, sagte Christian. An den wollte er nun wirklich nicht erinnert werden.

Doch Lüdke fuhr bereits fort: »Er läuft den ganzen Tag über die Station und onaniert. Man scheucht ihn aus dem Schlafsaal, also steht er im Flur und onaniert. Man schickt ihn in den Aufenthaltsraum, dann steht er dort und –«

»Ich *weiß*.«

»Ständig dieser Anblick. Er weiß ja selbst nicht, wohin mit sich und seiner Erregung. Wie stark soll ich solche Patienten denn sedieren, damit sie keine Potenz mehr haben? Und ich muss mir anhören«, Lüdkes Stimme kippte beinahe, »ich solle nicht –«

»Das geht wirklich nicht«, unterbrach ihn Christian, »da haben Sie völlig recht.«

»Das eigentliche Problem sind ja diejenigen, die sich beim Analverkehr immer wieder gegenseitig anstecken. Es ist eine Schande, dass wir so etwas wie Tripper und Syphilis einfach nicht in den Griff bekommen!«

Christian zog ein Kondom aus seiner Hosentasche und legte es auf den Tisch. Überrascht sah Lüdke ihn an.

»Ich habe immer welche dabei«, sagte Christian. »Ich stecke sie den Patienten zu, sooft sie mich danach fragen.«

Lüdke nickte. Nachdenklich, vielleicht sogar beeindruckt. Doch schließlich sagte er: »Und was ist mit denen, die sich nicht trauen, Sie zu fragen? Oder welche brauchen, wenn Sie gerade freihaben? Glauben Sie, die Männer warten, bis Sie zurück sind?«

Christian schaute auf das kleine silbern glänzende Päckchen vor sich. Bislang hatte er es für fortschrittlich gehalten, diese Dinger stillschweigend zu verteilen. Nicht gerade eine Pioniertat, aber immerhin besser, als es einfach zu ignorieren, dass viele Patienten zueinander ins Bett stiegen. Oder tagsüber zu zweit im Waschraum verschwanden.

Er sah Lüdke an. Sein weiches, jungenhaftes Gesicht. Das musste man ihm lassen – er war einer der Stationsärzte, die sich wirklich für ihre Patienten engagierten.

»Also gut, Dr. Lüdke. Ich werde mir etwas überlegen.«

Jetzt war er viel zu spät dran. Sollte er doch mit dem Auto fahren? Vielleicht würde er später noch etwas trinken wollen, ein, zwei Bier beim Konzert oder ein Glas Wein hinterher. Er konnte sich nicht darauf verlassen, dass jeder Polizist ihn kannte und weiterfahren ließ, und sie kontrollierten ständig, gerade an den Wochenenden, besonders am Ortsausgang.

Trotzdem, er war schon ewig nicht mehr ausgegangen,

jedenfalls nicht einfach so, ohne offiziellen Anlass; er hatte keine Lust, sich heute Abend einzuschränken.

Es würde ihm guttun, zu gehen oder vielmehr, angesichts der knappen Zeit, zu laufen. Mit einem Gruß zum Pförtner verließ er das Gebäude, eilte die Einfahrt hinunter, am Rondell und an den Parkplätzen vorbei, zur Straße, die stadteinwärts führte.

Es war beinahe wie in Studienzeiten, damals war er meistens zu Fuß unterwegs gewesen, um das Geld für den Bus zu sparen. Morgens hatte er oft verschlafen und war zu den Vorlesungen gerannt, hatte im letzten Moment, vor der Tür zum Hörsaal, sein Hemd notdürftig in die Jeans gestopft.

Lange her.

Er ging nun langsamer. Schließlich sah er die Stadthalle, und, als er näher kam, die lange Schlange, die davor stand. Die Menge bewegte sich kaum vorwärts. Direkt vor ihm wartete eine Gruppe Jugendlicher, sicher noch Schüler. Eines der Mädchen trug ein gelbes T-Shirt: *Petting statt Pershing* war in Rot darauf gedruckt. Christian musste lächeln. Das Mädchen bemerkte es und schaute ernst, fast vorwurfsvoll zurück.

Warum trug sie solche Shirts, wenn man sich nicht darüber amüsieren durfte? Sie konnte nicht viel älter sein als Edith. Würde Edith demnächst auch solche Sachen tragen? Bisher verbarg sie ihre Figur und den Ansatz ihrer Brüste noch unter seinen alten karierten Hemden, was ihn rührte. Sie reichten ihr fast bis zu den Knien.

Er versuchte, sich Edith in ein, zwei Jahren vorzustellen. Doch nun sah er etwas weiter vorne eine Frau, die ihm bekannt vorkam. Die ungeduldige Bewegung, mit der sie die Haare nach hinten warf. War sie das?

Aber Diana Kuri war blond, zumindest war sie vor ein paar Wochen, in der Klinik, blond gewesen. Diese Frau hatte kupferrotes Haar. Sie stand alleine in der Schlange, sah sich suchend um. Jetzt streifte ihn ihr Blick. Dann wandte sie sich wieder zum Eingang und bewegte sich mit der Menge ein kleines Stück weiter Richtung Kasse.

Sie schien ihn nicht erkannt zu haben.

Nichts als Freiheit stand auf den Plakaten. Kein Wunder, dass eine Frau wie sie, die in der Klinik einigen Wirbel verursacht hatte, sich für so einen Liedermacher interessierte.

Sollte er sich nach vorne durchdrängeln, um mit ihr zu reden? Er hatte Feierabend. Aber er war auch neugierig.

Schon stand er hinter ihr.

»Hallo.«

Sie drehte sich zu ihm.

»Oh«, sagte sie nur.

Die roten Haare passten zu ihr.

»Schön, Sie hier zu sehen.«

»Na, besser hier als dort, oder?«, antwortete sie. Mit einer Kopfbewegung nach links, stadtauswärts: Richtung Klinik.

»Ja, sicher. Geht es Ihnen gut?«

Wie sie ihn ansah. Reflexartig schaute er an sich herab.

Aber die Zeiten, in denen ihm das Hemd halb aus der Jeans gehangen hatte, waren vorbei.

»Mir geht's gut, Herr Professor.« Sie lachte. »Und Ihnen? Haben Sie Ausgang?«

Als wäre er ein Patient! Prüfend besah er ihre Pupillen. Drogen schien sie diesmal nicht genommen zu haben.

»Warten Sie auf jemanden?«, fragte er. Sachlicher jetzt, vielleicht auch ein wenig verstimmt.

»Hm. Aber ich warte nicht mehr lange.«

Natürlich nicht. Sie war keine Frau, die auf irgendjemanden oder etwas wartete.

Wieder kam die Menge ein paar Schritte vorwärts. In diesem Tempo würde es ewig dauern. Und jetzt? Worüber sollte er mit ihr reden? Fast bereute er, dass er sich neben sie gestellt hatte.

Ein Mann kam von der Kasse, ging an den Wartenden vorbei und fluchte dabei halblaut vor sich hin.

»Was ist?«, fragte Christian.

»Es gibt keine Karten mehr!«

Diana hob den Kopf, um die Menge zu überblicken.

»Keine Karten mehr? Nicht einmal für Sie, Herr Professor?«, sagte sie spöttisch, aber immerhin so leise, dass nur er es hören konnte.

Ein junger Kerl torkelte die Reihe entlang, auf den Eingang zu. Stirnband, Parka, zerrissene Jeans; eine Zigarette hing ihm an der Unterlippe. *Er* hatte eine Eintrittskarte in der Hand. Dabei würde er, sturzbetrunken wie er war, gar nichts von dem Konzert mitbekommen.

»Ich könnte eine Streife rufen«, sagte Christian. »Wir schicken ihn in die Klinik, und die Kollegen schauen sich ihn mal an. Dann hätten wir wenigstens für Sie eine –«

Befremdet sah sie ihn an.

»War nur ein Scherz«, sagte er. Viel zu ruppig, verdammt; lange hatte er nicht mehr so einen Unsinn geredet. Sich so eine Blöße gegeben.

»Also, ich muss da nicht hin«, sagte sie, in einem ganz anderen, harmlosen Ton, für den er dankbar war. »Wir können auch ein Glas Wein trinken gehen.«

»Was ist mit Ihrer Verabredung?«

»Hat sich ja wohl erledigt«, sagte sie. Und, nachdem er nicht sofort reagierte: »Aber vielleicht sollten Sie sich nicht mit einer Ihrer Patientinnen sehen lassen.«

Das klang wieder völlig distanziert – er wusste nicht, was er darauf antworten sollte. Er mochte es nicht, wenn er keine Möglichkeit hatte, sich auf Situationen einzustellen. Diese Frau war ihm entschieden zu impulsiv, zu wechselhaft, zu unberechenbar.

Dennoch sagte er: »Kommen Sie.« Sie lösten sich aus der Warteschlange; erst nach ein paar Schritten merkte er, dass er zu schnell ging und sie Mühe hatte, ihm zu folgen. Kein Wunder, bei den Absätzen. Sie trug wieder ihre braunen Wildlederstiefel.

»Sind Sie das denn noch? Meine Patientin?«

»Das müssten Sie doch wissen.«

»Ich sehe Sie als eine ehemalige Patientin. Das ist ein Unterschied.«

»Ist es das?«

Sicher ohne es zu ahnen, hatte sie eine Streitfrage angesprochen, die so alt war wie die Psychoanalyse. Wie lange war und blieb jemand Patient? Wie lange war der Analytiker verantwortlich, und zwar *allein* verantwortlich, für die Beziehung zum Patienten? Für die Zeit der Behandlung? Noch drei Jahre länger, wie manche der Kollegen es postulierten; ein willkürlich gesetzter Zeitraum, der durch nichts begründet war? Ein Leben lang? In der Geschichte der Psychotherapie war jeder Fortschritt erreicht worden durch wachsende Kontrolle über die Gefühle – über die Gefühle des Therapeuten, nicht unbedingt die des Behandelten.

Doch er hatte sie, Diana Kuri, ja nicht selbst behandelt. Schon gar nicht psychoanalytisch. Sie war zwei Wochen auf einer Station gewesen, für die er nicht einmal zuständig war, zumindest nicht direkt. Er hatte lediglich die Anamnese durchgeführt, weil es sich so ergeben hatte.

Außerdem wollte er bloß ein Glas Wein mit ihr trinken.

»Ich möchte Sie etwas fragen«, sagte sie unvermittelt. »Schon in der Klinik wollte ich Sie das fragen.«

Er blieb stehen.

»Naja. Vielleicht geht es mich ja nichts an …« Nun blieb sie ebenfalls stehen, kramte in ihrer Tasche, einem bunten Ethno-Beutel. Ihr halber Arm verschwand darin.

»Was wollten Sie mich fragen?«

Sie fand ihr Tabakpäckchen und fing an, sich eine Zigarette zu drehen. Wenn ihn jetzt jemand sehen würde, neben dieser jungen Frau auf dem Bürgersteig – wie ein Pärchen, das irgendetwas miteinander zu klären hat. Das war viel verfänglicher, als mit ihr in einer Kneipe zu sitzen. Eigentlich wollte er solche Gedanken gar nicht haben.

Während sie neben ihm ging und rauchte, versuchte er, das Gespräch zu rekonstruieren, das sie in der Klinik geführt hatten. Was hatte sie studiert, Pädagogik oder Soziologie? Jedenfalls hatte sie ihr Studium abgebrochen, um sich an der Kunstakademie zu bewerben. Dort war sie nicht angenommen worden. Und was studierte sie inzwischen?

»Hier wohne ich«, sagte sie unvermittelt.

»Ich dachte …«

Sie suchte bereits ihre Schlüssel. Ohne seine Antwort abzuwarten, ohne sich auch nur nach ihm umzudrehen, öffnete sie die Tür.

Er war völlig überrumpelt.

Der Eingang stand voller Fahrräder, an denen sie sich vorbeischob, um an den Lichtschalter zu kommen. Eine Neonröhre begann zu flimmern, dann leuchtete sie gleichmäßig, wenn auch mit lautem Brummen. Diana ging die Treppe hinauf; sie schien sich völlig sicher, dass er ihr folgen würde. Sie hob den Rock an, so dass er bei jedem Schritt die helle, in diesem Licht bläuliche Haut ihrer Kniekehlen sah.

Erst viel später, auf dem Nachhauseweg, konnte er all

die Gefühle rekonstruieren, die ihn in dem Moment, an ihrer Türschwelle, überfallen hatten. Die Neugierde eines Fachmannes, der sich die Gelegenheit nicht entgehen lassen will, sein Bild von einem Patienten zu vervollständigen. Ja, natürlich auch die Erregung, einer attraktiven Frau so nah zu kommen. Beunruhigung, weil er nicht wusste, wohin dieser Abend führen würde. Aber auch der Unwille, sich selbst stets und ständig zu hinterfragen, jeden seiner Schritte zu planen und möglichst alle Folgen im Voraus abzusehen.

Die Erleichterung, sich einmal dem gefühlten Blick der Öffentlichkeit zu entziehen. Und ein Gedanke, von dem er sofort gewusst hatte, wie scheinheilig er war: Besser, hier mit ihr allein zu sein, als in einer Kneipe regelrecht auf dem Präsentierteller zu sitzen.

Christian stand da, sah in den Flur, von dem mehrere Räume abgingen.

»Eine große Wohnung.«

»WG«, sagte sie.

Alle Türen waren geöffnet, allerdings nur einen Spalt, so dass er im Vorbeigehen kaum etwas erkennen konnte. Wieder dachte er an seine eigene Studienzeit, fast ein wenig melancholisch.

»Das ist mein Zimmer.«

Ein dunkelrotes Sofa. Ein weißer Flokatiteppich, den er mit Straßenschuhen gar nicht betreten wollte. Der Schreibtisch: aufgeräumter als sein eigener. Und als hätte sie gespürt, wie positiv ihn diese Ordnung überraschte, hob sie nun ein paar Kleidungsstücke vom Sofa, legte sie nicht einfach zur Seite, sondern hängte sie in den Schrank.

»Bitte«, sagte sie und wies auf das Sofa. Was ihn an das Erstgespräch erinnerte, das er mit ihr im Abstellraum der Männerstation geführt und mit der gleichen Geste eingeleitet hatte. Nun wurde er wachsamer. Was sollte das hier werden? Ein Rollentausch?

Noch stand er in der Zimmertür.

»Ach ja, der Wein.«

Sie ging an ihm vorbei, in die Küche.

Es blieb ihm kaum etwas anderes übrig, als ihr zu folgen. Sie zog eine Rotweinflasche aus dem Regal. Über der Spüle stapelte sich Geschirr auf einem Brett, an zahllosen Schraubhaken hingen alle Küchengerätschaften, die sich irgendwie aufhängen ließen: Scheren, Henkelbecher, Töpfe. Ein Korkenzieher, nach dem sie jetzt griff.

»Und? Läuft es gut mit den anderen?«

»Ja«, sagte sie.

Er horchte dem Tonfall seiner eigenen Stimme hinterher – er hatte es nicht nötig, sich betont locker und jugendlich zu geben, er war kein Student mehr. Vielleicht wollte er es auch nicht mehr sein.

»Zwei Männer, zwei Frauen«, fuhr sie fort, »das passt. Sind aber alle unterwegs heute.« Mit schnellen, geübten Handgriffen öffnete sie die Flasche, füllte die Gläser, dann hielt sie ihm ihres entgegen, um mit ihm anzustoßen. »Wir sind ganz allein.«

»So.«

Der Tisch und die schmale Sitzbank waren beladen mit Zeitungen, Büchern, Nähzeug. Sie tranken im Stehen.

»Und? Wie findest du ihn?«, fragte sie.

Das *Du* traf ihn so unerwartet, dass er nicht gleich wusste, wovon sie sprach.

Sie meinte den Wein.

»Gut.« Er nickte.

Sie stellte ihr Glas ab und wühlte wieder in ihrer Tasche, zog das Tabakpäckchen hervor. Er wollte ihr seine Schachtel mit den Filterzigaretten reichen, doch sie war schon dabei, Tabak auf dem dünnen Papier zu verteilen. Sie zupfte die Fäden auseinander, ganz konzentriert, so dass er ihr in Ruhe zuschauen konnte. Ihre Zunge strich über die Klebefläche, schnell wie die Zunge einer Eidechse. Dann rollte und drückte sie die Zigarette zurecht, schob sie zwischen die Lippen.

Natürlich wusste sie, dass er sie die ganze Zeit ansah.

Er wandte sich ab. Auf der Sitzbank, neben Bergen buntbedruckter Stoffe, stand eine Nähmaschine.

»Du nähst?«

»Meine Mitbewohnerin. Ich bevorzuge andere Stoffe, wie du weißt.«

Diesmal reagierte er professioneller. Nämlich gar nicht. Das tat er oft bei den Therapiegesprächen, um zu sehen, wie sich die Sache entwickelte. Aber er behielt solche Bemerkungen stets im Hinterkopf wie auf einem inneren Notizzettel.

»Du wolltest mich etwas fragen?«

»Stimmt.« Sie zündete die Zigarette an. Blies den Rauch in die Luft, streifte die Asche ab.

»Ob du glücklich bist.«

»Glücklich? Womit?«

»Mit deinem Leben.«

»Warum willst du das wissen?«

»Warum müssen Therapeuten auf jede Frage mit einer Gegenfrage antworten?«

»Warum sollten sie *nicht* –«

»Schon gut«, sagte sie.

»Ich will bloß wissen, warum –«

»Ist vielleicht zu intim.«

»Ja, vielleicht.« Er trank seinen Wein.

»Intimer als die Frage, ob du noch mit deiner Frau schläfst?«

»Was heißt hier noch?«, sagte er. Ebenso gut hätte er sagen können: Was geht dich das an? Was wusste sie schon von ihm, von Ada, was wusste sie überhaupt von seinem Leben? Wie klischeehaft und ahnungslos sie ihn in Frage stellte, geradezu pubertär.

»Ich frage dich auch nicht, wer deine Stiefel bezahlt«, gab er zurück.

»Du kannst mich ruhig fragen«, sagte sie. »Meine Eltern zahlen. Das willst du doch hören. Und? Verpflichtet mich das zu etwas?«

»Vielleicht schon«, sagte er und dachte dabei: Immerhin, die Eltern. Er war nicht nur verärgert, sondern auch verwirrt, weil sich eine diffuse Enttäuschung in ihm ausbreitete; er war enttäuscht von ihr, vom Verlauf des Gespräches, und am meisten von sich selbst.

Sie drückte ihre Zigarette aus. »Ja, du hast recht«, sagte sie. »Entschuldige.«

Zum ersten Mal an diesem Abend hatte er das Gefühl, dass sie ihn wirklich ansah. Dieses ganze unsinnige, unselige Gerede; es spielte keine Rolle mehr, jetzt sahen sie einander einfach an. Sie hatte Augen, die so dunkel umrandet waren, dass das Blaugrau ihrer Iris blass, beinahe wässrig wirkte, ein Blaugrau, dem er immer näher kam –

»Bin gleich wieder da.«

Benommen stand er da, während sie verschwand. Dann griff er nach der Weinflasche, um sein Glas aufzufüllen, warf sie dabei fast um. Er trank und stellte Glas und Flasche sicherheitshalber etwas weiter zur Tischmitte.

Um sich setzen zu können, nahm er einige Bücher vom Stuhl. Da er nicht wusste, wohin damit, behielt er sie in der Hand. Nun wäre ein guter Moment gewesen, um nachzudenken. Stattdessen las er die Buchtitel. Foucault: *Die Geburt der Klinik.* Simone de Beauvoir: *Das andere Geschlecht.* Und ein Schulbuch: *Geschichtliche Weltkunde, Band III.* Dianas Name stand darin, in einer bemühten, ordentlichen Schrift. Ihm wurde bewusst, dass ihre Schulzeit noch gar nicht weit zurücklag.

Ein Taschenbuch mit rotem Einband, von einer Amerikanerin, die er nicht kannte. Erica Jong. Dianas Unterschrift war hier kühner als in dem Geschichtsbuch: das »D« des Vornamens raumgreifender; das »i« am Ende ihres Nachnamens zog sich in einer langen Linie übers Blatt.

Was machte sie bloß so lange?

Er blätterte. Sie hatte einige Stellen markiert.

Why do you expect to be happy when most people aren't?

I feed on this expectation. It keeps me alive.

Ja, natürlich. Diana erwartete von diesem Leben, dass es sie glücklich machte. Es tat ihm leid, dass er auf ihre Frage so heftig reagiert hatte. Dieses Thema schien sie grundsätzlich zu beschäftigen, während er schon lange nicht mehr darüber nachgedacht hatte. Wann hatte er sich selbst zuletzt gefragt, ob er glücklich war? Er war schon froh, wenn er morgens in die Klinik kam und ihn keine Katastrophen erwarteten.

Christian hörte, wie sich eine Zimmertür öffnete. Diana kam jedoch nicht zurück. Erst jetzt fiel ihm auf, dass sie ihr Weinglas mitgenommen hatte.

Schließlich ging er in den Flur, um zu sehen, wo sie blieb.

Diana stand in der Mitte ihres Zimmers. Nackt bis auf einen Slip und die braunen Stiefel.

Sie stand einfach da.

Das Licht der Schreibtischlampe fiel auf ihren Bauch und die Oberschenkel. Ihr Blick war ernst, beinahe feierlich. Mit diesem Ausdruck in ihrem Gesicht wirkte sie nackter als nackt. Sie war schön. Aber diese Stiefel – noch mehr als ihre Nacktheit bestürzten ihn diese Stiefel; nackt, mit nichts als diesen Stiefeln, sah sie aus wie eine – er wollte es nicht denken. Sie war schön. Wunderschön. Aber auch furchtbar jung. Ihr Blick war jetzt fast kindlich. Und sie war eine ehemalige Patientin, so etwas konnte ihn nicht nur seinen Ruf, sondern sogar seinen Job kosten; er dachte daran, natürlich dachte er daran, obwohl er am liebsten gar nichts mehr gedacht hätte –

»Diana …«, sagte er.

Je länger sie vor ihm stand und je länger sie ihn dabei ansah, desto mehr begann ihr Brustkorb nun zu beben, wurde zu einer offenen, bebenden Fläche, von den Schlüsselbeinen bis zu den Brüsten; es war dieses Beben, das ihn nach dem erstbesten Stück Stoff greifen ließ – als hätte er das Mädchen aus eiskaltem Wasser gefischt, als gelte es, sie vor dem Erfrieren zu retten, als wäre diese Bluse, die sie eben noch getragen hatte, nicht viel zu dünn und zu kurz, um sie darin einzupacken, dennoch legte er sie um ihre Schultern. Die Ärmel hielt er vor ihrer Brust zusammen, die lächerlich schmalen Streifen bedeckten kaum ihre Haut, und wenn er sie jetzt umarmen würde – er war kurz davor, es zu tun –, wenn er sie jetzt umarmen würde, dann fiele auch noch dieses Stück Stoff zwischen ihm und ihr zu Boden; und so, die Ärmel weiter mit einer Hand festhaltend, führte er sie zum Sofa.

Er versuchte, den anderen, freien Arm um sie zu legen, vorsichtig, fürsorglich, doch sie stieß sich mit Wucht von ihm ab. Als hätte sie nur darauf gewartet, dass er ihr einen Anlass bieten würde, um diese peinliche, ausweglose Situation zu beenden. Sie stand auf und streifte die Stiefel ab, derart heftig, dass sie durchs Zimmer flogen, sie ging zum Schrank und zog ein T-Shirt über; riss die Schreibtischschublade auf, wühlte darin. Schließlich nahm sie die Kissen vom Sofa und setzte sich ihm gegenüber. Das T-Shirt saß eng und knapp, es reichte kaum bis zum Slip.

Falls ihr das alles auch nur im Geringsten peinlich war, so zeigte sie es nicht.

Diana hatte eine Reißzwecke in der Hand, die sie durch die Mitte eines Bierdeckels drückte, um auf der anderen Seite etwas aufzuspießen, das aussah wie ein Brühwürfel. Sie nahm das Feuerzeug, hielt die Flamme gegen den braunen Würfel, bis eine Ecke davon zu glühen begann. Nun stülpte sie das leere Weinglas darüber. Es füllte sich mit hellgrauem Qualm. Sie schob den Bierdeckel ein wenig zurück und atmete den Rauch durch einen kleinen Spalt tief ein. Es sah aus, als würde sie das auf dem Kopf stehende Glas in einem Zug leer trinken. Allmählich wurde sie ruhiger.

»So macht man das heutzutage also«, sagte er. Das klang altväterlich, lehrerhaft. Und wenn schon. Es kam längst nicht mehr darauf an.

»Was dagegen?«

»Würde das etwas ändern?«

»Vielleicht.«

Sie nahm den nächsten Zug.

»Ich will dich nicht wieder in der Klinik sehen.«

»Keine Angst«, sagte sie, »das damals, das war mein erster und letzter LSD-Trip. Ich wollte es bloß mal auszuprobieren.«

»Ach, und das hier hast du im Griff?«

»Natürlich. Cannabis ist wesentlich harmloser als das, was Ihr den Leuten verabreicht.«

Jetzt waren sie also beim *Ihr* und *Wir*. Es gab ihm einen unerwartet heftigen Stich.

»Ich sollte wohl besser gehen«, sagte er.

»Ja«, sagte sie. »Du solltest gehen.«

Es klang nicht mehr wütend. Dennoch versuchte sie nicht, ihn aufzuhalten. Er zog eine Zigarette aus der Packung und griff nach Dianas Feuerzeug, das neben ihr auf dem Sofakissen lag. Wobei er darauf achtete, sie nicht noch einmal, auch nicht beiläufig, zu berühren.

Einen Moment lang stand er unschlüssig da. Dann zündete er seine Zigarette an und steckte, schon im Gehen, das Feuerzeug in die Hosentasche.

Ab und zu ein Auto. Wenn er Motorengeräusche hörte und ein Wagen näher kam, ging er dichter an den Häusern entlang, damit das vorbeigleitende Scheinwerferlicht ihn nicht erfasste. Er wollte weder gesehen noch angeleuchtet werden. Er wollte in Ruhe nachdenken. Und doch war auch die Stille, die sich gleich wieder einstellte, unerträglich.

Die Wohnhäuser lagen im Dunkeln. Früher – lange vor seiner Zeit – hatte das Anstaltsgelände weit außerhalb der Stadt gelegen. Auf alten Fotografien sah man rund um die

Sandsteingebäude nichts als Felder, Wiesen und Wald. Und selbst als er angefangen hatte in der Klinik, hatte es hier noch einige Grünflächen gegeben. Inzwischen waren sie von beiden Seiten aufeinander zu gewachsen, die Stadt und die Klinik.

Wie oft hatte er diesen Weg schon genommen. Nun war er ein paar Stunden fort gewesen – und schon wieder auf dem Heimweg. Nie hatte er darüber nachgedacht, dass nicht für alle Menschen der Heimweg auch der Weg zur Arbeit war. Im Gegenteil, das war nur bei wenigen der Fall.

Vor ihm lag sein Zuhause. Und sein Arbeitsplatz. Seine Wohnung, mitten im Klinikgelände. Seine Familie. Seine Patienten.

Die Klinik. Die große, großartige Dame. Die ihn, seine Familie, seine Kollegen, eigentlich alle, die er näher kannte, ernährte und versorgte. Die ihn Tag und Nacht kontrollierte, ihm kaum eine freie, unbeobachtete Minute ließ. Wie sehr sie ihn einengte: die alte, alles verschlingende Dame, der er nicht entkommen konnte. In deren Schoß er nun geradezu *kroch*.

Aber er spürte auch, wie überwältigt er von diesem Abend war. Überwältigt von Diana. Von ihrem Anblick, als sie nackt vor ihm gestanden hatte. Von ihrem Anblick und von ihrem Blick.

Und er dachte daran, wie Ada ihn meistens ansah: drängend, besorgt, vorwurfsvoll. Ihm wurde klar, dass er den ganzen Abend nicht an sie gedacht hatte. Er hatte an alles Mögliche gedacht. Nur nicht an Ada.

Der Gedanke an sie traf ihn mit voller Wucht; nein, nicht der Gedanke, sondern sein Gefühl dabei, ein Gefühl von Verpflichtung und Verantwortung. Die Vorstellung, dass er jederzeit für sie da sein sollte, da sein musste. Und dabei doch nur einen winzigen Teil seiner Schuld abtragen konnte. Wieso wurde eigentlich immer nur *seine* Schuld verhandelt?

Christian blieb stehen, schaute auf die Uhr: Es war kurz vor Mitternacht. Das Konzert war sicher gerade erst zu Ende. Wenigstens würde er keine Ausrede erfinden müssen.

Er zog Dianas Feuerzeug aus der Tasche. Es war ein einfaches, orangefarbenes BIC-Feuerzeug. Wie sehr er sich freute, dass er es mitgenommen hatte. Dass er irgendetwas von Diana mitgenommen hatte. Etwas, das ihn an sie erinnerte.

Es sah harmlos aus, ganz unauffällig. Er würde es nicht einmal im Schreibtisch einschließen müssen. Er wollte sich eine weitere Zigarette damit anzünden, doch die Packung war leer. An der Tankstelle brannte noch Licht. Christian ging hinein, um neue zu kaufen.

XXI

Auf dem Weg in die Küche versuchte Ada, ihren Traum zu rekonstruieren: Sie hatte das Café betreten, dieses neue Stehcafé, doch statt der Theke, der Tische und der schmalen Lehne hatte ihr Bett dort gestanden. Ihr Ehebett. Es füllte den ganzen Raum.

Sie hatte sich gar nicht gewundert, sondern war einfach darauf zugegangen, hatte sich, wie immer, auf ihrer Seite auf die Bettkante gesetzt, wollte die Bluse aufknöpfen – jetzt stand das Bett wieder in ihrem Schlafzimmer –, doch als sie sich umwandte, lag dort, auf der anderen Seite, nicht Christian, sondern Hermann.

Hermann, in einer enganliegenden Hose und mit einem glänzenden Hemd, die Hände hinterm Kopf verschränkt; eine laszive Pose. Ein furchtbar peinlicher Anblick.

Aber vielleicht, das fiel ihr jetzt erst ein, hatten sich die Bilder bloß mit dem Queen-Konzert vermischt, das sie im Fernsehen gesehen hatte? Vielleicht war der Mann ja Freddy Mercury gewesen?

Jedenfalls war Christian hereingekommen und hatte sich auf seiner Seite hingesetzt, ohne den Mann zu bemerken. Mit dem Rücken zu ihr und zu Hermann – natürlich war es Hermann – hatte er seufzend seine Schuhe ausgezogen.

Sie hatte Christian zugesehen, furchtbar erschrocken, wie ein Kind, das etwas verbrochen hat und sich vor einem Donnerwetter fürchtet. Aber auch wütend, fassungslos, weil er Hermann einfach nicht sah. Oder nicht sehen wollte?

Dann Hermann, der sich mit dem ganzen Körper in Christians Richtung schob, bis an den Rand der Matratze;

bis er ihn aus dem Bett drückte und Christian, einen Schuh noch in der Hand, auf dem Boden landete.

Davon war sie endlich wach geworden, noch bevor der Wecker klingelte – von diesem Bild: Christian, verblüfft und völlig überrumpelt auf dem Boden liegend.

Ada stand vor der Kaffeemaschine, füllte das Wasser auf und schüttete Kaffeepulver in den Filter.

Was für ein Traum.

Man musste kein Analytiker sein, um so einen Traum zu deuten.

Die Maschine gab diese geschäftigen, gurgelnden Geräusche von sich, die Ada jedes Mal beruhigten und zugleich aufmunterten.

Sie würde Hermann nicht mehr treffen. Sie würde einfach nicht mehr hinfahren. Damit war das Problem erledigt.

Als der Kaffee fertig war, griff Ada nach der Kanne und wandte sich zum Esstisch.

Nein.

Nicht heute, nicht nach diesem Traum. Nicht vor dem ersten Kaffee.

Sie zögerte nur kurz.

Dann stellte sie die Kaffeekanne ab, ging zum Tisch und zog die blassgelben Rosen aus der Vase.

Christian kam in die Küche. Er sah müde aus, mit verquollenen, nur halb geöffneten Augen. Vielleicht hatte er einen Kater. Jedenfalls war er spät nach Haus gekommen.

Sie warf die Blumen ins Spülbecken.

Und schon wirkte er etwas wacher.

»Nie wie-der« – mit jeder Silbe rupfte sie einen Blütenkopf von seinem Stängel, nicht ein einziger Dorn war daran –, »nie wie-der will ich die-se Dinger!«

Christian fuhr sich mit der Hand übers Gesicht.

»Ada –«

»Schenk mir eine einzige langstielige Rose! Eine einzige! Eine Lilie, eine Strelitzie!«

»Eine was?«

»Eine Strelitzie!«

»Ich weiß nicht einmal, wie die aussehen.«

»Du gehst einfach in einen Blumenladen.« Immer noch betonte sie jede Silbe. »Du holst sie *nicht* an der Tankstelle. Auch nicht im Supermarkt. Du gehst in einen Laden, in dem man ausschließlich Blumen kaufen kann, nichts anderes als Blumen! Sie werden dir irgendetwas geben. Etwas anderes als diese, diese … *Dinger* hier!«

Mit beiden Händen schaufelte sie die Köpfe aus dem Spülbecken eine Etage tiefer, in den Mülleimer.

»Blumen! Richtige Blumen!«

»Du kriegst deine Blumen«, sagte Christian.

Es klang wie eine Drohung.

Nun trug sie Luzie schon den ganzen Vormittag herum. Luzie klebte an ihrer Hüfte, verschwitzt, verweint, auf ihren Fingern kauend, mit glühenden Wangen und diesem eigenartigen, leicht süßlichen Mundgeruch, den auch Edith und Tom beim Zahnen gehabt hatten. Der letzte der oberen Backenzähne plagte sie. Er war bereits als kleine Erhebung unter dem aufgeweichten Zahnfleisch zu spüren.

Ada wollte Luzie absetzen, doch sie krallte sich an Adas Arm, presste die Schenkel fest zusammen. Ada hielt ihr ein Karottenstück hin. Luzie griff danach, biss hinein und heulte gleich wieder auf, warf das Ding durch die Küche.

Adas Hände waren kalt und feucht. Eine leichte Übelkeit überkam sie, als sie sich bückte, um die Karotte aufzuheben.

Christian war, ohne sich zu verabschieden, aus dem Haus gegangen. Sie wusste, wie verärgert er war nach der Szene, die sie ihm gemacht hatte. Und wie er sie in so einem Moment erlebte: nicht mehr nur nervend, nörgelnd, sondern als eine Furie, vor der er die Flucht ergriff.

Dabei hasste sie es selbst, so zu sein. Aber noch mehr hasste sie, was er aus ihr gemacht hatte: eine Hausfrau und Mutter, die sich um alles und jeden kümmern sollte. Weil das für ihn am bequemsten war. Das musste er nicht einmal aussprechen – es genügte, nur auf das zu reagieren, was ihm passte, und auf all das, was *sie* sich wünschte, einfach nicht einzugehen.

Es genügte, sie überschwänglich zu loben, wenn der Käsekuchen, den er liebte, *besonders* gelungen war. Es reichte, freimütig einzuräumen, dass *ihr* Kaffee doch viel besser schmecke, als der, den *er* ausnahmsweise einmal aufgebrüht hatte. Vor dem Küchenschrank zu stehen und zu fragen, wo der Zucker sei; mit so viel Ahnungslosigkeit, dass sie gar nicht anders konnte, als den Zuckerstreuer selbst zu holen, auf den Tisch zu stellen und sich auch noch schlecht zu fühlen, weil sie es erst in dem Moment, auf seine Frage hin, tat.

Er schaffte es, den morgendlichen Aufbruch der Kinder unbeeindruckt über sich ergehen zu lassen. Wie ein Baum, der nur leicht mit den Blättern raschelt, wenn der Wind um ihn herumfegt, so raschelte Christian mit der Tageszeitung, während Ada Brote schmierte, Toms Ranzen packte, Edith aus dem Bad scheuchen und sie immer wieder an die Uhrzeit erinnern musste. All das mit Luzie auf der Hüfte. Und mit Flecken auf der Bluse.

Während Christian jeden Morgen in einem frischen Hemd – das *sie* gewaschen und gebügelt hatte – noch schnell den letzten Schluck Kaffee im Stehen trank, bevor er ging. Und wie demonstrativ erschöpft er sich abends in den Sessel warf! Selbstzufrieden, selbstgerecht. *Sie* war dann noch längst nicht fertig mit der Hausarbeit. Doch im Gegensatz zu ihm erntete sie nichts als Undank – Luzies Tränen, Toms Wutausbrüche und Ediths zunehmende pubertäre Arroganz.

Jetzt setzte sie Luzie trotz des Gebrülls in den Kindersitz, mit mechanischen Bewegungen schob sie Luzies Beine durch die Haltegurte, drückte ihren Hintern auf die Sitzfläche und die Füße auf das Stützbrett.

Und griff nach ihrer Kaffeetasse.

Wie anders war er gewesen, damals, in Vaters Laden.

Ein junger Mann mit so klugen und wachen Augen, dass man die schlichte Brille fast nicht wahrnahm. Eine Tasche nach der anderen hatte er begutachtet. Zwischen ihm und ihr eine Auslage voller Handgelenktaschen. In Schwarz und allen Grau- und Brauntönen. Nappaleder. Eine ganz neue Lieferung. Vater hatte sich viel versprochen von diesen Herren-Handgelenktaschen.

Welche sie ihm empfehlen könne.

»Eine Herrenhandtasche?«

»Ja.«

»Für Sie selbst?«

»Ja.«

»Keine«, hatte sie gesagt.

Er schien verblüfft. Das war nicht das, was man von einer Verkäuferin erwartete. Was sie reizte, ihn noch mehr zu provozieren.

»Wenn Sie etwas hinter sich herziehen wollen, sollten Sie sich lieber einen Hund anschaffen.«

Vater war im Büro. Hätte sie es auch gesagt, wenn er es hätte hören können?

Sofort zog der Mann die Hand aus der Trageschlaufe, legte die Tasche zurück.

»Und die da?«

»Eine Schultertasche? Nein. Viel zu groß für Sie.«

»Welche dann?«

»Gar keine.«

»Warum nicht?«

»Die passen alle nicht zu Ihnen. Manchen Männern stehen einfach keine Taschen.«

»Ach.«

Er lud sie zum Kaffee ein.

Er habe sich doch ihretwegen diese Anschaffung gespart.

»Ich weiß nicht.«

»Bitte.«

Luzie weinte, in immer neuen Wellen. Als Ada sich neben sie setzte und den durchbrechenden Zahn noch einmal betasten wollte, biss Luzie ihr in den Zeigefinger, auf dem es sich wohl angenehmer herumkauen ließ als auf der Karotte.

»Autsch.« Ada zog den Finger heraus.

Sie stand auf, wusch das Karottenstück ab und hielt es Luzie entgegen, die es diesmal vorsichtiger in den Mund schob.

Wie sehr er ihr gefallen hatte. Alles an ihm war neu und aufregend gewesen.

Sie hatte längst genug gehabt, vom Geschäft, von dem warmen, schweren Geruch nach Leder und der Möbelpflege, mit der sie die Regalbretter polieren musste. Vom beißenden Geruch des Essigwassers, mit dem sie die Schaufenster putzte, die sie anschließend mit Zeitungspapier trockenrieb. Von diesen furchtbaren Samstagen, an denen sie sich seit Jahren ein zusätzliches Taschengeld verdiente mit dem *Linienziehen*: Jede Woche musste sie Vaters große

Blankobücher mit roten und schwarzen Linien versehen, so dass er alle Kunden- und Lieferantendaten – Bestellungen, Zahlungseingänge, Mahnungen – genau nach seinen Vorstellungen eintragen konnte.

Und plötzlich eine neue Welt.

Er sagte es bei diesem ersten gemeinsamen Kaffee: »Ich komme aus der Anstalt.«

Nicht: Ich arbeite dort. Ich bin Arzt.

»Ich komme aus der Anstalt.«

Wie ein entlaufenes Ungeheuer. Und doch mit einem Lächeln – unwiderstehlich.

Die Anstalt. Ein Drohwort, das man Leuten hinterherflüsterte: Die kommt aus der Anstalt. Der gehört in die Anstalt.

Selbst wenn diese Menschen die Anstalt hinter sich gelassen hatten: Der war schon mal in der Anstalt.

Und jetzt kam einer aus der Anstalt in ihren Laden.

Wie er reden konnte. Selbst Mutter war angetan.

Mutter war für ihn nicht affektiert und anstrengend, sondern *ein wenig wertkonservativ*. Was ja auch sein Gutes habe.

Vater war nicht stur, er war von einer *beeindruckenden Integrität*.

Ada hatte bloß genickt. *Integrität* hatte sie zu Hause nachgeschlagen.

Sie selbst war nicht mehr prüde, so wie ihr erster Freund es ihr an den Kopf geworfen hatte, sie hatte eine *etwas gehemmte Libido*. Was sich geben würde mit der Zeit. Wie sehr sie das beruhigt hatte. Und wie schön es mit ihm gewesen war, später.

Aber zunächst einmal, nach dem ersten Kaffee, hatte er darauf bestanden, sie wiederzusehen. Sie zum Essen einzuladen. Vom gesparten Geld für die Handgelenktasche.

Vom gesparten Geld.

Diese drei Worte, *die* hätte er sich sparen können.

Diese drei Worte. Und die blassgelben Rosen.

Die Karotte flog zum zweiten Mal durch die Küche. Ada hielt Luzie einen Löffel hin. Sie schob ihn sich so weit in den Rachen, dass sie zu würgen begann und dann wieder jammerte.

»Sammstagtannzen. Hannestannzen. Sammstagtannzen.«

»Hallo, Hannes«, sagte Ada. »Komm herein.«

Sie war froh um die Ablenkung. Im Vergleich zu Luzies Geheul erschien ihr sein Gesumme heute beinahe tröstlich und beruhigend.

»Schwesterrrene. Hannestannzen.«

»Na, hat es dir gefallen, das Tanzen?«

Wie zur Bestätigung drehte Hannes sich eifriger hin und her. »Sammstagtannzen. Hannnestannzen.«

Seit Wochen war der Tanzmittag vorbei, und dennoch tanzte er noch immer. Ada sah ihn forschend an. Als ob irgendwo in diesem Körper der wahre Hannes eingesperrt wäre. Als ob sie ihn so sehen könnte: den Mann, der er hätte sein können. Doch da war nur dieses riesengroße Kleinkind.

Luzie streckte ihre Arme aus, in Adas Richtung, mit einem langgezogenen, quengelnden Ton.

»Ist ja gut, Luzie.«

Am Anfang waren alle Kinder süß, dankbar und folgsam. Aber irgendwann kam der Moment, in dem sie anstrengend wurden. Eigensinnig. Widerspenstig. Irgendwann würde Luzie ihr so fremd sein wie Edith.

Nur Hannes würde immer Hannes bleiben.

Ada holte Eis aus dem Gefrierschrank. Vanilleeis vor dem Mittagessen – ach, warum nicht. Heute kam es nicht mehr darauf an. Sofort hörte Luzie auf zu quengeln, ihr Mund blieb offen stehen. Im Gegensatz zu ihr schien Hannes die Packung nicht zu kennen, jedenfalls reagierte er nicht darauf.

Ada legte den Eisportionierer in warmes Wasser und nahm Schüsselchen aus dem Schrank. Luzie verfolgte ihre Bewegungen.

»Hannes, magst du auch Eis essen?«

»Eiiissesssenn?« Seine Stimme war tonlos, ob vor Aufregung oder weil ihm das Wort gar nichts sagte, es war nicht zu unterscheiden.

»Setz dich.« Sie schob ihm einen Stuhl hin.

Er tänzelte um den Stuhl herum, besah ihn wie einen Gegner, den es zu bezwingen galt. Er sah weg, sah wieder hin, schnaufte dabei. Endlich fand er eine Position, von der aus er das Hinsetzen in Angriff nahm: Erst wandte er sich ab, dann schaute er noch einmal hinter sich, um die Sitzfläche zu fixieren. Schließlich ließ er langsam sein Gesäß herab. Im letzten Moment schob Ada seinen Stuhl ein wenig näher, sonst hätte er ihn knapp verpasst.

Wie machte er das bloß auf der Station? Seit Jahren kannte sie ihn, und noch nie hatte sie ihn irgendwo sitzen sehen.

»Hannes, Hannes«, sagte sie und musste plötzlich lachen.

»Hannesshannesss«, echote er.

Ada nahm Luzie aus dem Kinderstuhl auf ihren Schoß und fütterte sie. Mit winzigen Portionen, um das heiße geschwollene Zahnfleisch möglichst lange kühl zu halten. Luzie wand sich, wollte das Eis selbst mit dem Löffel essen.

»Nein. Du wirst dir den Magen verderben.«

Erneut nahm Luzie Anlauf zu einem Aufheulen, ihre Unterlippe zitterte. Schnell schaufelte Ada etwas Eis darauf.

Jetzt, da er saß, konnte Hannes nur noch mit dem Oberkörper vor und zurück. Seine Finger kneteten aneinander herum. Er starrte auf das Schüsselchen, das sie ihm hingestellt hatte. Dann hielt er inne. Griff nach dem Löffel. Und schob blitzschnell eine Eiskugel in den Mund.

Eine ganze Kugel.

Er riss die Augen auf. Sie traten ihm geradezu vor den Kopf – wie zwei weitere Kugeln.

Ada war so fassungslos, dass sie vergaß, Luzie weiter zu füttern. Sie ließ die Hand mit dem Löffel sinken.

Immer stärker schaukelte Hannes vor und zurück, zog an der Eiskugel vorbei den Atem ein. Aber er behielt sie im Mund.

Hatte er noch nie ein Eis gegessen? Nein, das war unmöglich.

Oder? Sie sah ihm zu, so lange bis der Kampf endlich beendet war.

»Du musst langsamer essen, Hannes«, sagte sie. »Sonst ist es viel zu kalt.«

Gehorsam saß er da, während sie weiter Luzies Eis in kleinstmögliche Portionen teilte. Er blickte vor sich hin, brummte und summte leise.

Ada beobachtete ihn. Und begriff, dass er wartete.

»Du kannst ruhig weiteressen«, sagte sie.

Schnell schob er wieder eine ganze Kugel in den Mund.

»Nein, Hannes! Doch nicht so viel auf einmal!«

Er wurde blass. Seine Stirn glänzte feucht. Es war eine Qual, ihm zuzusehen. Unglaublich, diese Gier; warum war er nicht fähig, sich zu beherrschen? Das konnte doch kein Vergnügen sein, so ein Eis zu essen!

Hannes wippte, schnaufte, schluckte. Endlich war auch diese Kugel Eis besiegt. Und sofort wollte er die letzte in Angriff nehmen.

Ada zog das Schüsselchen zu sich und nahm ihm den Löffel ab.

»Man muss es sich einteilen, Hannes. So hast du doch gar nichts davon.«

Natürlich verstand er nicht, was sie sagte. Er wippte nur noch leicht hin und her, betrachtete mit seinen großen runden Augen Adas Hände und das Eis.

Sie saß da, in jeder Hand einen Löffel.

Hannes sperrte, ebenso wie Luzie, erwartungsvoll den Mund auf. Nun fütterte sie nicht nur *ein* Kind, sondern zwei.

Was für ein Leben.

Sie wollte den Löffel, mit dem sie Luzie fütterte, gerade ablecken, ließ es dann jedoch sein. Nein, sie würde kein Eis essen. Sie würde abnehmen; ein, zwei Kilo waren zu schaffen, sogar innerhalb von ein paar Tagen. Bis zum nächsten Mittwoch.

Der Mittwoch zählte schließlich nicht.

Natürlich hatte das mit Hermann keine Perspektive. Ein Mann, an dem selbst eine Herren-Handgelenktasche nicht weiter auffallen würde. Dr. Klinger hätte sicher – wäre sie denn zu ihm gegangen – gesagt, dass Hermann nur ein Symptom sei, nicht die Therapie.

Doch was war schon die richtige Therapie für diese Art von Leben.

Sie würde den schmalen schwarzen Rock anziehen. Mit dem Mieder darunter saß der Rock perfekt.

XXII

Am Waldrand hinter der Kapelle war eine Stelle zwischen den Tannen, durch die man gehen konnte wie durch ein Tor. Edith lauschte, ging vorsichtig ein Stück weiter, lauschte wieder. Durch das dichte Unterholz konnte man die Gebäude nur erahnen, die sich links von ihnen, unterhalb des Waldes, befanden, aber sie kannte den Schleichweg, der bis hierher führte.

»Wenn, dann kommen sie von dort«, flüsterte sie.

Tom nickte. Sein Gesicht glühte vor Anstrengung, leise zu sein.

Jetzt wandte sich Edith zu ihm, legte dabei den Finger an die Lippen. »Ich glaub, da sind welche!«

»Wo?«

Sie deutete in die Richtung, in die er schauen musste.

Volltreffer. Ein nackter Hintern.

Tom riss die Augen auf.

Der Hintern sah aus wie ein dicker weißer Pilz, der sich hob und senkte.

Bevor Tom einen Ton von sich geben konnte, hielt sie ihm den Mund zu. »Na, siehst du«, sagte sie. »Hab ich dir zu viel versprochen?«

»Hmbf.«

Er blähte die Backen auf. Langsam nahm sie die Hand herunter.

»Machen die Kinder?«, flüsterte er aufgeregt.

»Quatsch! Das dürfen die gar nicht.«

»Warum? Weil sie bekloppt sind?«

»Sie sind nicht bekloppt, sie sind *krank.*«

Der Pilz sank zu Boden.

Edith nahm Tom bei den Schultern und trat vorsichtshalber ein paar Schritte zurück. Der Mann stand auf, zog die Hose hoch, ohne sie zu schließen, und ging zum nächsten Baum. Ein helles Plätschern gegen den Stamm war zu hören, dann ein dunklerer, satter Ton, als er den Strahl auf den Waldboden lenkte.

Tom strahlte. Das Gepinkel schien für ihn die größere Show zu sein, anscheinend hatte er das, was vorher passiert war, nicht wirklich kapiert.

Die Frau strich den Rock glatt und knöpfte umständlich ihre Bluse zu. Dann nahm sie die graue Wolldecke vom Boden, schüttelte sie aus, faltete sie zusammen und legte sie in ihren Weidenkorb. Der Mann kam zu ihr zurück. Im Gehen schloss er seine Hose, fast wäre er dabei gestolpert. Er hob sein Hemd vom Boden und zog es über.

Edith hielt den Atem an.

Das, was der Mann jetzt anhatte, war gar kein Hemd.

Edith packte Tom an der Hand, riss ihn mit sich und rannte so schnell davon, dass er kaum Schritt halten konnte. Als sie aus dem Wald heraus waren, fing er an zu lachen und zu grölen; sie ließ seine Hand los und lief weiter, den Berg hinunter. Ihr war zum Weinen zumute wie lange nicht mehr, ihr war danach, Mama und Papa entgegenzulaufen wie früher, als sie klein gewesen war; sich wie damals, wenn sie sich die Knie aufgeschürft hatte, in

Papas Arme fallen zu lassen, der sie fragte, wo tut's weh, während Mama ein Pflaster holte.

Fieberhaft überlegte sie, was sie ihren Eltern sagen sollte. Was sie ihnen überhaupt sagen *konnte*.

Die Frau, die sie gesehen hatte, war eine Patientin; so viel war klar. Die fettigen Haare, der beigefarbene Rock, vor allem aber diese trägen Bewegungen – das musste eine Patientin sein.

Aber der Mann? Edith war sich nicht einmal mehr sicher, ob das, was er übergezogen hatte, wirklich ein Arztkittel gewesen war. Oder doch der eines Pflegers? Warum hatte sie bloß so schnell die Flucht ergriffen!

»Hey! Warte doch mal«, rief Tom.

Papa würde nicht bemerken, was mit ihr los war. Aber Mama konnte man nichts vormachen. Mama würde Fragen stellen. Dann fiel ihr ein, dass Mama heute erst am Abend zurückkommen würde, sie hatte also noch Zeit, darüber nachzudenken.

Edith blieb stehen und wühlte in ihren Hosentaschen. Sie musste Tom die fünfzig Pfennig zurückgeben, nur zur Sicherheit.

»Du darfst niemandem erzählen, was wir gesehen haben«, sagte sie und hielt Tom das Geldstück vor die Nase. »Auch nicht, dass du mir das hier gegeben hast. Verstanden?«

Schnell griff er nach der Münze und steckte sie ein.

XXIII

Ada sah zu, wie Heidi die Spieße vorbereitete: Sie schob den halben Käselaib in die Mitte des Hackbretts, setzte das riesige Messer an – es hatte Griffe an beiden Enden – und schnitt den Gouda in dicke Scheiben. Dann entfernte sie die Rinde mit einem Schälmesserchen und zerlegte die Scheiben anschließend – dafür gab es ein drittes, mittelgroßes Messer. Heidi arbeitete schnell, mit energischen Handbewegungen.

Beeindruckend, wie gleichmäßig die Würfel ausfielen.

»Du solltest dir eine Arbeit suchen«, sagte Heidi, ohne den Blick vom Hackbrett zu nehmen.

»Wie denn, mit drei Kindern?« Ada nahm einen der Würfel, besah ihn kurz und steckte ihn in den Mund.

»So klein sind sie nun auch nicht mehr.«

»Ja, aber Christian …«, sagte Ada. Es war ihr unangenehm, beim Sprechen noch an dem Käse herumzukauen, schnell schluckte sie ihn hinunter.

»Verbietet er es dir etwa?«

»Natürlich nicht, das würde er nie tun. Aber es würde ihm nicht gefallen.«

»*Was* würde ihm nicht gefallen?« Heidi hielt inne, stützte eine Hand in die Hüfte und sagte – die andere Hand, die mit dem Messer, auf Ada gerichtet: »Dass du dein eigenes Geld verdienst?«

Ada wich unwillkürlich aus, beugte sich zu Luzie, die neben ihr auf der Arbeitsplatte saß, und setzte sie weiter zur Seite.

»Nein«, sagte sie langsam. »Dass ich nicht da wäre, wenn er nach Hause kommt. Er mag es nicht, allein mit den Kindern zu essen. Er schafft es sogar, ein Essen zu verderben, das er nur noch aufwärmen muss.«

»Ach«, sagte Heidi und wandte sich wieder dem Gouda zu, »solange ich in der Firma war, hat Gerd sich genauso beschwert. Dass es den Ärger nicht wert sei, die paar Mark, die ich nach Hause bringe. Jetzt, mit dem Plattenservice, da fällt für ihn ja auch noch was ab.«

Sie zog einen Partyspieß aus der Plastikbox, schob einen Mandarinenschnitz darauf und eine Weintraube, dann steckte sie den Spieß in einen der Käsewürfel und lächelte dabei. Sie wirkte sehr zufrieden. Beinahe selbstgefällig.

Naja, dachte Ada, vielleicht bin ich auch bloß neidisch.

»Hat dir deine …« – sie zögerte, es so direkt auszusprechen –, »… Therapie eigentlich geholfen?«

»Ehrlich gesagt, ich hab bloß mit dem Plattenservice angefangen, um die Sitzungen bezahlen zu können. Und jetzt weiß ich gar nicht, was mir mehr geholfen hat, die Therapie oder das hier.«

Mandarine, Weintraube, Käsewürfel. Und wieder ein Partyspieß.

»Ich weiß, was du denkst, Ada.«

»Ich hab doch gar nichts –«

»Häppchen, Wurst- und Käseplatten. Gürkchen statt Geschäftsbriefe. Aber es sind meine eigenen. Meine eigenen Gürkchen.«

Heidi lachte und drückte Luzie eine Scheibe Kochschinken in die Hand. »Und du? Du wolltest doch aufhören mit der Therapie?«

»Ja, schon«, sagte Ada. Sie konnte Heidi kaum anschauen. »Ich geh nur noch einmal hin. Um es abzuschließen.«

»Na, dann los.«

Mit einer kleinen, unauffälligen Kopfbewegung deutete Heidi auf Luzie, die völlig versunken an ihrer Schinkenscheibe herumkaute: ein guter Moment für Ada, zu verschwinden, ohne dass Luzie es bemerken und losbrüllen würde.

Heidi ließ die Box mit den bunten Plastikspießen klappern, verstellte Luzie die Sicht auf ihre Mama und sprach mit ihr, so dass Ada ihre Handtasche nehmen und sich davonschleichen konnte.

»Du weißt, du kannst jederzeit hier einsteigen«, sagte Heidi, als Ada schon in der Tür war. »Überleg es dir.«

Sie konnte nicht mehr zurück. Und selbst wenn – hätte sie es denn gewollt?

Eine Weile fuhren sie schon so, schweigend, aus der Stadt heraus. Seine Hand lag auf ihrem Knie. Ada achtete nicht auf den Weg. Teilnahmslos, beinahe gleichgültig, saß sie da. Doch in dem Moment, als es ihr bewusst wurde

– was sie da tat und wie ungerührt sie es tat –, spürte sie eine Welle der Aufregung.

Woher wusste er, wohin man in einer solchen Situation fuhr?

Schließlich bog er in einen Waldweg ein. Nach wenigen hundert Metern lenkte er den Wagen auf die rechte Seite, mitten hinein in die Hecken, bremste ab.

»Sie zerkratzen ja den Lack!«

»Das ist es mir wert«, sagte Hermann mit einer Entschlossenheit, bei der ihr ein wenig mulmig wurde. Unvermittelt nahm er ihren Kopf in beide Hände und versuchte sie zu küssen. Sie wich aus, wandte das Gesicht zur Seite. »Hermann?«

»Ja?«

»Sie sind nicht verheiratet, oder?«

Er stutzte. Langsam ließ er sich auf seinen Sitz zurückgleiten. »Nein.«

»Warum nicht?«

»Heirate, und du wirst es bereuen«, sagte er.

»So.«

»Heirate nicht, und du wirst es auch bereuen.«

»Sie sind aber sehr pessimistisch.«

»Das ist nicht von mir.«

»Sondern?«

»Kierkegaard.« Mit einem Finger strich er über ihre Wange.

»Sie lesen Kierkegaard?«

»Gelegentlich. Ein paar Sätze.«

»Sie wissen so viel, Hermann.« Das klang ironischer, als sie es hatte sagen wollen, doch er schien es nicht zu bemerken.

»Ach nein, gar nicht. Nur von allem ein wenig«, sagte er und beugte sich wieder zu ihr.

Ada deutete auf die Fenster. »Da kann man immer noch hereinschauen.« Das Auto war zwar umgeben von Gestrüpp und Geäst, aber trotzdem natürlich nicht gerade gut getarnt.

»Hier kommt sicher niemand vorbei«, sagte er.

»Und wenn doch?«

Er nahm ein Taschentuch aus der Hose und öffnete das Seitenfenster einen Spalt weit, um das Tuch in seiner ganzen Breite darin einzuklemmen. Dennoch bedeckte es nur einen lächerlich kleinen Teil der Scheibe.

»Gut so?«

Und nun küsste er sie.

Sie schloss die Augen, doch ihre Lider flatterten, so dass sie immer wieder dieses Taschentuch sah. Es war hellblau, mit blaugrauen Linien an den Rändern. Harte, energische Kanten waren hineingebügelt. Wer bügelte seine Taschentücher?

Eine Zugehfrau? Seine Mutter? Er selbst?

Diese Vorstellung war am schlimmsten.

Ada schloss die Augen fester, um das Taschentuch nicht mehr sehen zu müssen. Seine Hand wanderte ihren Hals entlang. Er begann, ihre Bluse aufzuknöpfen.

Nervös lachte sie auf. Was hatte sie erwartet, dass er ihr

bloß ein paar Lieder von Schubert auf dem Kassettenrecorder vorspielen würde? Leise flehen meine Lieder? Sie *konnte* jetzt nicht mehr kneifen.

Er öffnete den nächsten Knopf. Zog die Bluse aus dem Rock. So würde sie völlig zerknittern. Ada zog die Bluse lieber selbst aus, faltete sie zusammen und legte sie nach hinten auf den Rücksitz.

»Ada …«

Diesmal beugte Hermann sich nicht über sie, um sie zu küssen. Sondern um ihren Sitz zurückzukurbeln.

Wie gut, dass niemand sie so sehen konnte, in dieser furchtbaren Position – wie sie ruckartig, Stück für Stück, nach hinten sank. Während er kurbelte, war sein Gesicht ganz nah an ihrem, wobei er in die Luft sah, so dass sie seinen geröteten Hals vor sich hatte und sein herbes Aftershave einatmen musste: Moschus und der scharfe Geruch von noch kaum verflogenem Alkohol. Hermann hatte sich auch diesmal wohl erst kurz vor ihrem Rendezvous rasiert.

Es war ihr unangenehm, nur mit Rock und Büstenhalter hier zu sitzen, oder eher – mit jedem weiteren Kurbeln – mehr zu liegen, als zu sitzen. Hermann kurbelte und kurbelte. Und hatte dabei noch sein Hemd an.

Ein weinrotes Hemd mit Paisleymuster.

Wie hypnotisiert starrte Ada auf die langen, hellroten und weißen Paisleytropfen, deren gekrümmte Spitzen in alle Richtungen zeigten. Wie Fische, die unruhig hin und her schwammen.

Dieser Mann war ihr völlig fremd. Ein schrecklicher Gedanke.

Seine Hände tasteten an ihrem Rücken nach den Häkchen des BHs, die er jedoch nicht aufbekam. Also versuchte er es von vorne. Die Träger schnitten ein, weil er den Büstenhalter gleichzeitig nach unten und zur Seite zog, um ihre Brustwarzen zu berühren. Das war jetzt nicht nur unangenehm, es tat weh.

»Bitte nicht.«

»Sie sind so schön, Ada«, flüsterte er unablässig. Dabei umfasste er ihre Hüften. Suchte den Reißverschluss am Rock.

Sie hielt seine Hände fest.

Den BH, darüber hätte sie mit sich reden lassen. Aber nicht den Rock. Sie trug das hautfarbene Mieder, das Bauch und Po zwar perfekt formte, aber furchtbar aussah. Das hatte sie nicht bedacht. Eigentlich hatte sie vorher so gut wie nichts bedacht.

Jedenfalls würde sie den Rock nicht ausziehen. Erst recht nicht die Miederhose. Drei Kinder hatte sie geboren, was man zwar ihren Brüsten nicht anmerkte, jedoch dem Bauch und den Oberschenkeln, und sie wollte nicht, dass Hermann die bläulichen Schwangerschaftsstreifen entdeckte.

»Wunderschön …«

Seine Hände wanderten die Schenkel entlang nach oben. Er schob den Rock hoch.

Sie packte sein Handgelenk.

Christian hatte sich bei den ersten Malen unendlich viel Zeit gelassen, ganz ruhig hatte er die Hand auf ihren Schoß gelegt, bis sie selbst sich unter seiner Berührung zu regen begonnen hatte – aber an Christian durfte sie nicht denken, denn nun waren Hermanns Atem und seine Zunge an ihrem Ohr. Sie wich aus. Immer erregter, wilder wurde er, griff hierhin und dorthin, küsste sie und öffnete dabei seinen Gürtel, zog die Hose herunter, was sie nicht sehen konnte – weil er sie noch immer küsste –, aber spürte; und jetzt, während er seinen Mund von ihrem löste, schob er seine Unterhose tiefer, bis zu den Knien; ein Geruch stieg auf, nach Waschmittel und Weichspüler, seifig roch es, warm, körperlich, nach seinem Geschlecht. Wenigstens hing das Hemd darüber. Aber plötzlich war sein Becken direkt vor ihr, vor ihrem Gesicht, sein Glied bewegte sich, noch von seinem Hemd verdeckt, doch es brachte die Paisleytropfen in Bewegung, die vor Adas Augen tanzten – nein, das passierte jetzt nicht wirklich, das konnte er nicht tun!

Mit beiden Händen stemmte sie sich gegen ihn, drückte ihn zurück in seinen Sitz. Und dann hörte sie ein Stöhnen, wie sie es noch nie zuvor gehört hatte, klagend, fast verzweifelt klang es. Hermanns Hemd war so weit hochgerutscht, dass dieses, dieses *Etwas* nun hervorschaute: nackt und zuckend wie ein eigenständiges Wesen, das nicht zu ihm zu gehören schien. Einen Moment lang sah sie es wie einen schreienden Säugling, zitternd, flammend rot; ihr blieb gar nichts anderes übrig, als die Hand auszustrecken.

Sofort ergriff Hermann ihre Finger und legte sie um sein Geschlecht, mit einem Seufzer, der unglaublich erleichtert klang. Er schloss die Augen und lag nur noch da. Immerhin hatte er von ihrem Körper abgelassen – bis auf ihre Hand, die von seiner Hand so fest gedrückt wurde, dass sie das, was unter oder vielmehr *in* ihrer Hand war, kaum noch spürte. Der Rhythmus, in dem er ihrer beider Hände und sein Geschlecht darunter nun bewegte, gab ihr einen Augenblick lang Zeit, um zu begreifen, was er gerade eben hatte tun wollen. Christian hätte das nicht versucht, niemals – doch jetzt kamen neue, unbekannte Töne, und irgendwie war es auch faszinierend, dass *sie* all diese Töne auslöste, auslösen konnte. Christian hätte sich nie derart auf sie gestürzt, er hatte sich noch nie so gehenlassen, niemals solche Töne von sich gegeben. Töne, so wie jetzt. Töne, die sich immer weiter steigerten. Hermann schaffte es, gleichzeitig das Seitenfenster mit der freien Hand zu öffnen, so dass das Taschentuch sich löste und ihm entgegenfiel. Der Druck um Adas Hand wurde stärker, die Bewegung immer schneller und das Wimmern lauter – bis all das in einem Aufschluchzen endete. Was sein Geschlecht dabei ausspuckte, fing er mit dem Taschentuch auf.

Dann war es still im Auto.

Sie legte die andere Hand in den Nacken. Hermann lächelte wie ein kleiner Junge, unbefangen und gelöst.

Schließlich strich er über die dichten dunklen Haare ihrer Achselhöhle und sagte, völlig ernsthaft: »Sie sind meine schwarze Schönheit, Ada.«

XXIV

Er verlor sie. Er spürte es. Verlor ihr Gesicht. Verlor ihren Blick, ihre Augen. Ihre Augen, die wie die Augen von Neumann waren.

Wirklich? Waren sie so gewesen wie die von Neumann? Er wusste es nicht mehr. Lange hatte Neumann sich nicht blicken lassen. So verlor Jakob auch dessen Blick. Doch schlimmer war es, dass er Edith verlor.

Nur noch ihre Hand. Die Hand, in der sie die Zigarette hielt. Auch ihre Hand drohte zu verschwinden.

Ihm blieb nur Anna.

Er lag im Bett und wartete auf Anna. Nie hatte er jemanden erlebt, der so heftig nickte. So an seinem Bett rüttelte, den Kopf so heftig schüttelte wie Anna mit ihren kleinen Händen und den kurzen Fingern.

Ihr Gesicht war wie eine Sonne.

Nein, er stürzte nicht mehr in die Nacht. Obwohl alle das befürchteten. Weil sie nur nach oben sahen. Auf seine Stirn, die aufgeplatzt war bei seinem letzten Sturz in die Nacht, auf dem Friedhof, wo Annas Kreuz ihn aufgefangen hatte. Seitdem war Tag. Seitdem war *immer* Tag.

Tag und Nacht war es Tag.

Er wartete.

Frau Lange schob seine Haare wie Vorhänge auseinander und wieder zusammen. Die Platzwunde sah man trotzdem, doch sie verschwand allmählich. Verschwand wie alles andere.

Frau Lange ließ ihn nicht mehr vor die Tür. Er konnte nicht zum Friedhof. Er konnte nicht zu Edith.

Anna musste ihn zu Edith führen.

Das Gewitter war gar nicht gekommen. Weil Gott gar nicht grollte. Er sollte es Siggi sagen: Gott grollt gar nicht, Siggi.

Nein, der Pastor sollte es Siggi sagen. *Sicher* rede ich mit Siggi, hatte der Pastor gesagt. Wenn Siggi wieder in die Messe kommt. Aber er kommt ja nicht in die Messe.

Siggi kam nicht in die Messe, weil Pfleger Reinhardt ihn nicht ließ.

Der Pastor macht mir meine Leute *noch* verrückter, Jakob.

Reinhardt gab Jakob nun die doppelte Dosis. Dem Siggi sowieso.

Die doppelte Dosis. Dennoch kein Schlaf.

Jakob lag wach. Anna war nicht da.

Doch dann ein unruhiges Licht im Saal, das nicht von der Nachtbeleuchtung kam. Ein Leuchten, das immer heller wurde. Ein Flimmern.

Jakob musste sich überwinden. Er hob den Kopf.

Weiße Gestalten. Nein, nicht Anna. Niemand an seinem eigenen Bett, aber an allen anderen Betten: weiße Gestalten. Der Raum war voll.

Sie standen ohne jede Bewegung an den Kopfenden der Betten. Sie leuchteten still vor sich hin, wie abgestellte Laternen. An jedem Bett eine Laterne.

Kein Schnarchen. Kein Ächzen und Stöhnen, kein Schnaufen. Kein Quietschen der Betten. Nicht einmal Atemgeräusche.

Kein Quietschen der Gummisohlen auf dem Linoleum.

Wo war der Pfleger?

Jakob wandte sich um, schaute zum Glaskasten. Reinhardt döste, wie immer mit den Füßen auf dem Tisch. Die Bierflasche stand daneben. Der einzige dunkle Fleck in all dem Licht war der Pfleger.

Jakob zwang sich, ins Licht zu sehen.

Waren das Schwestern?

Die Schwestern, die er kannte, trugen weiße Kittel mit weißen Hosen darunter. Diese hier trugen Kleider, die er nicht kannte. Eher Gewänder als Kittel, weiße wallende Stoffe bis zu den Waden. Weiße Gewänder, die üppig über die Brüste fielen und in der Taille gerafft und zusammengeschnürt waren. Weiße, im Nacken zusammengeknotete Hauben, hell wie Heiligenscheine. So hell, dass man die Gesichter darunter nicht erkennen konnte. Alles war weiß, bis auf die Augen.

Sie alle hatten die gleichen Augen. Starre, starrende Augen. Augen, die durch ihn hindurchstarrten. Wie die seiner Mutter. Augen, die immer durch ihn hindurchgestarrt hatten.

Jakob zog die Decke hoch bis zum Kinn.

Nun bewegten sich die Arme der Schwestern. Ihre Hände zogen die Bettdecken der anderen herunter, berührten sie an den Schultern, um sie zu wecken. Aber kein

Murren und Schimpfen wie sonst, am Morgen. Allenfalls ein Raunen im Raum. Und die, die sich nun aufrichteten, das waren gar nicht der Kurt und der Siggi, es war niemand von den anderen!

Das waren überhaupt keine Männer.

Es waren Kinder.

Kinder, ebenso weiß wie die Schwestern, bloß in zerschlissenen Nachthemden. Sie waren dürr, beinahe knochig. Kinder mit kurzgeschorenen Haaren. Eines mit runder Brille, dessen Augen in verschiedene Richtungen schielten. Eines sah fast aus wie Anna. Doch es war ein Junge.

Anna war nicht dabei.

Die Schwestern legten den Kindern Wolldecken um die Schultern. Die grauen, groben Wolldecken aus den Betten. Das Einzige, das aussah wie immer: die Wolldecken. Sie verschluckten ein wenig von dem blendenden Licht.

Keines der Kinder ging mit so schweren, plumpen Schritten wie Anna. Sie schlichen und trippelten. Am Glaskasten vorbei, bis zum Ausgang. Dort drängten sie sich aneinander.

Jakob sank zurück in sein Bett. Er versuchte, das alles zu begreifen. Doch jetzt sah er in den Betten, aus denen gerade die Kinder gestiegen waren, in *denselben* Betten – die anderen! Im Bett neben ihm, in Siggis Bett, aus dem gerade der Junge mit der Brille geklettert war, in diesem Bett lag: Siggi.

Wie war Siggi in das Bett gekommen?

»Hey, Siggi!«

Jakob schüttelte ihn.

»Hm?«

Siggi räkelte sich.

»Siggi? Habt ihr zusammen in deinem Bett gelegen?«

Siggi richtete sich langsam auf, stützte sich auf den Ellenbogen.

»Wer, ich?«

»Ja.«

»Mit wem? Hast du feuchte Träume gehabt, oder was?« Siggi grinste.

»Ach was!« Jakob wollte etwas über den Wettermacher und *seine* feuchten Hosen sagen, doch er ließ es lieber. Mit den Augen suchte er Anna. »Siehst du sie?«

»Wen?«

Siggi sah durch den Schlafsaal. Und der Schlafsaal sah aus wie immer.

»Schon gut«, sagte Jakob. »Leg dich wieder hin.«

Die Kinder warteten mit ihren Wolldecken um die Schultern an der Ausgangstür. Wie zusammengetriebene Schafe. Worauf?

Jakob stand auf.

Natürlich. Die Tür war verschlossen.

Nein, das konnte er nicht. Er konnte nicht zum Glaskasten. Er konnte nicht zu Reinhardt, um ihm den Durchgänger abzunehmen.

Aber er konnte auch nicht mehr zurück.

»Was ist los?«

Plötzlich stand Siggi neben ihm.

»Wo willst du hin, Jakob?«

»Raus. Einfach raus.«

Erst jetzt wurde ihm wirklich klar, dass er es nicht mehr aushielt. Keinen Tag länger. Tag und Nacht war es Tag, alle Tage waren ein und derselbe Tag, und das war schlimmer als jede Nacht, schlimmer als alle Nächte, in die er jemals gestürzt war. Er wollte nur noch raus. Und zwar sofort. Raus hier.

»Aha«, sagte Siggi. »Aha.«

Er kratzte sich ausgiebig am Kopf. Dann deutete er zum Glaskasten: »Du meinst …?«

»Der bringt dich um«, sagte Jakob. Doch ihm fiel ein, dass es das war, was Siggi am wenigsten fürchtete: tot zu sein.

Also sagte er: »Diesmal könnte es klappen, Siggi. Und dann *muss* es auch klappen, oder?«

»Wenn du es sagst«, antwortete Siggi, »klappt es bestimmt.«

Und Siggi ging Richtung Glaskasten. Er schob sich durch die Tür, die halb offen stand, hinein in den kleinen Raum. Jakob sah es durch das trübe Glas, so als würde er es im Aufenthaltsraum auf der Mattscheibe des Fernsehers sehen: Siggi nahm den Kugelschreiber vom Heft mit den Kreuzworträtseln. Vorsichtig stellte er die Bierflasche auf den Boden. Er lehnte sich an die Tischplatte. Streckte den Arm mit dem Kugelschreiber aus, hielt dabei einen möglichst großen Abstand zu Reinhardt.

Er angelte nach dem Ring des Schlüsselbundes, zog ihn aus der Kitteltasche des Pflegers und legte sofort die Finger um die einzelnen Schlüssel.

Strahlend kam Siggi zurück, mit dem Schlüsselbund in der Hand, den Jakob ihm sofort abnahm.

Schlüssel. Große und kleine Schlüssel. Ein Anhänger: ein schwarzer, abgegriffener Plastik-Fußballschuh. Ein Flaschenöffner. Und der Durchgänger. *Das* war der Durchgänger. Mit dem man durch alles hindurchgehen konnte.

Jakob spürte, wie erwartungsvoll Siggi dastand. Schnell klopfte er ihm auf die Schulter. »Super, Siggi.«

Siggi nickte, stolz und glücklich.

Jakob drehte sich um. Zur Ausgangstür.

Noch nie hatte er diese Tür geöffnet. Noch nie hatte er *irgendeine* Tür geöffnet. Aber er hatte unendlich oft gesehen, wie diese Tür auf- und zugeschlossen wurde. Also ging er auf die Tür zu. Und er öffnete sie, als hätte er es schon oft getan.

Die Kinder gingen an ihm vorbei. Ganz ruhig, hinaus und die Treppe hinunter. Jakob hielt die Tür auf.

Siggi schaute zu Jakob, als bemerkte er die Kinder und die Schwestern überhaupt nicht.

»Was ist jetzt? Willst du doch nicht?«

»Und ob«, sagte Jakob.

Dann ging er den Kindern hinterher.

Draußen war es kühl. Nacht. Aber es war eine ganz andere Nacht, als die, in die er so oft gestürzt war. Nicht so dunkel, dass er nichts mehr hätte erkennen können. Nicht so schwarz, dass alles um ihn herum verschwand.

Die Kinder gingen voraus, flankiert von den Schwestern. An den Stationsgebäuden entlang, den Weg zur Straße hinunter. Die meisten waren barfuß. Auch er und Siggi hatten vergessen, die Hausschuhe anzuziehen. Der Asphalt fühlte sich glatt und kühl an unter den Sohlen. Die Straße, die sie überquerten, lag still. Die Leitplanke, eine letzte Schranke. Sie stiegen darüber.

»Wo gehen wir hin?«, flüsterte Siggi.

Wiese. Das Gras war feucht. Es kitzelte an den Füßen.

»Weiß nicht«, sagte Jakob laut. Kein Grund mehr, leise zu sein. Kein Grund mehr, sich vor irgendetwas oder irgendjemandem zu fürchten.

»Warum?«, fragte Siggi.

»Warum was?«

»Warum weißt du nicht, wo wir hingehen?«

»Warum soll ich immer alles wissen?« Schließlich hatte er Siggi nicht gebeten, mitzukommen. Aber ohne Siggi wäre er jetzt auch nicht hier draußen. Er dachte daran, was Siggi vielleicht noch immer vorhatte.

»Hör zu, Siggi«, sagte er. »Vergiss das alles.«

»Was soll ich vergessen?«

»Dass Gott dich ruft und so.«

Ein leichter Wind kam auf. Die dünnen Hemden der Kinder flatterten, die Gewänder der Schwestern dagegen bewegten sich kaum.

»Du bildest dir das bloß ein«, sagte Jakob.

Sie gingen nebeneinander auf die Gleise zu: zwei parallele Linien, die im Licht vereinzelter Laternen schimmerten.

Siggi schwieg mit gesenktem Kopf. In seinem Gesicht zuckte es.

»Er spricht nicht mit dir«, sagte Jakob, nun etwas vorsichtiger.

»Tut er doch«, sagte Siggi trotzig.

»Nein, tut er nicht.«

»Doch«, schrie Siggi plötzlich, jetzt, da er die Gleise sah; es klang triumphierend: »Do-hoch!«

Er rannte voraus, mitten durch all die Kinder, auf die Bahngleise zu. Er stolperte, fing sich, zog im Weiterlaufen seine rutschende Schlafhose hoch bis unter die Arme.

Der Schotter knirschte. Jakob stürzte hinterher, die scharfkantigen Steine schnitten ihm in die Füße.

»Siggi!«

Siggi warf sich aufs Gleisbett, legte sich auf die Holzschwellen, breitete seine Arme aus. Sein Nacken lag auf der kalten Schiene. Jakob griff nach Siggis Arm, doch er schaffte es nicht, Siggi hochzuziehen. Er griff in Siggis Kniekehle, zog daran, dann an den Fußknöcheln, die über dem Stahl der anderen Schiene lagen.

»Steh auf!«

Siggi lachte, lachte wie irre. Jenseits der Gleise standen die Schwestern mit den zusammengescharten Kindern, das Licht, das von ihnen ausging, wurde schwächer und schwächer, die flatternden Hemden nur noch ein flüchtiger Nebel.

»Siggi, verdammt –«

Und plötzlich wusste Jakob, dass Anna nicht mehr kommen würde. Irgendjemand hatte Anna etwas angetan, sonst wäre sie dabei gewesen, bei den anderen Kindern; sonst hätte sie ihn zu Edith geführt, zu Edith, nicht hierher – er sah Annas tonlosen Schrei, er hörte, wie Siggi lachte. Das Licht, das sich jetzt näherte, kam aus der Ferne, es teilte sich, jetzt waren es zwei Augen, die näher und näher kamen. Augen, die durch ihn hindurchsahen. Augen, die größer und größer wurden. Böse Augen.

Siggi, der lachte und lachte.

Siggi, der sich einfach nicht von den Gleisen ziehen ließ.

XXV

Ada hatte mit Christian im Zug gestanden. Nicht in einem normalen Zug, sondern in einer historischen Eisenbahn mit offenen Waggons. Der Fahrtwind verwirbelte ihre Haare. Doch plötzlich kam das Keuchen und Schnaufen nicht mehr von der Dampflok, sondern von Hermann. Hermann lief dem Zug hinterher. Schon streckte er eine Hand nach der Haltestange des Waggons aus. Ada bemühte sich, ihre Bestürzung zu verbergen. Sie drehte Hermann den Rücken zu, so dass Christian ihn nicht sehen konnte. Während sie Christian lächelnd ansah, griff sie hinter sich und versuchte, Hermanns Finger aufzubiegen, um seine Hand von der Eisenstange zu lösen.

Sie bekam einen Finger zu fassen; ein Gefühl fast wie vor zwei Tagen, als sie sein Glied in der Hand gehabt hatte. Doch diesmal ekelte sie sich entsetzlich und konnte dennoch nicht loslassen, denn Hermann durfte auf keinen Fall in den Zug klettern.

Plötzlich das schrille Kreischen der Bremsen. Sie erschrak, und auch Hermann war so überrascht, dass er losließ. Er geriet zwischen die Räder. Dann war er weg.

Und sie – spürte nichts als Erleichterung.

Erst im Wachwerden wurde ihr klar, wie furchtbar der Traum war. Wie ungerührt sie zugesehen hatte, als Hermann überrollt worden war. Noch ganz benommen, setzte sie sich auf.

Aber es war auch kein Wunder, dass sie ihm den Tod wünschte. Natürlich nicht in Wirklichkeit, der Traum bedeutete ja nur, dass er aus ihrem Leben verschwinden musste. Einfach verschwinden.

Bisher hatte sie ein schlechtes Gewissen gehabt. Seit gestern Abend hatte sie Angst. Wie hatte er es nur wagen können, hier anzurufen? Was, wenn Christian ans Telefon gegangen wäre? Sie durfte gar nicht daran denken.

»Sie sind falsch verbunden.« Was für ein dummer Satz, der ihr da herausgerutscht war, bloß, weil er sie derart überrumpelt hatte.

»Aber Ada. Sie sind die einzige Ada in der Stadt.«

»Hören Sie, Hermann«, sagte sie – womit das *falsch verbunden* schon nicht mehr glaubhaft war –, doch er unterbrach sie: »Wann sehen wir uns wieder?«

»Ich … ich *kann* Sie nicht mehr treffen.«

»Sie müssen.«

Was für eine Ungeheuerlichkeit! Sie musste nur eines: Seine Worte vergessen. Ihn vergessen.

»Ich kann ohne Sie nicht mehr leben, Ada.«

»Natürlich können Sie das.«

»Das ist kein Leben ohne Sie.«

Was, wenn ein Mann wie Hermann *ihr* Leben zerstören würde?

Ada stellte die Füße auf den weichen Flor des Bettvorlegers. Sie legte den Oberkörper auf die Knie und stützte den Kopf in die Hände.

Christian drehte sich im Halbschlaf auf ihre Seite. Sie sah zwischen ihren Fingern hindurch, sah ihn an.

Christian verlieren? Wegen einer trostlosen, kleinen Affäre? Wie hatte sie sich nur darauf einlassen können!

Und woher wusste Hermann überhaupt ihre Nummer, hatte er das gesamte Telefonbuch durchsucht?

Christian räkelte sich.

Schnell richtete sie sich auf, er durfte sie so nicht sehen. Plötzlich wünschte sie sich, sie könnte ihm alles beichten, wie ein Kind, das etwas angestellt hat. Als ob dann alles gut werden würde.

Leise stand sie auf und schlich in die Küche. Vor der

Kaffeemaschine blieb sie stehen, mühsam beherrscht und doch so verwirrt, als stünde dort ein völlig neues, hochkomplexes Gerät.

Das Telefon klingelte.

Sie hatte es gewusst.

Die ganze Zeit hatte sie gewusst, dass das passieren würde.

Es klingelte und klingelte.

Sie war unfähig, sich zu bewegen.

Nun hörte sie Christians Schritte.

»Ja?«, hörte sie ihn sagen.

Langsam ging sie bis zur Küchentür, sah in den Flur.

Christian hatte Daumen und Zeigefinger der freien Hand an der Nase, zwischen den Augenbrauen. Hochkonzentriert sah das aus.

»Langsamer«, sagte er, »ich verstehe Sie sonst nicht.«

Lieber Gott, dachte Ada.

»Ja, natürlich ist es gut, dass Sie mich –«

Als er bemerkte, dass sie ihn beobachtete, wandte er sich ab. »Ja.«

Sie schlich ins Bad, schloss die Tür hinter sich, setzte sich auf den Rand der Badewanne. Rutschte zur Seite, als sie sich im Spiegel sah. Doch wie sie auch saß, ihrem eigenen Anblick konnte sie nicht entgehen.

Sie schloss die Augen.

Verschwinden. Einfach verschwinden. Eigentlich hätte sie sich doch fürchten müssen vor dem, was jetzt gleich, nach diesem Telefonat, geschehen würde. Aber sie spürte keine Furcht. Sie wollte nur verschwinden. Weg sein. Sie *konnte* nicht verschwinden, niemand konnte einfach so verschwinden. Sollte sie etwa aus dem Fenster des Badezimmers klettern und weglaufen?

Sie musste nachdenken, musste sich überlegen, was sie ihm sagen würde. Wie sie es ihm erklären würde. Aber sie war müde. Zu müde, um nachzudenken. Sie wollte schlafen. Einfach einschlafen. Einschlafen und nie mehr aufwachen. Nein, sie durfte sich nicht derart gehenlassen. Sie konnte nicht einfach einschlafen wie der Betrunkene im vergangenen Winter im Stadtpark. Der war wirklich nicht mehr aufgewacht. Er war erfroren. Ein ehemaliger Patient der Klinik. – Jetzt hörte sie wieder Christians Stimme. Sie klang ruhig und gefasst.

Was auch geschah, Christian blieb ruhig und gefasst. Jetzt redete er also über sie, ruhig und gefasst. So wie er sie auch zu Dr. Klinger geschickt hatte, ruhig und gefasst.

Ja, natürlich hätte sie weiter zu Dr. Klinger gehen sollen, statt … aber all sein Gerede von ihrem patenten oder potenten Wesen, was hatte sie davon? Wäre es nach Klinger gegangen, hätte sie am Ende, ganz patent und potent, auch bloß die Akten ihres Mannes sortiert. Genauso wie Klingers Frau; er hatte ihr davon erzählt, um sie anschließend zu fragen: ob sie das nicht *auch* tun könne, ihrem Mann bei der Büroarbeit zur Hand gehen? Zur Hand gehen. Sie wollte niemandem mehr zur Hand gehen, auch und erst recht nicht Christian.

Was immer sie tat oder tun wollte, Christian konnte es schon. Kannte es schon. Wusste es schon.

Und jetzt erfuhr er von dem einzigen Geheimnis, das sie je vor ihm gehabt hatte.

Sie lauschte.

Im Flur war es still geworden.

Also gut. Sie öffnete die Tür des Badezimmers.

Christian hatte das Telefon von der Kommode genommen. Das lange schwarze Kabel auf dem Teppichboden endete vor der Tür seines Arbeitszimmers. Die Tür war geschlossen.

Ada ging ins Wohnzimmer und zog, um irgendetwas zu tun, die Jalousien hoch. Sie sah den Weg bis zur Straße hinunter im schwachen Licht der Straßenbeleuchtung. Die Wiese dahinter im leichten Frühnebel und der beginnenden Dämmerung. Ein stehender Zug auf den Gleisen. Vereinzelte grelle Lichter von Feuerwehr- und Streifenwagen. Daneben Uniformierte: Polizisten, Bahnpolizisten, Feuerwehrleute.

Jetzt fiel ihr der Traum wieder ein. Sie und Christian im Zug, dann Hermann. Das Kreischen der Zugbremsen hatte nicht zum Traum gehört. Sie zuckte zusammen, als Christian sie an den Schultern fasste.

»Das war der Stationsarzt. Von der Geschlossenen«, sagte er.

»Deswegen?«

»Ja.«

Plötzlich musste sie weinen.

»Aber Ada …« Christian wirkte gerührt. Liebevoll und besorgt legte er den Arm um sie, was ihr guttat. Doch gleichzeitig fühlte sie sich umso schuldiger, weil seine Fürsorglichkeit ihr überhaupt nicht zustand. Was sie noch mehr verwirrte.

»So etwas kann immer passieren«, sagte er. »Wir können es nicht verhindern. Manche Patienten …«

Er versuchte tatsächlich, sie zu trösten.

»Ich weiß«, unterbrach sie ihn. Sie versuchte, ihre Stimme wieder in den Griff zu bekommen, sich selbst in den Griff zu bekommen, damit er aufhörte, sie zu trösten. Sie zu trösten, obwohl sie nichts als eine ungeheure Erleichterung spürte. Sie war erleichtert, obwohl sich da vorne, wenige hundert Meter vom Haus entfernt, ein Mensch das Leben genommen hatte.

XXVI

Vielleicht kam Ada ja schon in die Wechseljahre. Ihre Stimmungsschwankungen waren heftiger als jemals zuvor. Am Morgen war sie noch in Tränen aufgelöst gewesen, ganz weich und ihm zugewandt. Der Todesfall schien ihr nahegegangen zu sein.

Aber gerade eben, als er nach Hause gekommen war, hatte sie es nicht einmal mehr erwähnt. Die hektische Art, mit der sie um ihn herum hantierte, hatte etwas Vorwurfsvolles. Hätte sie das Essen nicht früher vorbereiten können, um rechtzeitig fertig zu sein?

»Wasch dir die Hände«, sagte sie zu Tom und setzte Luzie in den Kindersitz.

Mit fahrigen Bewegungen rührte Ada im Salat herum. Diese Schüssel aus dunkel gebeiztem Teakholz hatte er ihr zum Geburtstag geschenkt, mit passendem Besteck dazu. Man sollte Frauen eigentlich nichts für den Haushalt schenken, doch es war immerhin eine sehr schöne Schale aus edlem Holz. Adas Unruhe störte und irritierte ihn, gerade heute hätte er eine erholsame Mittagspause gebrauchen können.

»Neulich habe ich Hannes ein Eis gegeben.«

»Was sagst du?«

»Ich habe Hannes ein Eis gegeben«, wiederholte Ada, während sie ihm die Schüssel reichte. »Hat er noch nie im Leben Eis gegessen?«

»Doch. Schon oft.«

»Wirklich?«

»Den mag ich nicht«, sagte Tom. Den Kopf aufgestützt, schaute er lustlos auf seinen Teller.

»Den Salat?«, fragte Ada.

»Nein. Hannes.«

Christian wollte ihn ermahnen, sich ordentlich hinzusetzen. Aber Tom wirkte müde. Sein Ranzen lag neben dem Esstisch, offensichtlich hatte er ihn abgestreift und fallen lassen.

Wie sehr hatte Tom sich auf seinen ersten Schultag gefreut. Auch noch auf den zweiten und dritten Tag. Allmählich schien ihm klarzuwerden, dass es nun immer so weitergehen würde. Wie schnell war seine Unbeschwertheit verflogen, seitdem er im Trott der Schule lebte. Dabei hatte er keine Vorstellung davon, wie lange die Schulzeit wirklich war, die ihm bevorstand.

»Aber Tom«, sagte Ada. »Du weißt doch, dass Hannes krank ist.«

»Ich mag ihn trotzdem nicht.«

»Es kam mir vor, als hätte er noch nie ein Eis gegessen.«

»Wer?«, fragte Christian.

»Na, Hannes.«

»Wo denkst du hin?« Nun musste er doch ein wenig lächeln. Er hielt ihr die Schale mit dem Salat wieder entgegen. »Natürlich gibt es ab und zu Eis auf der Station. Hannes vergisst es bloß immer wieder.«

Der Gedanke, dass Hannes nie dazulernen würde, nie erwachsen wurde und insofern tatsächlich immer wieder sein erstes Eis aß, dieser Gedanke hatte etwas Bestechendes.

Das Telefon klingelte.

»Mein Gott, dauernd dieses Telefon!« Ada knallte die Schüssel auf den Tisch.

»Ich geh dran«, sagte er, um seinen guten Willen zu zeigen. »Sicher jemand von der Station.«

Aber Ada war bereits aufgesprungen und in den Flur gelaufen.

Er spürte, wie erschöpft er war. Den ganzen Morgen

hatte er versucht, Ruhe zu bewahren und auf der Station die Ordnung wiederherzustellen. Unter den Pflegern hatte es endlose Gespräche gegeben. Über Reinhardt, dem die beiden Patienten entwischt waren. Über die Frage, ob ihm Konsequenzen drohten – dabei tranken diejenigen, die sich nun lautstark über ihren Kollegen entrüsteten, während der Nachtwache selbst das eine oder andere Bier. Über Siggi und Jakob. Statt sich um die übrigen Patienten zu kümmern, denn es war nicht auszuschließen, dass jemand sich die beiden zum Vorbild nahm.

Wenn *eine* der Türen einmal offen ist, hatte Professor Leinen nach solchen Vorfällen stets gesagt, dann zieht es durch alle Stationen.

Die Zugluft war an diesem Morgen überall spürbar gewesen. Der Drang der Patienten abzuhauen, zu fliehen. In den Tod, so wie Siggi. Oder in die sogenannte Freiheit.

Dass Jakob derjenige war, der nun irgendwo da draußen herumirrte, wusste man erst seit ein paar Stunden. Siggi war kaum mehr zu identifizieren gewesen.

Es wurde geredet und geredet. Doch offensichtlich ging der Gesprächsbedarf unter den Ärzten nicht so weit, dass einer von ihnen ihm die Aufgabe abgenommen hätte, die Angehörigen zu informieren.

Der Rummel würde jetzt erst richtig losgehen. Die Vorfälle der letzten Nacht, das war genau das, was die meisten Leute sich unter Psychiatrie vorstellten: Selbstmörder, Entlaufene, diesmal sogar beides zusammen. Ein gefundenes Fressen, von dem die Journalisten nun, im wahrsten Sinne des Wortes, wochenlang leben würden. Man konnte sich angenehm gruseln und über die Zustände in der Klinik – auch wenn man sie gar nicht kannte – so richtig empören. All das in der schönen Gewissheit, nichts mehr damit zu tun zu haben, sobald man den Fernseher ausschaltete und die Zeitung beiseitelegte.

Ada kam vom Telefon zurück, lief am Esstisch vorbei in die Küche.

»Wer war es denn?«, fragte er.

»Ediths Lehrerin«, sagte sie, mit dem Rücken zu ihm, während sie das Essen aus dem Ofen holte.

»Ach. Und warum?«

»Edith war heute nicht da.«

»Deshalb ruft sie an?«

Ada trug die Auflaufform herein.

»Sie wollte wissen, ob es irgendwie mit dem Unglück zusammenhängt.«

»Unglaublich, wie schnell sich so etwas verbreitet«, sagte er.

»Ja. Wahrscheinlich war sie neugierig.«

»Und wo ist Edith? Ich dachte, sie kommt gleich aus der Schule?«

»Das dachte ich auch«, sagte Ada knapp.

»Sie hat … blaugemacht?«

»Sieht ganz so aus.« Ada streifte die Topflappen, die genaugenommen viel zu große Handschuhe waren, ab und legte sie neben sich. Er ahnte ihren unausgesprochenen

Vorwurf: Oft genug hatte sie sich beklagt, wie schwierig es mit Edith sei. Er war zu nachgiebig gewesen. Nachlässig. Und nun schlug Edith über die Stränge.

»Ich werde mit ihr reden«, sagte er. »Sobald ich dazu komme.«

Stumm verteilte Ada die überbackenen Makkaroni auf die Teller.

»Der Vormittag war ziemlich hart …«, fügte er hinzu, um ihr zu verstehen zu geben, dass all das selbst für ihn nicht so leicht zu verkraften war.

»Ich weiß«, sagte sie. »Entschuldige.«

Und, nach einer Weile: »Ich fühle mich auch nicht besonders gut.«

Sie war blass. Vielleicht lag es nicht an den Hormonen, womöglich hatte sie eine Anämie. Auch das gab es bei Frauen in ihrem Alter häufiger. Statt zu Klinger hätte er sie erst einmal zum Internisten schicken sollen.

XXVII

Einen harten Vormittag, den hatte *sie* auch gehabt. Wie oft das Telefon geklingelt hatte. Ausgerechnet heute. Heidi. Der Verwaltungsdirektor. Die Station. Wieder Heidi, die etwas vergessen hatte. Und jedes Mal hatte Ada ihre Erleichterung gespürt. Sie war noch einmal davongekommen.

Wenn er es nochmals wagen sollte, sie anzurufen, dann würde sie ihm in aller Härte klarmachen, dass es vorbei war.

Sie streifte die Topflappen-Handschuhe über und brachte die Auflaufform zurück in die Küche. Einen Moment lang fühlte sie sich wie mit Boxhandschuhen, in einer ganz neuen Stärke und Entschlossenheit. Wenigstens dazu war diese kurze Affäre gut gewesen.

»Wo könnte sie sein?«, fragte Christian, als sie zurückkam.

»Was?«

»Edith. Wo könnte sie sein?«

»Ich weiß nicht.« Ada setzte sich.

»Du hast die beiden doch zur Schule gefahren«, sagte er.

»Ja, ich wollte nicht, dass sie allzu viel davon mitbekommen.« Sie deutete mit dem Kopf zum Wohnzimmer, also in Richtung der Straße und der Bahngleise.

»Tom?«, fragte Christian. »Ist Edith mit dir in die Schule gegangen?«

»Ja.«

»Ich meine *hinein*, in das Schulgebäude?«

Tom zögerte.

»Ich werde sie zur Rede stellen«, sagte Ada und zog Toms Teller zu sich, um die Makkaroni noch etwas kleiner zu schneiden. »Sobald sie nach Hause kommt.«

»Ein Patient ist noch abgängig«, sagte Christian leise.

»Er ist *was*?«

»Es waren zwei Patienten, heute Nacht.«

»Ach. Und der eine …?«

»Ja.«

Ada legte das Besteck ab. »Was ist mit dem anderen?«

»Das wissen wir nicht.«

»Wer ist es denn?«

»Jakob. Ein junger Psychotiker«, sagte Christian, noch immer mit gedämpfter Stimme. Meist blendete Tom die Gespräche der Erwachsenen völlig aus, aber gerade dann, wenn er nicht zuhören sollte, spitzte er natürlich die Ohren. Ada schob ihm den Teller hin.

»Ist der schizo?«, fragte Tom.

»Wie kommst du darauf?«, fragte Christian.

»Wer bringt dir bloß solche Wörter bei«, sagte Ada.

Tom spießte Makkaronistücke auf.

»Edith?«, fragte sie.

Mit vollem Mund nickte er.

»Ach ja?«, sagte sie.

»Mhm. Edith hat gesagt, Jakob ist nicht debil, sondern höchstens –«

»*Was* hat sie?« Mit einem Ruck nahm Christian Tom den Teller weg.

Tom zuckte zusammen.

»Wo ist sie?«

»Weiß nicht!«

Christian packte Tom, riss ihn vom Stuhl.

»Christian!«, rief Ada erschrocken.

So hart hatte er die Kinder noch nie angefasst.

»Ist dieser … dieser Psychotiker gefährlich?«, fragte sie.

Es sah aus, als hätte er vergessen, dass das, was er da festhielt, ein Kind war. *Sein* Kind.

»Kann sein.«

»Du weißt es nicht? Aber … du kennst ihn doch?«

Christian schwieg.

Vorsichtig löste sie seine Finger von Toms Oberarm.

»Jedenfalls«, murmelte sie, »bekommst du *so* bestimmt nichts aus ihm heraus.«

Sie zog Tom zu sich. Und wieder klingelte das Telefon.

Diesmal versuchte sie nicht, vor Christian am Apparat zu sein. Es war nicht wichtig, wer anrief. Wichtig war jetzt nur eines. Sie schob Tom Richtung Küche, öffnete den Kühlschrank, nahm Butter, Eier, Milch heraus.

»Tom, hilfst du mir?«

Er nickte. Gleich darauf war er ganz mit dem Eierkarton beschäftigt.

»Du meinst also, Edith kennt diesen Jakob«, sagte sie beiläufig.

Tom klappte den Karton auf.

»Habt ihr über ihn gesprochen?«

Tom klappte den Karton wieder zu.

XXVIII

Er hätte das Telefonat nicht so schnell beenden dürfen. Er hätte Lüdke nach Edith fragen können, nein, fragen *müssen*. Wenn jemand Bescheid wusste, was im Gelände vor sich ging, dann war es Lüdke. Und selbst wenn er Edith nicht gesehen hatte, Lüdke hätte sofort die Kollegen und das Pflegepersonal informieren können, damit sie die Augen offen hielten.

Warum hatte er nichts gesagt? Nur, um Lüdkes Vertraulichkeiten zu entgehen?

Er hatte gehofft, Ada hätte inzwischen etwas aus Tom herausbekommen. Doch jetzt stand er in der Küchentür und sah bloß, wie sie Tom ein Sieb reichte, damit er Mehl hineinschütten konnte. Zusammen schüttelten sie das Sieb, während er selbst am liebsten Tom durchgeschüttelt hätte.

Er fing ihren Blick auf. *Lass mich das machen*, bedeutete dieser Blick.

»Schaust du bitte mal nach Luzie?«, fragte sie.

Luzie war über und über mit Tomatensauce verschmiert. Sie spielte mit den restlichen Makkaroni auf ihrem Teller, die nun eine Regenwurmfamilie waren: Die beiden längsten Nudeln hüteten, von Luzies Fingern bewegt, ihre Nudelkinder, die sich in der Mitte tummelten.

Wieder sah er wie gebannt zu Ada und zu Tom.

»Also, Edith hat … Jakob schon öfter getroffen«, sagte sie.

Tom schwieg.

Sie hielt ihm ein Messer hin. »Magst du die Butter in Stücke schneiden?«

»Ja.«

»Tom?« Noch hatte *sie* das Messer in der Hand. »Wo ist Edith?«

Er schwieg.

»Weißt du, wir machen uns Sorgen.« Sie legte das Messer zur Seite, hob Tom auf die Anrichte, schaute ihm ins Gesicht. »Du *musst* mir …«

Tom sackte immer mehr in sich zusammen.

Christian befürchtete, dass Ada nun doch die Beherrschung verlieren würde. Sie ließ Tom los, wandte sich kurz ab und atmete durch. Dann nahm sie ein Ei aus dem Karton.

»Du hast Edith versprochen, dass du nichts sagst, nicht wahr?«

Tom schwieg. Immerhin, er griff nach dem Ei. Vorsichtig hielt er es in beiden Händen.

»Ein Versprechen muss man halten«, flüsterte er schließlich.

»Da hast du recht«, sagte Ada. Sie schob die Rührschüssel näher. »Ein Versprechen muss man halten.«

»Aber Luzie nicht.«

»Luzie nicht?«

»Nein. Die ist zu klein dazu.«

Er schlug das Ei auf den Rand der Schüssel.

»Und du?«, fragte Ada.

Das Eigelb rutschte hinein. Die Hälfte des Eiweißes floss außen herab, sie wischte die weißliche Spur weg.

»Ich bin ja nicht krank im Kopf.«

»Wie kommst du denn darauf?«

»Wenn man zu klein ist oder krank im Kopf, kann man keine Versprechen halten.«

»Krank … wie Jakob?«

Tom zerdrückte die Eierschalen zwischen seinen Fingern. Ada fischte das, was davon in die Schüssel fiel, wieder heraus.

»Also, jemand, der krank ist, so wie Jakob«, wiederholte sie, »… auf den kann man sich nicht unbedingt verlassen.«

»Mhm.« Noch immer zerbröselte Tom die Eierschalen.

»Wenn du Edith etwas versprichst, musst du es natürlich halten. Normalerweise. Wenn es mit Jakob zu tun hat, dann kann es sein, dass –«

Christians Pager schlug Alarm. Kurz sah er zu seinem Kittel, der über dem Stuhl am Esstisch hing, dann wieder zu Tom, der irritiert den Kopf hob. Ada kam mit zwei Schritten zur Tür und schlug sie vor Christians Nase zu. Er prallte regelrecht zurück.

So hatte man die Tür noch nicht oft vor ihm verschlossen.

Den Pager ließ er einfach weiterpiepsen.

Als Edith auf die Welt gekommen war, da hatte die Hebamme ihn ähnlich grob hinausgeworfen, weil er in diesem Augenblick kein Arzt für sie gewesen war, sondern ein werdender Vater. Ein Mann, der unnütz im Weg stand. Der nur störte, so wie jetzt.

Der drängende Ton hatte jedoch auch Luzie aufgeschreckt, sie streckte ihm die Arme entgegen. Christian griff in die Kitteltasche und drückte, ohne hinzusehen, den Bestätigungsknopf des Pagers, hob Luzie aus dem Kindersitz und hielt sie dabei möglichst weit von sich weg, um sein Hemd sauber zu halten. Im Bad wusch er ihr notdürftig die Hände und das Gesicht. Spielerisch warf sie den Kopf gegen seine Brust und hinterließ nun doch einen roten Fleck auf dem Hemd, der bloß größer wurde, als er versuchte, ihn wegzuwischen. Egal, es gab Wichtigeres als sein Hemd. Er nahm Luzie mit in den Garten und setzte sie in die Wiese.

Dann zog er die Zigarettenschachtel aus der Hosentasche. Und hatte plötzlich Dianas orangefarbenes Feuerzeug in der Hand.

Schnell, fast reflexartig steckte er es wieder ein.

Als ob all das eine Strafe wäre. Dafür, dass er sich so weit entfernt hatte. Von Ada und den Kindern. Von seinen Patienten, seiner Arbeit. Von der Klinik. Überhaupt, von seinem ganzen Leben hier. Eine Strafe für seinen kurzen Ausbruch, für seine Tagträume von einem Leben ohne Verbindlichkeiten, Verpflichtungen und Verantwortung.

Als ob er dadurch Schuld auf sich geladen hätte. Als ob die alte Dame ihn bestrafen wollte. Als ob –

Nein. Das waren unlogische Gedanken, ausgelöst durch seine Schuldgefühle. Unverhältnismäßig große Schuldgefühle. Zwischen ihm und Diana war *nichts* passiert. Er durfte sich nicht in Phantasien darüber ergehen, was Edith passiert sein könnte. Er musste Ruhe bewahren. Nachdenken. Und dann handeln.

Doch so sehr er eine Zigarette brauchte, er scheute sich, Dianas Feuerzeug zu benutzen. Als ob er damit weiteres Unglück heraufbeschwören würde.

In diesem Moment öffnete sich die Küchentür.

Ada schob Tom durch den Flur Richtung Badezimmer, und sagte: »Wasch dir die Hände, und dann zeigst du Papa, wo das ist, ja?«

Sie waren beim Friedhof gewesen. Hinter der Kapelle. Am Waldrand. Nichts. Auch ohne jemanden direkt anzusehen, bemerkte Christian überall verwunderte Gesichter. Warum lief er, der Chefarzt, ausgerechnet jetzt mit seinem Sohn durch das Gelände, wo doch die ganze Klinik in Aufruhr war? Auf dem Rückweg kam ihnen ein Pfleger von der Geschlossenen entgegen. Christian nickte ihm bloß im Vorbeigehen zu. Gäbe es Neuigkeiten von der Station, hätte man ihn schon informiert.

In diesem Moment fiel ihm ein, dass sein Kittel mit dem Pager zu Hause hing. Er blieb stehen.

Gerade als er sich dazu durchgerungen hatte, umzukehren und den Pfleger anzusprechen, glaubte er, Edith vor der Cafeteria stehen zu sehen. Aber er hatte sich getäuscht. Es war eine Patientin. Der Pfleger verschwand um die Ecke. Ein Mann, den Christian natürlich kannte; doch sein Namensgedächtnis versagte wieder einmal, und er konnte sich nicht überwinden, dem Pfleger irgendetwas hinterherzurufen. Nun versäumte er eine weitere Gelegenheit, nach Edith zu fragen, weil er sich schämte!

Tom wurde müde, weinerlich. Auf dem letzten Stück bis zum Haus zog Christian ihn hinter sich her. Er brachte Tom zurück zu Ada. Bisher hatte er nur wertvolle Zeit vertan, den unteren Teil des Klinikgeländes wollte er allein ablaufen.

Der Zug stand noch immer auf dem Gleis.

Die Anwohner standen an der Straße. Es war immer das Gleiche. Nachts oder frühmorgens wurden sie aus dem Schlaf gerissen. Das Kreischen der Bremsen und der Knall, wie eine Explosion. Das Geräusch des Schotters, der gegen Eisen schlug. Und schließlich Stille.

Verschlafen sahen sie aus den Fenstern. Dann traten sie aus ihren Häusern. Anfangs schwiegen sie, schockiert und betroffen, müde und gleichzeitig aufgeschreckt. Sie kamen nur ein paar Schritte näher, bis an den Rand der Straße. Das war nah genug, um das Grauen zu erleben, und doch so weit entfernt, dass man die Details nicht erkennen konnte. Es war wie eine unsichtbare Grenze; niemand hielt es für nötig, den Unglücksort abzusperren, denn instinktiv blieben alle diesseits der Grenze. Alle, die sie nicht von Berufs wegen überschreiten mussten. So wie der Bestatter, der nun das Gebiet im Umkreis von hundert Metern absuchte. Man sah den großen blauen Beutel, den er mit ausgestrecktem Arm trug. Der furchtbare

Geruch, den Christian nur zu gut kannte, war nicht bis hierher wahrnehmbar. Der Geruch von verbranntem Fleisch. Beim bloßen Gedanken daran rebellierte sein Magen.

Am liebsten wäre er all diesen Leuten aus dem Weg gegangen. Aber vielleicht war Edith hier? Vor allem Frauen standen auf dem Bürgersteig. Die Mütter redeten miteinander. Wer ein Kleinkind auf dem Arm hatte, drehte sich so, dass es nicht in Richtung des Zuges sehen konnte. Eine Frau kam mit einer Thermoskanne und drei Tassen zurück zu ihren Nachbarinnen.

Nur eine Person stand abseits, allein. In einem blaukarierten, viel zu großen Hemd.

Christian lief auf sie zu.

»Was machst du hier?« Er war so erleichtert, dass er sie umarmte. Dabei roch er ihre frisch gewaschenen Haare. Wie oft wartete er morgens vor der verschlossenen Badezimmertür, gereizt und ungeduldig, und wie froh war er jetzt über den Geruch ihrer frisch gewaschenen Haare.

Schnell ließ er sie wieder los, weil ihm klarwurde, dass er sie nicht umarmt, sondern sich einen Moment lang an ihr festgehalten hatte.

»Warum … warum bist du nicht in der Schule?«

Edith schaute weiter zu dem Zug. Ihr Gesicht war blass, im harten Kontrast zu ihren schwarz geschminkten Augen.

»Ich wollte wissen, ob ich das kann«, sagte sie.

»Ob du *was* kannst?«

»Es mir ansehen.«

»Wie meinst du das?«

»Na, wenn ich Ärztin werden will, muss ich wissen, ob …«

Nun wandte sie den Kopf zu ihm – und verstummte. Sie starrte auf sein Hemd.

»Tomatensauce?«, fragte sie.

»Was? Ach so.« Er wischte an dem Fleck herum.

»Na, dann ist ja gut.«

»Du … willst Ärztin werden?«

»Das weißt du doch.«

Christian konnte sich nicht erinnern, das je von ihr gehört zu haben; aber es war wohl nicht der Moment, darauf einzugehen.

»Und? *Konntest* du es sehen?«, fragte er stattdessen.

»Sie haben mich hierhergeschickt«, sagte sie. »Zu den anderen.«

Empörung lag in ihrer Stimme, vielleicht sogar Verachtung, in Anbetracht der Frauen um sie herum.

»Weißt du …« – sanft zog er Edith ein Stück weiter –, »du musst dir das nicht ansehen, bloß weil du Ärztin werden willst. Niemand überlebt so etwas. Warum sollte man einen Arzt rufen?«

»Du musst auch dorthin.«

»Nein.«

»Nicht?« Sie schien sehr erstaunt darüber. »Aber … es ist ein Patient von dir?«

»Ich kann nichts mehr für ihn tun. Im Moment kann ich dort überhaupt nichts tun.« Normalerweise wäre er zwar zum Gleis gegangen, wenn auch nur, um Präsenz zu zeigen, doch jetzt war es wichtiger, bei Edith zu sein.

Sie ging neben ihm, die Arme vorm Körper verschränkt. Schließlich sagte sie: »Es passiert oft, nicht wahr?«

»Ein- bis zweimal im Jahr.«

»Und … wie ist es?«

»Wie ist was?«

»Geht es schnell? Ist man … schnell tot?«

»Ich denke schon. Aber genau weiß ich es natürlich nicht«, sagte er und lächelte bemüht. »Ich meine, niemand hat je davon erzählen können.«

Er brauchte endlich eine Zigarette, auch um seine Übelkeit zu bekämpfen. Als er die Zigaretten und Dianas Feuerzeug aus der Tasche zog, dachte er daran, wie er abends mit ihr durch die Stadt gelaufen war, ohne zu wissen, wohin. Weil es nur darauf angekommen war, sich zu bewegen. Genauso ging er jetzt mit Edith einfach immer weiter geradeaus.

Seltsam, sie erinnerte ihn an Diana. Oder erinnerte Diana ihn daran, dass Edith kein Kind mehr war? Ediths Stimme eben, ernst und drängend, als ob sie in jedem Satz darauf beharren wollte, nicht mehr wie ein Kind behandelt und geschont zu werden.

Plötzlich fiel ihm ein, dass Ada Tom und Edith genau deshalb zur Schule gebracht hatte: um ihnen diesen Anblick zu ersparen.

»Woher wusstest du davon?«, fragte er und zündete die Zigarette an.

»Wenn Mama den anderen Weg fährt, ist ja klar, was passiert ist.«

»Den anderen Weg?«

»Durch das Klinikgelände.« Edith deutete hinter sich. »Und erst hier, bei der Gärtnerei, zur Hauptstraße.«

Ohne dass er darauf geachtet hatte, waren sie am Portal vorbeigegangen und an den letzten Stationsgebäuden, die hinter den Grünanlagen kaum zu sehen waren. Auch die Gärtnerei, an der entlang dieser *andere* Weg bis hierher zur Straße führte, hatten sie hinter sich gelassen.

Vor ihnen lagen die ersten Häuser, die nicht mehr zu den Wohnblocks für die Angestellten gehörten. Hier lebten Menschen, die nicht in der Klinik arbeiteten. Menschen, die nichts mit der Klinik zu tun hatten und die er nicht kannte. Es waren unbelebte Häuser mit nichtssagenden Fassaden und nur halb hochgezogenen Fensterläden. Geradezu gleichmütig sahen diese Häuser aus. Wer von hier aus morgens zur Arbeit fuhr und erst am Abend wiederkam, hatte gar nichts von dem Zugunglück mitbekommen. Ein merkwürdiger Gedanke.

Erst jetzt wurde ihm bewusst, dass Edith keine Ahnung hatte, *wer* da auf den Gleisen lag. Wenn das stimmte, was Tom erzählt hatte, dann kannte Edith nicht nur Jakob – den man sicher in den nächsten Stunden finden würde –, sondern auch Siggi.

Wie würde sie das verkraften?

Er betrachtete ihr Gesicht. Die langen blonden Haare und ihre dunklen Augen waren die einer jungen Frau, doch die Wangen und das weiche Kinn wirkten noch immer kindlich.

Vorgestern hatte auf seinem Poststapel ein Umschlag ohne Absender gelegen, mit maschinengetippter Anschrift. Innen ein handgeschriebener Brief. Die Unterschrift, weit ausholend und schön geschwungen wie in Dianas Büchern, hatte er gleich wiedererkannt. Sie würde also wegziehen und weiter studieren. Es war ein Abschiedsbrief.

Er solle sie nicht unterschätzen. Ich glaube, hatte sie geschrieben, du unterschätzt die Menschen in deiner Umgebung.

Hatte er auch Edith bisher unterschätzt?

»Ich bin zurückgelaufen«, sagte sie.

»Von der Schule bis hierher?«

»Früher bin ich oft zu Fuß gegangen.«

»Warum das denn?«

»Um das Geld für die Wochenkarte zu behalten.«

»Das ist aber ein ganz schön langer Weg.«

»Fünf Mark in der Woche sind auch ganz schön viel Geld.«

Manchmal war es kaum zu glauben, dass dieses kluge, selbstbewusste Mädchen seine Tochter war. »Hast du es Mama erzählt?«, fragte er.

»Nein. Du verpetzt mich nicht, oder?«

»Natürlich nicht.«

»Jetzt muss ich ja meistens mit Tom nach Hause fahren. Und wenn ich zweimal in der Woche eine Einzelkarte löse, lohnt es sich schon nicht mehr.«

Christian lächelte. Gleichzeitig quälte ihn die Vorstellung, dass der Pager in der Kitteltasche nun vergeblich piepste. Er konnte die Funksignale geradezu *spüren*. Doch er spürte auch, wie viel Angst er noch vor wenigen Minuten um Edith gehabt hatte. Nun ging sie neben ihm. Das war das Wichtigste.

Er musste mit ihr über Siggi reden. Und dann zurück in die Klinik. Also blieb er stehen, warf die Kippe auf den Boden, drückte sie aus.

»Edith«, begann er. »Wenn jemand nicht mehr …«

»Was würdest du tun«, unterbrach sie ihn, »wenn du etwas gesehen hast, was nicht sein *kann*?« Auch sie war stehengeblieben.

»Was denn zum Beispiel?«

»Zum Beispiel, dass ein Pfleger im Wald mit einer Patientin …«

»Ein Pfleger?«

»Ja.«

»Was macht ein Pfleger im Wald mit –«

»Du weißt schon«, sagte sie.

»Aber wie kommst du –«

»Ein Pfleger«, wiederholte sie. »Oder ein Arzt. Was würdest du tun?«

Er war verwirrt. Sie hatte ihn völlig aus dem Konzept gebracht.

»Ich habe mich schon gefragt«, fuhr sie fort, »ob das sein kann. Ob es wirklich so war.«

»Und?«

»Angenommen …« Ihr Gesicht rötete sich. Erst jetzt ging ihm allmählich auf, wovon sie redete.

»Ja …?«

»Angenommen, wir haben ihn nur ganz kurz gesehen.«

»Wir wissen also nicht, *wer* es war?«, fragte er.

»Nein.«

»Woher wissen wir dann –«

»Er trug einen Kittel. Es war ein Arzt oder ein Pfleger.« Sie wurde immer atemloser. Je hastiger sie sprach, umso langsamer tastete er sich vor.

»Und … obwohl wir ihn nur kurz gesehen haben, glauben wir also, dass die beiden –«

»Sie hatten eine Wolldecke dabei.«

»Aber woher wissen wir«, fragte er vorsichtig weiter, »dass es eine Patientin war?«

Edith schwieg. Natürlich war es eine Patientin. Niemand sonst würde es im Wald auf einer Wolldecke tun. Niemand, der ein Zuhause und ein Bett hatte. Auch nicht, wenn es eine Affäre war, dafür gab es Hotelzimmer.

Eine Wolldecke. Die Frau war also nicht vergewaltigt worden, sondern zu einer Verabredung gegangen.

Christian zündete sich eine weitere Zigarette an. Rauchte in tiefen Zügen.

»Bist du dir sicher?«, fragte er.

»Ja.«

»Würdest du den Mann wiedererkennen?«

»Nein.« Edith schüttelte den Kopf. Dann lief sie einfach weiter.

Christian hatte schon verstanden. Sie würde den Mann nicht erkennen, weil sie ihn nicht erkennen *wollte*. Wie auch? Sollte er etwa alle Männer in der Klinik antreten lassen und mit Edith die Reihen abgehen?

Wer hatte so etwas nötig? Und wer ging – abgesehen von allem anderen – so ein Risiko ein?

Nicht einmal in Gedanken wollte er die Reihen abgehen und sich vorstellen, wem so etwas zuzutrauen war. Er kannte jeden in der Klinik. Jeder kannte jeden. Jeder, der hier arbeitete, sah seine Kollegen und die Patienten häufiger als seine eigene Familie. Die Menschen in der Klinik wurden zur Familie. Jeder, der hierherkam, egal aus welchem Grund, wurde Teil dieser Familie. Die große alte Dame scharte alle unter ihrem abgetragenen Mantel. Darunter war es muffig-warm, eng, aber man gewöhnte sich daran. Und schließlich konnte man sich kaum noch vorstellen, darunter wieder hervorzukriechen. Ständig gab es Gerüchte um Beziehungen unter den Angestellten. Verhältnisse. Ehedramen. Doch das interessierte ihn nicht.

Für die Patienten aber trug er die Verantwortung. Paare, die sich zu jeder Jahreszeit im Freien lieben mussten, weil es nirgendwo einen Raum für sie gab. Geistig behinderte Frauen, die ungewollt schwanger wurden, obwohl sie nach Ansicht der Pflegekräfte gar kein Liebesleben hatten.

Und dann die Geschlechtskrankheiten. Lüdkes Antrag lag auf dem Tisch, Kondomautomaten auf allen geschlossenen und halboffenen Stationen, endlich wurde ernsthaft darüber diskutiert. Und jetzt so ein Vorfall. Es würde einen Skandal geben. Es würde Lüdkes Projekt verzögern, wenn nicht gar gefährden.

Die Straße, die nach rechts abzweigte, führte zum Industrieviertel. Zur Fabrik, in der Patienten Konserven in Umkartons verpackten. Der Widerstand gegen das Wohnheim, das neben der Fabrik gebaut werden sollte, wuchs. Ein Arbeitskreis von Kollegen, Angehörigen und Menschen, die sich die »Psychiatrieerfahrenen« nannten, hatte sich gebildet. Sie kämpften dagegen, dass die Patienten werktags nicht mehr zu ihren Stationen zurückkehren, sondern noch länger in der Fabrik arbeiten sollten. Sie kämpften dagegen, dass man versuchte, die Patienten immer weiter auszubeuten, statt ihnen ein menschenwürdiges Leben zu ermöglichen.

Was, wenn es nun heißen würde, dass man sie – Schutzbefohlene, abhängige, psychisch kranke Menschen – in der Klinik in einem viel größeren Ausmaß ausbeutete? Dass es unter solchen Umständen ja wohl besser sei, sie im Wohnheim unterzubringen?

Die Patienten lebten zu weit entfernt von ihrem ursprünglichen Zuhause. Sie verloren ihre familiären Bindungen und damit jeden Rückhalt. Die Angehörigen hatten oft nicht das Geld und die Kraft, herzukommen. Für manche war es eine Tagesreise. Und *wenn* sie kamen, waren sie von dem, was ihnen hier begegnete, schlichtweg überfordert.

Ohne es recht zu merken, hatte Christian die Zigarette zu Ende geraucht. Und hätte sich gerne gleich die nächste angezündet.

Er dachte an Bertha. Lange bevor er in der Klinik angefangen hatte, war sie eingewiesen worden. Ihre Eltern waren sicher schockiert gewesen angesichts der ersten psychotischen Schübe. Aber irgendwann vielleicht auch entlastet. Bertha war *krank*. Das war zwar schlimm, doch sie selbst hatten sich nichts vorzuwerfen. An einer Krankheit trug niemand die Schuld. Bertha war und blieb in der *Anstalt*, auch das war schlimm, doch nichts erinnerte mehr an die alte, frühere Schande. Nichts erinnerte mehr an das, was man Bertha angetan hatte.

Edith wandte sich um. »Weiter können wir jetzt nicht«, sagte sie.

Sie waren vor dem Schulgelände angekommen. Vor ihnen eine rot-weiße Schranke. Der Fußweg dahinter führte zum Hauptgebäude, rechts davon lag der Sportplatz. Durch die Bäume hindurch sah man die Rundbahn und die ausgetrocknete Rasenfläche.

»Falls noch ein paar Lehrer unterwegs sind. Ich hab heute gefehlt, schon vergessen?«

Unter den Platanen, hinter dem Fußballtor standen Bänke. Christian fühlte sich plötzlich so müde, dass er sich nur noch setzen wollte.

»Hier sieht uns niemand, oder?«

»Hoffentlich.« Edith blieb neben der Bank stehen.

Nein, es war nicht nur Müdigkeit und Erschöpfung, er war deprimiert wie selten. Ein Gefühl von Enge und Unausweichlichkeit erfasste ihn oft in den ersten Septembertagen, wenn der Sommer – die leichteste Zeit in der Klinik – spürbar zu Ende ging. Doch diesmal erschien es ihm heftiger als je zuvor. Alles geriet aus den Fugen. Ada hatte recht, er hatte wirklich keinen Abstand mehr.

»Edith?«

»Ja?« Erst jetzt setzte sie sich neben ihn.

»Wäre es dir lieber, wir würden woanders wohnen?«

Wieder verschränkte sie die Arme vor dem Körper. »Mir wäre es lieber, ihr würdet nicht mehr darüber streiten.«

»Wir könnten wegziehen.«

»Nicht wegen mir«, sagte sie.

»Und … wegen Tom und Luzie?«

»Schau mal da hoch.« Sie deutete auf die Äste der Platane, unter der sie saßen.

Christian blinzelte nach oben, ins dichte Laub. Darin hingen Schuhe. Jede Menge Schuhe. Turnschuhe. Paarweise und in Trauben, wie überreife Früchte, alte und neue, in allen Größen. Schuhe über Schuhe.

»Wer macht so etwas?«, fragte er.

»Die Großen.«

»Und warum?«

»Einfach so.«

»Sie machen das … aus Spaß?«

»Ja. Sie werfen sie in die Äste, wenn sie kaputt sind.

Oder wenn sie nicht mehr passen. Aber das ist nicht das Problem.«

»Sondern?«

»Sie haben angefangen, den Kleinen ihre Schuhe wegzunehmen.«

Selbst die Schuhe in den untersten Ästen hingen viel zu hoch, als dass Christian sie hätte erreichen können.

»Siehst du, da«, sagte Edith. »Die gehören Tom.«

Die Schuhe sahen neu aus. Sie waren kleiner als die meisten anderen.

»Er schwänzt den Turnunterricht, weil er sich nicht traut, es jemandem zu sagen.«

»Aber –«

»Beim ersten Mal hat er noch barfuß mitgeturnt. Beim zweiten Mal gab es Ärger mit der Lehrerin. Letzte Woche hat er einfach gefehlt.«

»Warum hast *du* es uns nicht gesagt?«

»Weil er das nicht wollte.«

»Warum?«

»Warum wohl.«

Gerade noch war Edith ihm so nah gewesen. Jetzt streifte ihn dieser Blick, den er so gut von Ada kannte. Dieser *Du-hast-ja-keine-Ahnung*-Blick.

»Weil er sich schämt«, sagte sie.

»Aber … die Sportlehrer müssten es doch bemerken.«

»Vergiss es.«

»Sie müssten nur nach oben sehen!«

»Tun sie aber nicht. Sie sehen einfach nicht nach oben.«

Christian stand auf. Er wollte diese Schuhe, Toms Schuhe, vom Baum herunterholen. Sofort. Doch selbst wenn er danach angeln würde – die Schnürsenkel hatten sich völlig im Geäst verknotet, man hätte sie abschneiden müssen. Es war aussichtslos. Trotzdem sah er sich suchend um, nach einem Stock oder etwas Ähnlichem.

»Du musst zurück, oder?«

Einen Moment lang hatte er es vergessen. Es war ein eigenartiges Gefühl, dass Edith ihn daran erinnerte.

»Ja«, sagte er. Und setzte sich wieder. Am liebsten wäre er ewig so sitzen geblieben.

»Edith, es tut mir furchtbar leid. Ausgerechnet heute –«

»Schon gut, Papa.«

Papa. Wie lange hatte sie das nicht mehr gesagt. Ein vertrauter Tonfall lag darin, etwas Kindliches. Und gleichzeitig eine ungewohnte, irritierende Fürsorglichkeit. Während über ihm die Schuhe seines Sohnes hingen, wie zum Hohn. Er hatte Tom nicht schützen können. Auch Edith hatte er nicht schützen können.

»Was ist mit *dir*?«, fragte er.

»Du meinst … deswegen?« Wieder deutete sie nach oben.

»Ja.«

»Ich hab das schon hinter mir«, sagte sie. Es klang ein wenig altklug. »Mir nimmt keiner mehr die Schuhe weg.«

»Und Tom?«

»Kauf ihm welche mit Klettverschlüssen.«

»Was würde ich bloß ohne dich tun.«

Aus Angst, die Fassung zu verlieren, stand er auf und wandte sich in die Richtung, aus der sie gekommen waren.

»Da vorne hält der Bus«, sagte Edith. »Den können wir nehmen.«

Sie gingen zurück, an der Schranke vorbei und weiter bis zur Haltestelle.

»Nein«, sagte sie. »Ich will nicht wegziehen. Woanders ist es auch nicht besser.«

Edith sah auf den Fahrplan.

»Und?«, fragte er.

»Der nächste kommt in zehn Minuten.«

Sie ging bis zur letzten Reihe, ließ sich auf den Sitz fallen und rutschte so weit zur Seite, dass der Fahrer sie im Rückspiegel nicht mehr sehen konnte. Während der Bus anfuhr, lehnte sie ihre Stirn an die Fensterscheibe und schaute noch einmal zum Hauptportal.

Die Sandsteinfassade leuchtete im warmen Licht der schon herbstlich tiefstehenden Sonne. Ocker, orange, rostrot. Die Fensterbögen schimmerten messingfarben. Davor die Kastanienbäume mit ihren gelben, rotbraun geränderten Blättern – der Mantel der alten Dame wirkte in diesem Licht wie aus Brokat.

Was für ein Wetter.

Wie stolz wäre Siggi gewesen auf so ein Wetter.

Edith sah zurück, bis die Gebäude immer kleiner wurden und schließlich verschwanden. Dann zog sie die Sonnenbrille aus ihren Haaren und setzte sie auf. Bei aller Trauer und Melancholie, sie war erleichtert, von hier wegzukommen.

All diese Fotos auf ihrem Handy. Fotos von dem Riss in der Haustür und dem eingeschlagenen Schlafzimmerfenster. Von dem überwucherten Garten, den Brombeerhecken, dem Loch im Zaun. Vom verwahrlosten Friedhofsgelände und der noch immer schönen Kapelle. Fotos von den leerstehenden Stationsgebäuden im rückwärtigen Teil des Geländes. Von der verwaisten Cafeteria. Von der neuen Bäckerei im vorderen Trakt und der kleinen psychiatrischen Abteilung.

Die Frau, die mit ihr eingestiegen war und ihr jetzt gegenübersaß, sah aus wie eine Krankenschwester. Sie trug eine Steppweste, die Haare zusammengebunden, eine Korbtasche auf dem Schoß.

Wie wäre es, sie zu fragen? Ob die Patienten es heute besser hatten? Doch die junge Frau wusste vermutlich nur, wie es heute war, wahrscheinlich wusste sie nichts von damals. Damals. Was war das für eine unsinnige Sehnsucht nach dem *Damals,* das es in Wirklichkeit nie gegeben hatte, weil sie sich dieses *Damals* erst später zurechtgelegt hatte; später, nachdem all die zukünftigen Dinge, vor denen sie sich gefürchtet hatte als Kind, doch nicht eingetroffen waren. Zum Beispiel, dass die Eltern sich trennen. Wie viel Angst hatte sie davor gehabt. Vielleicht wäre es besser gewesen, sie hätten sich tatsächlich getrennt.

»Edith? Wo bist du?«

»Vor meiner Schule.«

»Wolltest du nicht zum Grab deines Vaters?«

»Nein. Ich glaube nicht, dass ich ihm dort näherkomme. Ich war bloß auf dem Friedhof der Klinik.«

»Und?«

»Es ist alles verwildert. Die Kreuze sind verschwunden, ein paar von den Grabsteinen stehen noch. Von den Parkbänken sind nur die Betonsockel übrig. Trotzdem, mein Vater wäre bestimmt lieber da oben beerdigt.«

»Bei den Patienten?«

»Ja, wie die Psychiater vor ihm. Sie haben fast ihr ganzes Leben in der Klinik verbracht und wollten dort auch begraben sein.«

»Und jetzt bist du an deiner alten Schule?«

»Ich hab den Bus genommen, wie früher. Alles sieht noch genauso aus, bloß die Kinder sind anders.«

»Natürlich sind das andere Kinder.« Er lacht.

»Nein, ich meine, sie bewegen sich irgendwie freier, selbstverständlicher. Das sind gar keine Kinder, das sind kleine Erwachsene. Viel selbstbewusster als wir damals waren.«

»Meinst du?«

»Naja. Vielleicht bilde ich es mir nur ein. Ich kenne mich nicht aus mit Kindern.«

Warum ist sie auch hierhergefahren. Da, wo früher der Sportplatz war, da, wo sie damals mit Vater gesessen hatte, steht nun ein flacher Neubau. Die Schüler, die aus dem Gebäude kommen, laufen an ihr vorbei.

»Ich glaube, sie arbeitet nicht mehr hier.«

»Wer?«

»Diese Frau. Die Frau, mit der mein Vater ein Verhältnis hatte.«

»Er hatte ein Verhältnis?«

»Sie haben sich Briefe geschrieben. Jahrelang.«

»Woher weißt du das?«

»Ich hab sie gefunden, letztes Jahr, nach seinem Tod.« Nur *ihre* Briefe. Vater – im Spiegel all dieser Briefe.

»Und sie war Lehrerin an deiner Schule?«

»Ja, aber erst später, als ich nicht mehr dort war. Sie ist wieder hierhergezogen, um in seiner Nähe zu sein. Wegen ihm hat sie sich versetzen lassen, und ausgerechnet danach hat er den Kontakt beendet.«

»Ach.«

»Hunderte von Briefen. Wenn meine Mutter davon wüsste, es wäre furchtbar für sie. Nicht einmal meinen Geschwistern habe ich es erzählt.«

»Warum nicht?«

»Ich weiß nicht. Weil ich immer dachte, ich bin die Einzige, die meinen Vater versteht. Vielleicht *wollte* ich die Einzige sein, die ihn versteht. Früher wollte ich sogar Ärztin werden.«

»Du?«

»Denkst du, ich wäre keine gute Ärztin geworden?«

»Schon …«

»Gib dir keine Mühe.« Diesmal lacht sie. »Nein, es ist besser so. Ich wäre es nur ihm zuliebe geworden. Damit er stolz ist auf mich.«

»Das war er doch sicher.«

»Als ich von dieser Frau erfahren habe, da hatte ich das Gefühl, er hat in all den Jahren eher mich betrogen als meine Mutter.«

»Warum das denn?«

»Er war nie für mich da. Er war immer irgendwo in der Nähe, auf der Station, bei den Patienten, in Besprechungen. Oder in seinem Arbeitszimmer. Aber nie wirklich da.«

Dort, in seinem Arbeitszimmer, hatte er sie und Mama, Tom und Luzie, hatte er sie alle betrogen. Mit Worten. Mit Worten, die zu immer weiteren Worten und Antworten von dieser Frau geführt hatten. Mit Worten, die sie, Edith, nie erfahren würde.

»Warum hat er sich nicht von deiner Mutter getrennt?«

»Wahrscheinlich hat er sich eingeredet, wenn er nicht mit dieser Frau schläft, dann betrügt er meine Mutter auch nicht.«

»Er hat nie mit ihr …?«

»Nein.«

»Woher weißt du das?«

»Ich hab die Briefe gelesen. Alle.«

»Und deine Mutter, glaubst du, *sie* hat jemals –?«

»Meinen Vater betrogen? Nein, das hätte sie nie getan. Dafür war sie viel zu prüde.«

»Wie war sie so?«

»Wer? Diese Frau?«

»Nennst du sie immer *diese Frau*?«

»Wie sonst?«

»Nein, nicht diese Frau. Deine Mutter.«

Mutter. Mit dem Rücken zu ihr vor der Anrichte in der Küche. Oder wie sie die Rosen anschneidet. Oder am Bügelbrett steht. Oder im Garten vor den Beeten kniet. Rückenansichten.

»Wie war sie?«

»Ich weiß es nicht.«

Ein Foto von ihr auf Vaters Schreibtisch, eines, auf dem sie sehr jung ist. Mit wehenden Haaren. Eines, auf dem sie lebendig aussieht.

Und darunter, in der Schublade, Briefe über Briefe.

»Diese Frau hat ihn sehr beeinflusst. Vielleicht hätte er sich ohne sie gar nicht so stark gemacht für die Reformen.«

Unter den Briefen: ein altes, kopiertes Blatt. Ein offenes Schreiben. *Wider die sogenannte Dezentralisierung. Für den Erhalt der Klinik.* Mitunterzeichnet von Siegel, dem Verwaltungsdirektor.

»Er hat später die Auflösung der Klinik vorangetrieben, gegen alle Widerstände. Manche haben die Verlegungen der Patienten als Deportationen bezeichnet.«

»Wirklich?«

Vater hatte einen Satz auf diesem Blatt unterstrichen: *»Ärzte wie Professor Neumann, Ärzte, die vormittags ein*

Mahnmal einweihen, um der Kranken zu gedenken, die zur NS-Zeit von unserer Klinik abtransportiert wurden, dieselben Ärzte bereiten am Nachmittag neue Deportationen vor.«

»Wo kamen die Patienten denn hin?«

»In Heime. Oder zurück in ihre Familien. Manche wurden obdachlos. Hannes ist immer wieder zur Klinik gelaufen. Über dreißig Kilometer. Es ist unbegreiflich, dass er den Weg überhaupt gefunden hat.«

»Wie furchtbar.«

»Ja. Für diejenigen, die nichts anderes kannten, war es furchtbar.«

Die Schneckenfabrik wurde abgerissen, Bertha hatte nie dort arbeiten müssen. Aber sie hatte auch nie mehr in einer Küche arbeiten können. Als Vater sie einmal im Heim besuchte, war sie so übergewichtig geworden, dass sie sich kaum noch bewegen konnte. Er war sehr bedrückt gewesen, als er davon erzählte. Vater. Schon wieder und immer wieder ihr Vater.

»Entschuldige, wir reden dauernd von mir. Wie war dein Tag? Gut?«

»Ja«, sagt er, »ganz okay.«

An der Haltestelle hängt kein Busfahrplan mehr. Stattdessen eine elektronische Anzeigetafel, sie kann die Abfahrtzeiten von hier aus lesen. Der nächste Bus fährt in sieben Minuten.

»Holst du mich morgen vom Flughafen ab?«

»Sicher.«

»Wie schön.«

Nein, sie wird nicht den Bus nehmen. Sie wird noch ein paar Fotos machen und dann zu Fuß zum Hotel zurückgehen.

Glossar

Antipsychiatrie – Die »Antipsychiatrische Bewegung« prangerte seit den 1960er Jahren Missstände in Kliniken sowie die dort herrschenden Machtstrukturen an. Die klinische Diagnostik wurde als ein politisches und soziales Instrument angesehen, um unbequeme Menschen gesellschaftlich dauerhaft auszugrenzen, die Psychiatrie als Institution wurde grundsätzlich in Frage gestellt.

Arbeitspatienten – Eine bis zur sogenannten Psychiatriereform geläufige Bezeichnung für Patienten, die in der Pflege, bei der Reinigung oder in der Küche bestimmte Aufgaben übernahmen und dafür Privilegien wie Taschengeld und Ausgang erhielten.

»Ballastexistenzen« – Diesen Begriff verwendet der Psychiater Alfred Hoche in der 1920 (zusammen mit dem Juristen Karl Binding) publizierten Broschüre »Die Freigabe der Vernichtung lebensunwerten Lebens«. Darin wird für die legitime Tötung von Kranken und Behinderten in Zeiten ökonomischer und sozialer Krisen plädiert. Das Buch fand in der Weimarer Republik große Resonanz und lieferte die Argumentationsgrundlage für die Nationalsozialisten. Ab 1934 wurden »Erbkranke«

zwangssterilisiert, 1939 begannen planmäßige Krankenmorde, u. a. die »Aktion T4«.

Bartsch, Jürgen – (1946–1976) Zwischen 1962 und 1966 lockte Jürgen Bartsch vier Jungen in einen ehemaligen Luftschutzbunker, wo er sie sexuell missbrauchte, misshandelte und schließlich tötete. Ein fünftes Opfer konnte fliehen, was zur Festnahme Bartschs führte. Um dem lebenslangen Aufenthalt in der Psychiatrie zu entgehen, ließ Bartsch sich 1976 kastrieren. Durch einen Fehler in der Verwendung des Narkosemittels starb er während der Operation.

Dezentralisierung – In der sogenannten Psychiatrie-Enquête (»Bericht über die Lage der Psychiatrie in der BRD«, 1975) wurden zum Teil menschenunwürdige Zustände in den psychiatrischen Kliniken konstatiert. Ziele der damit beginnenden Psychiatriereform waren u. a. die Auflösung der Großkliniken, die Dezentralisierung hin zu gemeindenaher Psychiatrie und die getrennte Versorgung psychisch kranker und geistig behinderter Menschen. Tatsächlich führte die Umstrukturierung in den folgenden Jahrzehnten zu einem drastischen Rückgang der Bettenanzahl und der Verweildauer in den Kliniken.

DSM – »Diagnostisches und Statistisches Handbuch Psychischer Störungen« (Diagnostic and Statistical Manual of Mental Disorders), eine Klassifikation, die seit 1952 von der American Psychiatric Association herausgegeben wird.

Ferenczi, Sándor – (1873–1933), ungarischer Arzt und Psychoanalytiker, ein Schüler Sigmund Freuds. Ferenczi vertrat die Auffassung, dass der Psychoanalytiker sich rückhaltlos auf seine Patienten und Patientinnen einlassen müsse. Siehe: Ferenczi, Sándor, »Ohne Sympathie keine Heilung. Das klinische Tagebuch von 1932«.

Halbruhige – In den »Heil- und Irrenheilanstalten«, wie sie im 19. Jahrhundert gegründet wurden, unterteilte man psychisch Kranke in »Gebildete Kranke«, »Ruhige«, »Halbruhige« sowie »Tobsüchtige«, die in »Isolirgebäuden« verwahrt wurden. Die Patienten wurden, je nach sozialem Status, in drei verschiedenen Verpflegungsklassen versorgt (von »Privat-« bis zu »Saalpatienten«).

Homosexualität als psychische Störung – Bis 1968 im DSM so gelistet (u. a. im möglichen Zusammenhang mit erhöhter krimineller Neigung). Nach Protesten von Vertretern der Schwulenbewegung beim Jahrestreffen der American Psychiatric Association (APA) wurde die Homosexualität 1973 aus dem DSM-II gestrichen, allerdings erst 1993 auch aus der International Classification of Diseases (ICD) der WHO entfernt.

Katharsis – (griech.) »Reinigung«. Im psychotherapeutischen Sinne das heilsame Ausleben bislang unterdrückter Gefühle und körperlicher Impulse, um die Lösung alter Konflikte und eine psychische Entlastung zu erreichen.

»Mongolismus« – Der englische Neurologe und Apotheker John Langdon-Down beschrieb 1866 erstmals die von ihm so bezeichnete »Mongoloide Idiotie«. Auf Betreiben internationaler und insbesondere mongolischer Mediziner ersetzten Fachleute seit den 1960er Jahren den Begriff durch die Diagnose »Down-Syndrom«. Seit 1959 weiß man, dass das Syndrom genetisch bedingt ist. Da das 21. Chromosom hierbei verdreifacht statt verdoppelt ist, spricht man heute von »Trisomie 21«.

Neurasthenie – Ein bis in die 1980er Jahre weit verbreiteter Begriff für »Nervenschwäche«, die mit rascher Ermüdbarkeit, Ängstlichkeit, Kopfschmerz und sexueller Unlust einhergehen kann.

Oligophrenie – Veraltet für »Schwachsinn«. Das Wort hat sich ähnlich wie die »Idiotie« und später die »Debilität« vom ursprünglich wertneutralen psychiatrischen Fachbegriff zum Schimpfwort gewandelt. Heute würde man von »Intelligenzminderung« sprechen.

Rohypnol – Ein Beruhigungs- und Schlafmittel, das zu den sogenannten Benzodiazepinen gehört und seit 1975 auf dem Markt ist. Es hat ein erhebliches Suchtpotential, in den USA ist es eine illegale Droge. In Deutschland unterliegt es dem Betäubungsmittelgesetz (BtMG), so dass es heute nur noch mit einem speziellen »BtM-Rezept« in kleineren Packungen und mit geringerer Wirkstoffmenge abgegeben wird.

Stupor – Körperliche Erstarrung bei gleichzeitig vollem Bewusstsein. Ein Symptom psychischer Erkrankungen vor allem bei Schizophrenien und schweren Depressionen, aber auch als Schockreaktion.